众筹限量珍藏版／李德武

李德武诗文集

（下）

李德武 著

文匯 出版社

【 作 品 简 介 】

上册诗歌集

　　本书收集了诗人李德武自 1994 年至 2015 年的诗歌作品共 130 多首。按照不同时期的创作特点分为四个部分，第一部分，从 1994~1998，诗歌主要体现了思的机敏、对现实的深度指涉和语言的创新尝试与自觉；第二部分，从 1999~2002，在对诗歌形式探索的同时，较早地觉悟到后现代美学的局限与危机，开始向中国传统文化回归，努力从母语中建立如陶渊明一样具有自足精神和独立人格的诗意空间；第三部分，从 2003~2007，受苏州文化的影响，语言更为细腻、内敛、节制，写作成为生活方式；第四部分，从 2008~2015，探索更为高级的写作，即智慧写作，摆脱对经验、观念和现实的依赖，在觉悟中与天地人神对话。

本诗集为短诗精选集，作品涉猎题材广泛，语言形式丰富，呈现了诗人对生命和时间的感悟，诗人用词清雅，诗意常出其不意。李德武的诗是用心在生命实修中的智慧结晶，"光"是他内心的能量，诗句常常会给你"闪电"般的袭击，同时也有清新的"呼吸"，让你在宁静中感觉生命的喜悦。这是一本值得珍藏的汉语诗集。

下册评论文集

本书是作者自 1997 年以来诗歌随笔与文艺理论批评文章精选集。共分四个部分：第一部分是"理论随笔"，集粹了作者在诗歌创作中的经验、体会和独立思考；第二部分"批评文论"，收集了作者关于诗歌理论的研究和探索文章；第三部分"诗歌评论"，收录了作者对部分诗人以及作品的批评文章；第四部分"对话和访谈"，收集了作者与诗人、哲学家之间交流对话的内容。作者作为诗人批评家，不仅具有较好的理论功底，而且具有深入文本细读的能力，曾对欧阳江河、张曙光、车前子、小海等 20 世纪六七十年代的著名汉语诗人及作品作过评述。2004 年较早地提出"谁来宣告后现代的终结"问题，并引发了国内关于后现代诗歌的系列讨论。同时，作者作为当代诗歌的参与者，对当代诗歌写作现象有着敏锐的洞察力，先后写出《谁抬着我们的棺材》、《诗歌不能拒绝传播》、《我们是否已经习惯了平庸》等一针见血指出诗歌写作弊端的文章。李德武的批评文章具有十分严谨的学术态度，他独立的思想能力、对语言的敏感和真诚的批评态度让他赢得了诗人和批评家们的尊重。

目　录

理论随笔

批评文论

诗歌评论

访谈对话

〔开始吧众筹〕第 22 个故事
　寻找诗的知音

理论随笔

诗歌随想录

词的生命很短

一个词第一次被说出，是充满新意的，来自发音的新鲜感可能远远大于它所呈现的意义领域。但一个词被重复说上三遍，便显出腐朽的味道了。

简洁即美吗？

"简洁即美"也许不错，但什么才是简洁？什么样的简洁才是美的？人们的理解却截然不同。有些诗人片面地把简洁理解成直接、简单，认为不含技巧的表达就是简洁。殊不知，简洁恰恰是对技巧要求最高的。在我看来，简洁是对诗人才华要求最高的一种审美境界，达到简洁的人就是达到羚羊挂角、无迹可求境界的人。因此，简洁从来不是一种可以普遍追求的艺术境界，原则上，它属于天赐。简洁不是浅白，也不是简单和直接，简洁是剔除了一切多余修饰和杂音的高度自由，是让日常经验突然感到窘迫和无力的奇迹。所以，我愿意承认卡夫卡是一种简洁，贝克特是一种简洁，保罗·策兰是一种简洁，史蒂文斯是一种简洁，甚至马拉美也算是一种简洁，因为这些艺术家说出的是奇迹。但海明威不是简洁，他只不过是在说话的时候，让自己的语言变得短促、有力而已。威廉斯也算不上简洁，相反，他滑向了简洁的反面，这个反面不是复杂，而是琐碎和平庸，即一种对日常情调和经验的暧昧和迷恋。

诗和历史的关系

试图把诗歌历史化的人犯了一个认识上的错误，他们单纯地认为诗歌仅仅是某种记载，或某种历程的片段，把诗歌钉死在某个人物或时代上面。其实，诗歌的生命力永远在于她始终被读者阅读。一个背诵李白"床前明月光"诗句的孩子并不知道唐朝的床（车前子告诉我李白这首诗中的床指的是水井）是什么样子的，他也无法回到唐朝。李白这首诗通过背诵他的孩子而活在当下。这应该是诗歌的生命力问题，而不是历史问题。由于历史问题容易把人们引向对"终结了的诗歌"的考察，因此，这些工作原则上是大学教授们把诗歌当作学问和课题做的，而不是一个读者和批评家应该做的。因为，在读者的眼里不存在终结的诗歌，只存在好的和不好的、喜欢和不喜欢的诗歌。而在批评家的眼里也不会把诗歌看作是一个已然完成的东西（对作者来说可能如此，但请记住，诗歌的不朽影响不是单独靠作者来完成的，而是作者和读者共同筑就了艺术不朽的生命），只能存在着对诗歌无穷生命的挖掘和发现，一如他挖掘和发现自己的生活一样。难道事实不是这样的吗？一切都因为爱美的心灵无时无刻不在找寻，诗美才未被穷尽。

诗人和语言学家的区别

今天，对语言在诗歌创作中重要性的认识已成常识，我们谈论语言不该受制于语法和词性，因为，对语言的开发是无极限的。这也正是诗歌的魅力所在。诗人不等于一个语言学家，正因为他不把对语言的研究和使用当作目的，他是语言的发明者和创作者。语言学家发现语言的规律性，而诗人则发现语言的趣味性。前者把语言引入固有认识和僵化接受的境地，后者则把语言带入可以自由感受、理解的空间。

中国传统诗歌尽管提倡炼字炼句，但总体来说是反对咬文嚼字的。在古人看来，咬文嚼字的作品笼罩着浓郁的匠气，味同嚼蜡。这和主张"风骨、性灵、气势、格调"的诗歌标准是相违背的，因为这些标准无不和诗人的内在气质有关。今天，这样的标准仍没有失效。诗人一旦滑入按照某种语言学的定义和概念来写作的时候，那么也就相当于宣布了这个诗人的没落和死亡。

诗歌的传统是什么

　　诗歌的传统不在于它是什么，而在于我们把它看作是什么。有这样一种诗歌传统吗？它像运河一样沿着自身固有的河道流淌，而我们的船只也只能沿着它上下行驶？或者，它像一个器物可以无限制地遗传下去？也许有，但我想，这种诗歌传统除了体现某种权力的统治外，不会带给人更多选择的空间和自由的想象力。如果不把诗歌传统界定为某种单一的历史对象，那么，诗歌传统应该是一个广阔的历史域，它是一个开放的时空，如果要对它打比喻的话，那么，我以为它更像古巴比伦的迷宫——一片没有城墙的浩瀚沙漠，你可以从任意一个方向走进去，也可以从任意一个方向走出来。你"走"的路线，就是你的诗歌传统路线。也许有人会动用马克思的唯物主义来反驳我，说："你不走，难道诗歌传统就不存在了吗？"是的，你不走，沙漠也在，但它是死的沙漠，而你走了，你的脚印就赋予了死的沙漠以生机。因此，如何看待诗歌传统意味着我们要在自己的生活中怎样让死去的事物复活，而诗歌传统的生命力也就在于它是不是在当前人们的生活和创作中依然具有影响。

必须看到这种影响是双向的，即对诗歌传统的承继和反对。诗歌传统的活力有时并不是来自弘扬的力量，而是来自批判的力量。事实上，诗歌传统是靠着异己的推动不断创新和发展的。这是因为诗歌传统始终是一个动态的存在，它在自身的变化和与外部的广泛交融中保持稳定。当我们把历史放在不同的时空区间加以观察的时候，我们就会看到两点重要的特征：1. 诗歌传统是靠少数的个人发展的，即诗歌传统是那些极个别"沙漠探险"的人留下的脚印，就像喜马拉雅山北坡的登山路线，那些坐着的尸体就是路标。2. 当时空的界限被相对拉大，那些声言反诗歌传统的行为与做法最终成为诗歌传统的一部分。正如芝诺所言："飞行中的箭是静止的。"由此我想，今天某些称之为反诗歌传统或先锋的东西，几百年、几千年以后难说是不是都划归到诗歌传统的行列里去了。但这并不是说时空的无限可以抹平诗歌传统发展的痕迹，相对而言，总是那些有着杰出思想和创造力的人成为诗歌传统的转折点或里程碑。值得注意的另一个问题就是，这种诗歌传统的发展既不是线性连续的，也不是每次都回到开始，而是多向渐进的、跳跃的、螺旋往复的。从这点应该看到，任何时候对传统的重视都不是一个向后看的过程，而是对未来的眺望、具有探险性的行走以及对曾经遇到的沟壑成功的跨越，总之，那应该是一个有着锐利锋芒的前进着的"箭头"。

想象与幻觉的差别

想象是建立在某种相似性基础上的意识活动（形似或神似），它具有对应性，是意识的单向活动。幻觉则是脱离事物对应性的多重意识活动，是互不相关的意识之间的交叉和错位。幻觉不是梦，梦是一种处于睡眠状态下的无意识活动，而幻觉则是意识清醒时的有意识活动。所谓有意识是说，你断定"就是那个样子"，梦里，人是不会做出这种"肯定"判断的。

"知识分子"、"民间"的写作症结

"知识分子"和"民间"是被某些人硬性界定了的两个词汇，他们所代表的诗歌写作十分有限。且不说这二者还是建立在二元背反这一简单的写作向度之上，就是从诗人群体上来看也是少数。理论界把这两种写作当作当前中国诗歌的主流，这显示出当前诗歌理论的贫乏和批评的简单。批评需要对诗人和作品做细致的剖析，需要不断在理论和方式上丰富和更新。这一点正是中国诗歌批评所欠缺的。只要面对具体的诗人和作品，我们就会看到那些真正优秀的诗人都是有自己的独特向度的。"知识分子"、"民间"这些写作框架既不能构成方向上的引导，也不能构成选择的参照。很多优秀的诗人，他们的写作要么离这二者

很远，要么高高地超越于二者之上。有些人把这二者当作自身选择的参照物，提出什么所谓的"第三条道路"，这种带有矫情痕迹的变相依附，不单显示出写作思路的狭隘，也暴露出对自己写作的不自信。

知识分子写作的症结在于面具化。有些诗人把自己限定在某个偶像或模式之中。也许这种认真和投入有它可爱的一面，但总不免给人一种生硬和做作的感觉。自然和灵活的趣味是某些知识分子诗人所缺乏的。知识分子写作的诗歌正在变得越来越精致，却越来越丧失活力。

民间写作的症结在于纵情。有些人写作仅仅因为他要反对什么，有的诗人甚至找不到一个对立面，自己就无从下笔，这是很糟糕的问题。实际上，这种写作最终是跟在别人的后面跑。民间写作也有面具化的痕迹，这种面具化虽不是偶像式的，但却是自画像式的，那就是个人的"姿态"。姿态是诗人必需的，但不是唯一的。如果不管什么时候、什么问题、什么情感都保持同一副姿态，那这种诗人就值得人们怀疑了。

大家都优秀，就都很平庸

客观地说，这个时代有太多优秀的诗人，多到让人辨认不出彼此的差别。在阅读中，我最大的困惑不是没有"好诗"，而是有太多的人写得"一样好"。是什么让彼此之间的差别变得不甚明显了呢？我想，可能是好诗的可模仿性。这个时代，诗歌传播得太快，也就意味着诗歌被消耗得太快。一首好诗会让一些有一点语言天赋的人一夜之间复制出"另一篇"名作，有的人公然宣布就同一题材他比他模仿的人写得还好。我不想指责模仿者，我想指责的是被模仿者。当你抱怨谁谁模仿或抄袭自己的时候，为什么不让自己写一点不可模仿的东西呢？这个时代是诗歌平庸的时代，就在于没有几个人的诗歌是不可以模仿的。无论就形式的创新、变化，还是对美学的接受和理解，以至于对语言的感悟，优秀诗人做到的都是一般人也可以做到的，卓然不群的天才诗人太少，独一无二的诗人太少。生活方式的大同小异、生存姿态和趣味的近似与雷同，使得"优秀"这个词变得极为普通和平庸。

软刀子批评：诙谐

在一次诗歌朗诵会上，一些诗人纷纷朗诵自己的十四行诗。车前子上台后出其不意地把一行诗朗诵了十四遍。有的诗人感到不舒服，有的诗人则为之叫好。诙谐便是这样一种暧昧、温和、善意的批判，是取消了事物严肃性的莞尔一笑。它使本来严肃的事情在即将抵达深刻或庄重的目的时突然转弯，滑向一个令人啼笑皆非的境地。

隐喻

也许这是一个问题，就像道岔，它顺理成章地把运行中的火车引入另一条轨道上。火车还是这列火车，但运行的方向变了，目的地也随之变了。我们究竟迷恋什么呢？是道岔，还是突然改变方向的火车？是的，我知道人类迷恋这一游戏远远早于火车发明之前，这说明我们需要歧途来克服单调的行走。当然，刻意的埋伏总让人感到不快，我是说，一个诗人没有比自作聪明更为糟糕的事情了。隐喻必须是你感到唯一的、最好的表达时，说出来才会自然得不留痕迹。不留痕迹，对，你设置了那条道岔，从而把人们带入一个神奇、美妙的境地，却没有人意识到它的存在。做到这一点，我们就有理由忘掉"隐喻"这个词。

存在共鸣吗？

阅读中的共鸣是不存在的，人们对他人声音的反响永远都是局部的回应。一个人写下诗句不是为了留存下自己的声音，而是为了看到它的消失。也许一首诗写下后，有诸多关于这诗句的议论，但一切和作者已然无关。相反，人们在自己的声音中传诵这诗句。此时，这诗句已经不是写作者的了，而是传诵者的。被诗句感动的人用不着感谢作者，如果他明白为什么要读诗的话，他将清楚那是他自己感动了自己。可能最为强烈的反响不是一个人在阅读期间，而是在阅读之后，在他放下诗反观自身的时候，或者在他偶然闪过一个念头的时候，他的心灵才产生抑制不住的震颤。这种震颤不是作品震颤的延迟，更不是共鸣，而是一种孤独的回响。这孤独的回响将独属于他自己，并且永远不被外人所知。在他封闭的心灵里，这震颤的余音将化作血液围绕他的生命循环不绝。

虚构的对立面

传统的理论总是把虚构置于"真实"、"历史"和"事实"的对立面，这实际上是把虚构等同于虚假。我在《虚构的力量》一文中所谈到的虚构远不是这层意思。我是从形式的产生角度谈虚构。它如果有对立面的话，应该是"模仿说"和"复制说"。这两种观点认为生活和自然是艺术的本源，而我认为虚构是强调诗是诗人主观的产物。因此，属于人主观的意识、感觉、意志、心理、欲望、幻觉便无一不是通往虚构的道路。最主要的是诗人不把对形式的创造、发现和对自身生命的创造和发现割裂开来，在他写作的时候，他同时是美的君王和奴仆。

从审美的内容上来说，"文以载道"是虚构的对立面。因为，虚构强调非功利审美。孔子的"兴、观、群、怨"和"思无邪"奠定了中国"诗教"的基础，使得中国诗歌在审美上始终无法摆脱"功用性"和"客观性"的束缚。我们不是不知道美是非功利的，也不是不知道在美的面前必须动用自己的感觉和感受，但就是不能接受"诗是诗人主观的产物"这一事实。勒韦尔迪曾说"无处有诗"，我说"诗无处不在"，但归根结底诗在诗人的心灵里。

承认"虚构的力量"，就是要承认自己的内心才是诗歌的圣地。不是生活赋予我们诗歌，而是诗人用诗歌引导、丰富了生活。在此基础上，一个诗人想怎么写和写什么，不该向外界去追问，而应该向自己去追问，同时，他实现虚构的路径和方式作为个人写作要素的一部分，应该和他的人一样成为某种私人的秘密。

二叔死了

"二叔死了。"我在诗文中经常提到这句话，就像流动的风始终在吹拂着同一片落叶。其实，我爸就哥一个，我说二叔死了时，相当于说所有的男性，也相当于谁也没说。表面看，这是一句空话，但谁都可以在这句话中找到一个具体死掉的男人，还不止，有的人甚至还要添加上葬礼的一些细节。我没什么意图，就是说我从未刻意想过这个问题。说"二叔死了"和说"几点了"一样，更多的是出于习惯。你可以设想，"二叔死了"就像咳嗽一样，我并不是真的咳嗽，只是清理一下咽喉，不断地，在说话之前清理一次或几次。尽管，这些清理咽喉的声音死板而雷同，但却不能忽略，因为它贯穿在整个发言中。就我个人而言，这些无聊的杂音要比说出惊人之语更能体现自身的真实。当然，问题不在于是不是真实，而在于多大程度我们能依赖自身的习惯，以此证明自己有别于他人。

一片落叶

说实话，人永远无法表达一片落叶。能够真正说出落叶的只有落叶本身。当对着一片落叶表现出喜与悲、哀与愁时，我们不过是做了自身情感的演员。这是多大的谬误啊，我们以为落叶不会争辩，于是一厢情愿地把本不属于落叶的语言强加给了它。更为暴力的是，我们以为拥有这样的权利，有时随随便便点一把火把它们烧掉，如同例行公事。其实，我们对一片叶子知之甚少，对那个单薄的生命知之甚少。我不知道该对一片叶子说些什么，因为我在打算替它说话时，听到了叶子的沉默。正是这份沉默让我为自己滔滔不绝的言说感到羞愧。

箱子

一只锁着的箱子，纯粹是一个想象之物。我把一只空箱子锁上，丢在街头的人行道上，然后我躲在人群中观察动静。人们走过它时无不回头注视，有的人还驻足观察，而有的人却惊慌地闪开。毫无疑问，它吸引人的魅力就在于它是锁着的，锁着意味着它有所属，意味着一个秘密的成立。一只孤零零的空箱子就这样和看见它的人发生关系，直接而具体。箱子里面究竟装着什么？它是谁的？不同的人总是有不同的猜想，更有认真的人准备对这只箱子进行分析和考据……人们纷纷把互不相同的意愿投入到这只箱子上，让人感觉这只箱子属于每一个人，并且和每个人的心灵相通。这时，我转身离开，因为我确信一只空箱子已经足够的饱满了。

霓虹桥的斜坡

作为记忆，而不是作为实体，霓虹桥的斜坡出现在我的脑海中。它离开了属于它的具体场景，悬浮在一些不相关的事物间，模糊而游移不定。这是一种巧合，漫不经心的回忆和漫不经心的行走相逢在这一点上，于是，我看到自己同时属于两具肉体或更多。沿着这个斜坡，消失的瞬间开始重现，但毫无次序。我在我上千张面孔中辨认自己，就像突然走进一个全然陌生的人群。没有快乐，一点也没有，满心都是恐惧。总想把这些脸揉在一起，就像揉面一样，越这样想，手就越感到麻木无力。因为这手的麻木，无数聚拢来的瞬间开始沿斜坡疏散，那无数张面孔一转眼就不见了。

夜莺与监狱

　　一只飞翔的夜莺是自由的，一只被诗人歌颂的夜莺是不自由的。我们在献给夜莺内心的赞美和讴歌的时候，也同时给它带上了镣铐。作为一只鸟，它应该活在天空，但作为一个词，它只能活在诗里，活在一个富丽堂皇的监狱里，活在一口水晶般的棺材里。

　　罗兰·巴特曾经把创作看作是对词语的解救，其实应该看作是对自我的解救。当我们不再过分依赖词语的时候，我们会看到自己和词语在天空比翼齐飞。那一刻，没有创作或被创作的夜莺，只有夜莺在飞翔、在沉默或歌唱……

罗盘的指针

　　在一艘百年的沉船上，人们发现一只罗盘。罗盘已经腐朽，但航线却清晰地记录其中。

批评家和艺术家

　　批评家和艺术家之间互相捉迷藏。批评家总是试图找到规律性的、普遍有效的东西，以此削弱艺术家个人的神秘性和独创性。但遗憾的是，批评家对规律性的总结总是以艺术家的独特性为依据的。艺术家似乎总是逃避陷入批评家预设的圈套，但常常艺术家正是按照批评家的思路找寻个人的方向。肯定地说，没有批评家，艺术会依然存在，但没有批评家艺术决不会像现在这样丰富，这样有活力。某种程度上，正是因为批评家的存在，艺术才构成一个独立自主的体系。

对于那些富有思想和创建性的批评家来说，艺术批评与创造是有机的统一体。好的批评不仅揭示艺术的规律性，还要提供艺术的可能性。他既向我们揭示艺术内在的秘密，又为我们不断创造和发现新的艺术形式注入探索的动力。

当我写下陶罐

当我写下陶罐，我的眼前出现的是一枚果核，一枚刚刚经过炉火烧过的果核。在果核上面，有一只鱼眼，焦渴地看着我。在强烈的阳光下，我感觉自己正和果核一起蒸发。当我写下陶罐，我无话可说，此刻，我的舌头已经成为蓝天上的一片白云，随风飘浮。

怀旧的人并未老去

通常来说，怀旧的人正在老去。这是一种必然的趋势，每个人都得遵循时间为我们安排好的程序。但荷尔德林却对此说，沉默之后，他的步履更健。当走在归乡的路上，他的心灵不是被记忆所点燃，而是被美好的生活所点燃。于是他感叹道："是的，这儿风情未改！它生长成熟／活着的和相爱的一切依然忠贞。"（《归乡》）荷尔德林内心充满了怀旧的情感，但这份情感不是哀伤，而是热爱，是向往和迷恋。所以，过去的一切在诗人的眼里都焕发着勃勃的生机，如："莱茵河居高临下地向平原奔来，又夺路而去／峡谷间和盘托出那人声鼎沸的山坞。"（《归乡》）"若岁月如流，使我茫然若失，若是人世间的艰难困苦撞击我易失的生命／请让我回想起你大海深处的宁静。"（《阿尔希沛拉古斯》）对质朴生活的留恋和对神圣的敬仰构成了荷尔德林诗歌生命的核心，他的诗并不是对消逝的众神的呼唤，而是对诗人自身激情和信仰的呼唤，是对诗人的神圣感、荣誉感和使命感的呼唤。当他说出"在贫乏的时代诗人何为"时，其实他已经对此给予了回答，那就是他在《致命运女神》一诗中说的："我生活过，像神一样，我已别无他求。"

何谓先锋？

先锋就是对历史和当下一切有成就的、成功的、主流的不妥协。先锋在思想上和艺术上并不表现为探索，而是一种对稳定态势的突围，是杀出重重围困的一条血路。探索含有保守的思想，仿佛攀岩时身上系着安全带，而先锋应该是不留退路的冲杀。他只有一个念头：杀出一条血路，以求获得独立的生存。

如果没有一点武断和暴力、疯狂与视死如归，先锋就算不上先锋。先锋可能是不成功的，但却是必不可少的，因为没有人突围，一座城墙就会一千年不倒，一千年，人们习惯从同一座城门进进出出。

事物的相对性并不是对等的平衡，真理常常是这样的荒谬：城墙的势力远远大于突围的人。

诗如何实现对民族语言的净化？

马拉美说："诗是对民族语言的净化。"在聆听大师之言的同时，我忍不住追问：诗是如何实现对民族语言净化的？是通过语言本身的表述，还是通过题材，抑或是诗人自身情感的专注与升华？

我不懂法语，也无从了解马拉美原话的意义。如果说马拉美原话的意义确实为"净化"一词的话，那么，我以为这是一种宗教意味的净化，是把诗等同于宗教。显然，他试图净化的不是民族语言的表述方法，也不是词，而是民族的心灵和情感。所以，他写出《牧神的午后》这样纯粹干净、富有神性的诗歌就不足为奇。倒是继他之后的瓦雷里想更加纯化诗的语言，提出了纯诗写作的主张。实际上，在我看来瓦雷里的诗雕琢的痕迹太浓了，相反，博纳富瓦没有提出纯诗或净化民族语言的主张，却通过自己的创作给法语注入了新的活力。

于是我想，诗歌对民族语言的净化中是不是包含了使民族语言更加精辟的成分？倘使是这样，我并不反对。事实上，诗人的确是推动民族语言朝向精辟的先驱和主要力量。但语言的精辟并不来自净化，而是来自对语言的创新和发现，体现的不是成分的提纯，而是表述与表现的丰富和精彩。就此，我们只能看到那些被广为传诵的经典诗歌作品释放出的语言活力，而不知道哪些才是属于被清除的"语言污染"。譬如，是不是只有书面语才是干净的，而俗语、俚语、口语、方言、民谣等都是含有污染的语言垃圾？从另一个方面而言，发现语言的目的是为了使之更为广泛地渗入交流，更易于人们在表述上、理解上使用。而如果一种语言被诗人净化后却只能束之高阁，那么，这种净化的意义是不是值得怀疑呢？我不是提倡诗人写作一定要以符合大众的表述习惯为尺度，那显然错了。我只是想，一个民族的语言是否具备足够的活力和丰富性，必然是来自大众对语言的需要。那么，我们就不能把语言在大众中的存在视为不洁，视为应该净化的对象。相反，我们恰恰应该虚心向大众语言学习，从中寻找到自己独特的表现方式。

至于相对政治话语、权力话语、学术用语、语法、专有语言等而言，诗歌不是对其净化，而是根本上抵触和拒绝。

古老的热爱

没有什么是不能失去的，当我们热爱这个世界的时候，其实，我们一大部分是热爱她的古老。一些持久的事物也许只是偶然断裂了，终止在原处，而时间在流失，一列持续前进的火车，把乘客丢弃在一个个站台上。正如，我坐在河边的房子里，思维被驶过的船打断，我空白的意识中，就剩下了"隆隆"的马达声。

在梦里，我听见死者的歌唱

他们走远了，又回来，从每一处阴冷潮湿的地方回来。认识的，不认识的，聚集在一起，舍去了寒暄，唱歌是见面礼。大家都是远走他乡的人，歌声是唯一的纽带，暖暖的缠绕，交会着呼吸的气流。那是另一片海，另一片天空，黑暗，却从未停止躁动。

缩在裤子里梦游

这很滑稽，譬如，一个人幻想在神奇的雾中思考。但总会有这样的人，缩在自己的裤子里梦游。我知道，对于这些，比喻也许不是最好的对付方法，正如穆齐尔感觉到的那样，有一种"社交的味道"。但是，我们不能否认，语言中包含着小小的怯懦和计谋——飞翔着的人，常常把自己系在别人的翅膀上。

鸽子仅仅在飞翔

这是一些刚刚被放出来的鸽子，集体松口气，在空中复习一下飞翔，再回到它们的笼子里——那个设有通气孔的堡垒。

它们飞翔的姿势没有什么改变，绕一个圆圈，不停地盘旋。它们不能飞得太远，否则，将被关在笼子之外。

每一只鸽子都紧紧地尾随着头鸽，它们都害怕自己掉队。

站在巨人的肩膀上

站在巨人的肩膀上，是每个人都拥有的权利。但是，却有两种截然不同的选择。一种选择是比巨人更进一步，哪怕向上一小步，虽然成效不大，但定会十分的艰难。另一种是在巨人的肩膀上向下滑落，这些人是以嘲讽或否定巨人为出发点的。表面上看很了不起，其实非常容易，只要沿着巨人相反的方向走就行了。这些人的业绩主要来自巨人的高度。巨人越高，他们下滑的速度也就越快。

距离的丧失

在现代媒体提供的广泛而密切的接触中，有一种东西正在丧失，那就是对距离的感知。作为群居中的人，彼此难以区分的关键正在于距离的丧失。我不能觉察到每个人内心的孤独，并不是因为我们离得太远，而是太近。我们让他人的独立性消弭在我们习以为常的冷漠与麻木中。

为此，孤独是必需的。让自己独立的过程就是辨别自我与外部世界差别的过程。孤独，不该被看成是一个晦暗的词，而应成为某种责任和道德。不能把孤独看成是一种疾病或痛苦，就像不能把一个隐身山林的僧人看成是自找苦吃一样。孤独建立的是一个相对自主、独立的空间，是一个能够让自己在芸芸众生中得以辨认自己的镜子。孤独不是建立一面墙壁，把自己和外界隔绝起来，孤独是在相对平静中从事物中照鉴出自己。孤独是不入俗流的气节，惟高者可谈孤独，通常人们说的孤独，至多是无聊寂寞而已。

假使上帝是一个仁慈的智者，他将在你孤独的时候光临你心。因为，上帝本身就是孤独。

用身体恭敬地倾听

词语不是事物的代表，也不是事物本身，而是箭镞，射向事物的靶心。词语闪现在头脑的那一刻，正是心灵与事物碰击之时。难以分辨是心灵命中了事物，还是事物命中了心灵。仿佛那力量势均力敌，但却并不存在相互的征服和对峙，而是一种默契、吸引。无论词还是事物，都是瞬间的闪光。

这多不易，当你注视一块平凡的石头，你看到了石头的光亮，甚至内部的火焰。那种激动和惊喜是不可言说的。那一刻，你无法做到绝对的沉默，你可能不停地赞叹，或者血液流动加快，总之，你用全部的身体在恭敬地倾听，你发现，圣言竟然如此朴实无华。

乐器

乐器是人类命运的某种对应。正如埙对应了人类的悲哀与苍凉。它有着一种呼唤远古的长音，一种对遥远的本能洞察，而站在其中眺望的，仅仅是一群只想歌唱的盲孩子。

埙让我不由自主地想，总有一天，大脑会空掉，整个身体都彻底空掉，只剩下风穿过空空的颅骨，发出永恒的呜咽。

李德武诗文集（下）

诗歌应该是什么样的?

诗歌应该是什么样的,这是一个谜,是一个永恒的未知数。有时,我们依靠自己的经验和理解来界定诗歌,或变相阐述诗歌,这很有限。假如,我们的经验是可疑的,我们的理解是浅薄的,那么,我们就太狭隘地理解诗歌了。特别是,当我们希望她是什么样子的时候,我们正在断送掉诗歌自身的生命。我以为,诗歌不是用来理解的,而是用来感受的,作为声音、色彩、画面、呼吸来感受的。是的,你不能试图追问她意味着什么,也不能指望她迎合你的趣味,她是独立而纯粹的声音、色彩、画面和呼吸,是纯粹的感觉和精神。你需要不带强制地接近,观察、体验她拥有的绝对与陌生、独立与自由,让自己在感受中获得新生。除此,你不能对她希望太多。

正义是一个理想的平衡器

人类无法摆脱罪恶感,我坚信。正义只是一个理想的平衡器。在正义与邪恶之间,始终存在着对立与抗衡,保持着一种不平衡的对称。正如,陀螺需要在一种倾斜的状态下才能指向北方。人类的发展也是一样,其动力在于不平衡性。罪恶、丑陋同样也是一种平衡器,一种间接的推动力。罪恶与丑陋的推动力不是来自他们本身，而是来自对他们的抑制与征服。每个人一生都会有一点罪恶感，如果他是一个有良知的人，他就会在自觉或不自觉的时候，积累下罪恶的念头或罪责。有时，我们回忆过去并不完全是留恋往事。很多时候，我们是在重温那些曾经有过的罪恶的念头。这很奇怪，美好的回忆令人愉快，罪恶的念头在给人懊悔的打击同时，也给人一种莫名的满足感。

何谓天才？

天才就是我行我素。

问题

世上本无事，庸人自扰之。所有的问题都是为了重新成为问题。

诗歌不究竟

诗歌不究竟，如同死亡不能了却痛苦。喜欢追求终极精神的人会发现诗歌和国王手中的权杖一样靠不住。我理解柏拉图为什么不喜欢诗人，因为他要寻找的是一种"靠得住"的精神。我也隐约感觉但丁写《神曲》，其实就是给自己规划一条"靠得住"的精神路线。按照类似的考虑，"竹林"也不过是嵇康为自己规划的一个"天堂"。但似乎这二者又有些不同，但丁寻找的是一个最终的"归宿"，而嵇康寻找的不过是一个"避难所"。两个生活在不同历史阶段和不同国度的诗人，他们给我的共同启示是：诗歌重要，但不是目的！

知识与智慧

力争做一个有智慧的人，而不是有知识的人。知识和智慧最浅显的区别就是知识可用来炫耀，而智慧不能。

宗教与艺术

宗教让你避险，而艺术则把你带入歧途险境。宗教是对归宿的抵达，让你有更少的想法，而艺术是对未知的抵达，让你发现新的生命。

艺术与宗教并不完全冲突或背离。在抵达神秘性和不可言说方面，他们是一致的。古希腊神话是最早的宗教和诗的综合体。但丁、弥尔顿、泰戈尔则是伟大的实践者。高级的写作都将在神秘性和不可言说中展开。有人把禅看成宗教，而我则认为是艺术，且是高级的艺术。禅唤醒内心对未知的觉悟，未知意味着未经验和体验的东西，以及熟悉但已然麻木的心。

何谓诚实写作

诚实的写作意味着尊重本心，而不是设计本心。诚实的诗人虽然无法定义，但只要阅读他的作品就全明白了。

语言的空间和时间

语言有三个空间：权力区、非权力区、真空区。诗是非权力区和真空区的游牧和探险。权力区语言指向命名和载道，非权力区的语言指向游戏，真空区的语言指向不可说。

汉语是一种非时间性语言，而是空间性语言。所以，汉语没有新旧问题，在那里，我们与古人共聚一堂。

宇宙的整体性

没有整体性，整体性就是星云。它有着模糊和变化不定的边际，但它从未独立存在过。它始终处在与别的星球相互吸引、抵抗之中。人、社会、文化也是如此。我们处在云团吸附的引力之中，随时可能被撕裂、吞没，以致燃烧毁灭，成为另一种能量。

人即词语

我们在语言中并不扮演局外人的角色，也不是主导者，我们只是诸多词语的一种。

良知保卫战

资本抹平了人与人之间的差别，而诗则忠实于这样的差别。今天，自然回不去了，资本又无法拒绝和低档，因此，写诗就成了一种良知保卫战。

思想与写作

思想与写作如果从局部看是没有什么关系的，正如睡觉与工作的关系。事实上，没有人只工作不睡觉，相反，睡眠不好的人，可能工作状态和效果一塌糊涂。这样看，我宁愿承认思想是写作前的休息，是积聚能量、恢复体力必不可少的过程。

思想有着很大的不确定性，不是所有的思想都能得到正解，有时，思想可能完全是谬误的。诗之思介于正解与谬误之间。真理先于思想而存在，你不思考它也还在那里。

技巧与真诚

技巧考验真诚，但技巧不等同于真诚。客观化成为某种写作策略的时候，恰恰是不真诚的，而体验本身就值得怀疑。

利用语言自身的特性展开的写作本质上是游戏，但也许这是最难的写作，也许这不过是一场骗局。

任何一种风格同时也是她的缺点。这意味着没有一种完美的艺术。相反，艺术以她的不完美性而显得有意义。

信仰与怀疑

信仰不该让人变得更愚蠢，相反，应该更智慧，更有信心和激情。真正的信仰不会助长自我骄慢，而是让人更谦卑。

不是信仰本身值得怀疑，而是因为有些人没有信仰才怀疑信仰，甚至否定信仰。信仰对于一个没有信仰的人来说，除了用来批评以外，没有任何意义。信仰只在有信仰的人那里才显露它应有的价值。

禅与诗

一

启齿谈禅，脚临深渊，又附会于诗，如背负一座宫殿。吓死人了。我竟不肯闭嘴，正可谓无知者无畏。恬不知耻，自不量力。

其实，谈禅的人太多了，诗人、画家、书法家、园艺师、传统文化传播者、政府干部、茶客……他们说出的竟然是同一句话："吃茶去！"就好像追星族谈论着同一个偶像。

真好玩！

二

某日，我到成峰法师寮房问法，当问及如何是禅诗时，法师放下手中的茶壶，起身到佛龛前点燃半截香。我看到佛龛前摆放着两片金黄的银杏叶子。回到座位，法师冲我笑而不语。

我转过头再看那半截香，正渐渐缩短，灰飞烟灭，而那两片叶子一动不动。

三

禅诗是参禅人的事，不参禅的人写出来的禅诗称为诗禅，而非禅诗。二者看似仅仅是语序的变化，实则是天壤之别。

六祖曾说："迷人口念，智者心行。"很多禅诗离诗近，离禅远，大概是因为一个"迷"字吧！

四

烫着手，打碎杯，
家破人亡语难开。
春到花香处处秀，
江河大地是如来。

这是虚云老的开悟禅偈。以前，我每每体会其意时都把注意力放在后两句上，觉得那是诗，而忽略前两句，觉得话语直白。直到近期才发现禅机就在前两句。原来，江河大地，无限生机全在一片碎玻璃上。

五

在行者看来，诗为语言之寺，写诗就是在语言中出家修行。其行为、心境与其置身丛林，或安居闹市无别。心灵净透，禅、诗一体，相互辉映。

简易源于通透，显现出的是心灵的自在和强大，而繁复源于迷痴，显现的是心灵的囚禁和虚弱。

六

心不清明，水清亦浑，言禅何益？诗若以纵欲、任性、放大感受为美，则是对禅的最大背离。晴天不见日，雨下地不湿。倘如此，说得再好，恐不可信。

七

抒情有时具有欺骗性，回顾自己早期的诗歌，那些被放大的情绪，无论是喜是悲，现在看后自己都感到害羞。

每个人都佛性俱足，我们只需回到原处。禅修的目的就是把心带回家。

八

禅能带给诗歌什么呢？回答是一无所有。那些试图借助禅复兴诗歌或另立门派的人都是妄想。禅无过去，也无未来，只有当下，即融即逝，不留痕迹。诗人如果指望打禅的牌，或靠禅宗撑腰，无疑画地为牢。

禅与诗有一个共同的目的，就是实现生命的终极自由，对此，诗人当警醒：莫向外求！

九

"禅是诗歌切玉刀，一草一木栖神明。"这两句诗告诉我们两点：第一，以禅入诗要做减法，要敢于割裂和舍弃，语言要精粹、简练。第二，禅无处不在，诗无处不在，不分别中显示出心的博大。

十

禅让我们观察、明了造成心灵痛苦、绝望的内部原因，让我们找到从内心开始改变生命和生活本质的路径，并使其抵达光明开阔的境地。禅照见并揭示生命的真相。

禅诗在写作中使用的不是词语，而是心。

十一

禅偈与禅诗是两个东西。禅偈呈现的是禅者参禅法要和体会，名为偈，实为说法。对此，不是欣赏其语言的美妙，而是由相入理，向深处参，参得个万法归一。而禅诗多呈现的是修行中的生命状态，虽未直接说法，却常常以身体力行示人。对此，要从一事一趣中去除理相，见果知因，参得个一即一切。

此话一出，已经见笑大方。"语火是灯，唯贼识贼。"鱼倘若要问何为海，那定是一条死鱼。

十二

唐代僧人以诗参禅的人很多，如寒山、拾得、齐己。齐己在当时诗歌影响甚广，后渐渐被遗忘。而寒山、拾得以苦行悟道，禅诗一体，影响久远，丰干曾赞二菩萨为文殊、普贤再世，难怪其诗历久弥新。

十三

古代诗人中参禅写诗的人很多。比如白居易、贾岛、苏轼。白居易终因放不下诗、美色和琴酒，其诗离禅太远。苏轼绝顶聪明，写了很多富有禅境的诗词。但也终因"八风打不动，一屁到江东"的现实考验，暴露出内心定力的脆弱。诗人中，王维参禅是见功夫的，有人说其人往返于官场、山林，也未脱俗。这是浊眼所见。六祖慧能有言："佛法在世间，不离世间觉。离世觅菩提，恰如求兔觉。"仅凭"行到水穷处，坐看云起时"就足可以看到王维内心的洒脱和淡定。但最无凡圣之别、物我之分的禅诗当属贾岛的《山中寻隐者不遇》："就在此山中，云深不知处。"已至山中，又何必去寻？觉知此在者，皆为隐者。

十四

唐代禅风四起，膜拜僧人的生活而成禅茶、禅画、禅书法、禅乐……不一而足，禅逐渐被艺术化了。有的演化成茶道、花道、剑刀，五花八门，禅已面目狰狞。甚至有人搞禅学、禅诗学、禅美学，这些障人眼目的花样禅可以统归为语言禅。

禅是轻盈的，一苇可渡河；禅也是厚重的，担负当下，解脱生死；禅是柔软的，如水润物，不动声色，浑然一体；禅也是锐利的，势如破竹，劈石见玉。

如果存在禅诗，诗就是一叶芦苇，就是当下呼吸心跳，就是一滴水，就是一把金刚斧子。

十五

如何以禅入诗？禅强调不着文字，诗的语言也力图简明；禅强调直指人心，诗亦要率真、坦诚，不加雕饰；禅追求身心自在、明心见性，诗亦要把心灵的解放和阳光当作至美，展现纯粹、健康、阳光的人性。

以禅入诗形似容易，小动心计，便可弄出几句"禅语"，但见性难。心灵通透者言语朴实无华、真诚简明。言语无雾气缭绕，又棱角分明。故以禅入诗莫向外求（题材、语言、修辞、句式、形式），而是要向内求（准确觉知、专注于心、无碍生光）。以禅入诗也是参禅的一种方式，于静处和自己的心灵对话，听听他都说些什么。

十六

诗的原处在哪里？禅修的人会回避过度抒情，因为情绪是习气的产物，而不是智慧。

靠阅读写作的人呈现的是想象的人生，靠心写作的人，呈现的是觉悟的人生。回到原处，这话并非针对抒情而言，它有更大的指向性，那是一种真实，但又不是穷情写物的真实。我无法阐述它，但它是存在的，可以被觉知、体会、分享。正如佛祖拈花、迦叶微笑一样，心领神会之间，那不可言说之处便是原处。（单纯地安住于当下，我们的心

终会契入它原本的和谐状态——阿姜查）

十七

打坐时在干些什么？闭眼，才能看清自己。我向自己学习。无论喜与忧，我都质问自己：这就是你的选择吗？可当我夸夸其谈的时候，我也会怀疑地呵斥：你说的自己可曾都做到了？你相信自己说的都是真话吗？这让我警醒：有时我并非因为明白而说话，恰恰是似懂非懂让自己喋喋不休。这太可笑了！

这一刻我微闭双目，安静地坐着。我听到楼上人们的走动，窗外的汽车声和我的呼吸。总是处在忙碌的工作中，我们的心已经停不下来了。此刻，我让那悬浮的心着陆。安静竟是一种踏实的回归。

十八

生活从来不简单，简单的是心。心的力量在于化繁为简，破茧而出。

十九

心的平静不是冷酷麻木，而是对发生或可能发生的一

切不惊、不畏、不惧，他对担当一切做好了准备。他知道应对死亡之法，所以，活着的一切难题都不在话下。

二十

诗歌写作不存在创作，而仅仅是找寻和发现。我们以为自己创造了语言，创造了美，其实，美早就在那儿——多数人没有看到，那是因为我们太粗心了。

二十一

在一个遍布假象的世界面前，诚实地生活是一种奢侈和挑战，它比离经叛道、惊世骇俗更不容易做到。

二十二

因为得不到而放下，不是真正的放下，而是暂时的放弃。放下之心无得失之念。

二十三

知而不行，不是真知；行而无果，不是正行。

二十四

独立的精神世界它在哪儿？它从未缺失过。

二十五

处理好与自然的关系，莫过于了然生死。这是大道，得者必有大境界；处理好与物的关系，莫过于格物、平等、不贪求，以此处之，心必自在；处理好与人的关系，莫过于理解、尊重、包容，不见人过，不论人非，做到了，心可常安。

二十六

欢喜并非来自心花怒放，或如愿以偿，而是来自无所得的平静、安详！

二十七

以为受苦可以将自己的心灵救赎，或者可以成为一个与众不同的人，有这样想法的人都是对苦的执迷，是把苦当成了自己换取某种利益的筹码，这样的人不可能从苦中获得智慧，只能让他们在更苦的迷途上挣扎不休。

向苦学习，觉知心的真相，以便让自己更坚定选择解脱的信心，同时放下幻想，在对苦的接受和担当中，训练心的定力和平静。

二十八

三个月持续的痛风，让我瘦了十几斤。若问有何得？答："瘦了十几斤！"若问有何失？答："瘦了十几斤！"

二十九

那些正确的道路仅仅从地图上找到还不能算正确，你必须亲自走过才能做出判断。

三十

是的，欢喜也不值得留恋，痛苦也不该厌弃。当它们来临，如实觉知它们的短暂和变化，生或灭，这就够了。

三十一

执着文本的写作是一种幼稚的写作。我可不想再被形式的伎俩所愚弄。我不再追问类似"美"、"差异性"这些肤浅的问题，我更关注心的变化和真实。

三十二

诗歌是一种实践的艺术，它是活出来的，而不单单是写出来的。诗歌固然不是活的全部，但它是抵达心灵和现实的路径。

三十三

幻象借助我们的嘴呼吸，它并非具有生命，它的眼睛不具有辨别光的能力，但它却能放射出迷人的光彩。幻象的魅力就好比气球，把气放掉它就瘪了。

幻象并非真实，却一直被当作真实，有的人写诗着了魔似的苦思冥想，把自己的灵魂掏空而附会在一个个妄念上，玩着跟随气球飞翔的游戏。

三十四

我熟悉蛊惑之术，我避免说出谎言。我不想借助语言的功夫，再让自己迷失在险途。

三十五

以禅入诗，以诗参禅，关键是关照本心，唯此，禅诗方可相应。关照、觉知、醒悟、明白、清净、智慧。这是诗的目标，也是禅的目标。切记，勿迷恋语言，否则将死于语言之下。

行为是最好的语言，对此，那些脚踏实地的人，纵使少言寡语，也远胜过不切实际的花言巧语。对后者，孔子斥为巧言令色，禅宗则明白地说明害处，言语道断。学习沉默，就算在心里明白了，也要节制表达。正所谓说出是草，不说是宝。

三十六

我坐着，以恭敬的方式坐着，倾听黎明的脚步，那光的脚步有多轻啊！

"至道无难，唯嫌拣择，但莫憎爱，洞然明白。"（三祖《信心铭》）

批评的任务

批评从怀疑开始，一抬脚却踩在了肯定和赞美上。这并不矛盾，假如批评家不是先入为主地裁决一部作品，或者期间藏有不可告人的秘密，那么，他必须首先让自己成为一名合格的读者。怀疑是批评家首要的责任和使命，有时难免也是一种职业习惯——总之，一个优秀的批评家必须不断地面对作品质问：美是什么？艺术是什么？这样的表现与他人的表现有何不同？显然，这些质问并不一定能得到回答，但毫无疑问，这些质问将强化批评家对作品内在品质的洞察和敏感。同时，这些质问也确保了批评家不至于因对作品本身的投入与钟情，丧失批评者应有的锐利目光。

通常，批评家的责任在于对作品艺术本质的鉴别与肯定，但这有一个前提，就是艺术作品确实存在唯一的本质（不管这种本质是纯粹艺术上的，还是美学上的，甚至社会意义上的），这相当于说，批评的任务在于帮助读者找到一部作品唯一的欣赏点。事实上，很多优秀的作品并不具备这样的本质，这不是说作品本身没有欣赏核心，而是说这个欣赏核心不是唯一的和固定的，而是多元的、变化着的，并且因读者而异。这就给批评提出了新的任务，它要求好的批评不该是对一部作品命运的最后裁决，也不该是对一部作品"真相"的注记和说明，因此，要求批评家必须放弃"法官"的身份，放弃史学家和训诂学家的身份，而是以一个探索者的身份面对作品。这意味着你不是在宣判一部作品的命运（事实上，这是极其可笑的），你能做的仅仅在于调动起作品中的一切因素和自己交流；在于用自己的心灵轻轻敲击每一个字符，并感受它们的呼吸；在于透过那些公认的表象，发现作品中隐藏的、不被人知的奇迹。归根结底，批评的任务不在于指给人唯一的解读路径，而在于指给人前所未有的解读路径。

我们应该把批评和训诂区别开来，把批评和考究区别开来。做到这一点很容易，只要我们明确批评是对作品阅读可能性的追求，而训诂和考究是对作品原始性和本真性的追求，我们就不难在批评中把握好自己思想的方向。艾略特曾说过："公正的批评和敏感的评价并不是针对诗人而是针对作品本身而发的。"这是"新批评"的关键所在，即一个优秀的批评家必须具备舍弃史料和背景环境，单独和作品对话的能力。这是一种双重的考验，既考验作品自身是否具备充分的可读性，也考验批评家的鉴赏力和创造力是否卓尔不群。是的，一次完美的批评应该是这二者得到充分展现后呈现出的欢乐极致——即最大限度地激发隐藏在作品内部和批评者心中的感染力和想象力。

就此而言，并不是一味地赞美和肯定才能奏效，相反，否定是一种更为强劲的推动力。但是，人们过多地（主要是作者）把对作品的评价和自身的名望与尊严联系在一起，常常接受不了否定。这是作者狭隘的表现。其实，评价的公正与否并不取决于是否符合作品自身固有的或理应存在的价值，而在于作品（作者）能否接受每一个读者的挑剔与诘问，其中包含着误读和诋毁。否定是批评的主要任务之一，它的前提不是要否定作者的创作努力，而是要否定一种审美效果。因此，否定并不关乎作者原初的动机，而仅仅是批评者按照自己的审美理想对作品实施的再构。这种再构可能彻底改变了作品原有的旨趣、情调、结构，但却因改变了作品的欣赏向度而把欣赏带入一个更为丰富、广阔的天地。

批评难免要借助工具，这是客观事实，就像分清细胞组织必须借助显微镜，观察天体必须借助望远镜一样，批评的工具也不是唯一的。所谓批评工具就是批评理论。这些理论或者是哲学的，或者是语言学的，或者是心理学的，或者是社会学的……这些理论构成了评判作品价值的尺度，某种程度上说，批评就是一项关于建立尺度或规则并检验其有效性的工作。这就使得每个批评家首先必须是一个有思想、有观点、有敏锐的洞察力和感受力的特殊读者，他不应该仅仅满足读懂一部作品，而要努力借助批评阐述

自己对美的独到理解，对表现的个人期望以及来自阅读直
觉上的好奇与缺憾。毫无疑问，一个没有鲜明的个人思想、
观点和态度的批评家应该是极其糟糕的。但问题在于，当
一个批评家始终用一种固定不变的尺子测量不同作品的时
候，这样的批评家就更加糟糕。如何针对不同的作品采用
不同的批判尺度，恰如其分地展现作品蕴含的魅力？这是
摆在批评家们面前的一个难题。这一难题在给批评设置障
碍的同时，也为我们鉴别批评家的优劣提供了分水岭。

                    2004 年 1 月 26 日于苏州

虚构的力量

　　就诗歌创作而言，虚构并不是一个相对真实而存在的词汇，而是相对模仿和复制而存在的词汇。虚构是创造形式最有效的手段，并强调它所创作的一切东西是不可还原的，而不是没有原型和背景的，如同瓷瓶不能还原为泥土一样。虚构瓦解的是事物存在的一般性、日常性，瓦解的是人的习惯和经验。虚构鲜明地强调了艺术是一种主观产物这一特性，同时，它取消了一切可能来自艺术自身之外的尺度，它自己检验自己。

　　现实主义作品同样来自虚构，尽管它依赖一个真实的事件或典型事件，但它不是绝对的真实和客观（葆真），它仍然是一种对真实的切割、遮蔽、取舍、放大。呈现的是局部，而不是全部，是个性而不是共性。如果我们不把"主观"这个词理解为"想怎么样就怎么样"，而是理解为对"怎么样最好"所拥有的决策权利，那么，我们就会认同最后呈现的作品是他个人标准的产物。

　　今天，虚构这一观念通过弗洛伊德的"白日梦"获得了人本性的认识，通过雅各布森以及穆卡罗夫斯基等形式主义大师的发现被置于艺术创造的"突出地位"，通过结构主义在语言中被广泛接受下来。结构主义把一切存在归结为语言的存在后，取消了艺术和现实的二维对立，虚构在普遍的关系中获得了合法的支配地位。正如我们不再强调"站在虚构这边"一样，我们知道自己始终都在其中，我们不可能走到别的地方去，除非你不从事创作。

站在这样的高度，我们就会看到，表现主义、超现实主义、具体主义、行为主义等主张不过是个人实现虚构的不同方式罢了。具体主义在虚构中试图打破诗歌与绘画、诗歌与散文、形式与内容、描写者与被描写者的界限，使诗歌成为只供"看的"具体视觉图像，并强调词语仅仅是声音的物质外壳，声音不过是物化了的大小粗细强弱高低的音量、频率与音程，而行为主义也不是从反虚构出发，而是把肉体作为虚构的核心要素替代文字表现艺术家想要表现的东西，真正的行为艺术不会是日常生活写真，而必定是反常的、不可思议的或极端行动，并且它有着时间、地点的局限。这一切归结为努力创造一种"陌生化"（什克洛夫斯基）的形式。

但读者和批评家一直都没有放弃对艺术真实性的要求与诘难。他们因为看不懂而倍加恼火，指责艺术家不懂生活。其实，他们并不真的懂得艺术的真实性是什么，他们反感的是艺术中的东西和他们熟悉的生活与习惯相差太远，因为，他们不是这样生活的或这样感觉事物的，所以，这一指责更多的时候不是关于虚构发出的，而是关于作品违背了读者的兴趣发出的。遗憾的是，这不是诗人的错，而是读者的错，是他们欣赏的懒惰和平庸使得他们在稍有形式变化的艺术作品面前目瞪口呆。必须肯定的是艺术作品决定了读者的欣赏品味和方式，它启示并引导着读者走出自我有限的天地。

另一种指责是关于艺术功用的。这些指责总是把思想性和社会意义作为根据，以此判别一部作品的价值。这些人忽略了艺术相对社会具有的独立性和自足性，忽略了美并不在于有用，而在于有趣，在于具有感染力、震撼力，在于让内心自主地想象、思考、感受世界的丰富，以此获得精神的自在。因此，这一指责也不是关涉虚构的，相反，虚构的作品也可以拥有教育意义、批判意义和启示意义。譬如神话和童话。不过这倒引出艺术创作中的另一要素，即什么构成虚构的标准。

事实上，艺术家从来就没有被赋予这样的特权：想怎么写就怎么写。尽管艺术创作需要一种极端的尝试，但不是说任何极端的尝试都可以成为艺术的标志，相反，很多人毁在了这种极端行为之中。他不是被读者拒绝，而是被同类艺术家所拒绝。如果说他们在诗歌史上还有存在价值的话，是因为他们为后来者更准确地把握虚构的分寸提供了失败的范例。正如从帕斯身上看不到布勒东身上的"粗陋"。这里不存在道德修正，而仅仅是艺术修正，大师总是那些懂得该在哪里止步的人，而不是信马由缰的放任者和偏执狂。虚构意味着你要建立一套属于你自己的话语系统、形式原则和审美尺度。这也正是虚构的难度所在，如何在无所依傍中时刻显露出虚构者的特征？让我们觉得这一切之所以存在只是因为他这个人的存在，觉得那一切的可能性仅仅因为他这个人的神秘不凡。于是，我们自然地把对一部作品的阅读和对人的观察、反思结合起来。于是在虚构的作品中，心灵与心灵有了沟通，并且那些通道对任何种族的、居住在任何地点的人都不设防。在人与人之间、人与事物之间，谁是真正解除彼此隔绝和限定的功臣呢？谁是真正给无形以有形的魔术师呢？无疑，是虚构。

虚构是一种精神的力量，是一种创造力，是一种对可能性的向往和实践，是豁然打开一扇门窗、走进新天地的金钥匙。没有虚构，这个世界就没有真正的诗歌和艺术。

2003 年 5 月 14 日于苏州

沙之墙

传媒的普及与迅捷带动了对知识的消费，书已经不是唯一有效的知识载体，网络时代的到来宣布了书籍对阅读独裁统治的结束。支持这一消费盛行的动力不是别的，正是知识本身更替频率的加快。同时，人们对知识的需求越来越倾向于对生存目的的转化，而不是传统的对于精神世界的建构。犹如面对饥渴，传统的意识是想到挖一口井，而现在人们想到的是从哪里可以最快地找到水喝。所以，对知识的消费不仅未能推动知识的升值，反而使得知识从真理的巅峰堕落到实用的世俗境地。

法国后现代哲学家利奥塔德《知识的报告》正是对这一现状的总结与揭示。而现在，作为知识存在的优先权已经不是利奥塔德所担心的"语言的合法性"，而是对经济的直接驱动。诚然，世界上的所有国家无不在努力成为知识经济的受益者，人们在摆脱贫穷的道路上，无疑都把知识当作消耗不尽的资本。伴随这一既得利益而存的是对知识中精神成分的破坏与损耗。当我们的肉体变得越来越肥胖的时候，我们的精神正在趋于迷茫和空虚。置身于用丰富的物质建构的世界就仿佛置身于用沙砌筑成墙的宫殿，它是那样易于倾塌。我们一直怀有的对于一个永久性居住空间的期待与设计成为地地道道的乌托邦幻想。与此同时，对于倾塌宫殿的修复把我们拖入了西西弗斯的苦役之中。我不知道人们用沙建造的天堂是一个怎样的住所，居住者是否像但丁在《神曲》中所描绘的那样享受着阳光、温暖，还是像蜥蜴一样不断地从埋没的沙堆下爬出来呼吸一口滚烫的空气？

　　海德格尔曾从人类精神的本原性出发来探讨存在的形式，他提出了"诗意的栖居"。这位存在主义哲学家为我们规划出一个既浪漫又惬意的家园，只是他没有把家门的钥匙交给我们。凭着对那样一种生活的幻想，很多人走上了诗人的道路。是的，诗人们试图找到那把钥匙，可是他们除了发现这种寻找是一种"在路上"的无终止的行为外，仅仅是对世俗生活做了一次毫无意义的对抗。取消艺术中的崇高性是从对知识的大众化图谋认同开始的。也许从这时起，艺术的知识化倾向和世俗化倾向便开始逐渐占领时代的精神高地。是的，我们不是沦为意识形态的附庸，就是沦为世俗意识的附庸，总之，艺术不再理直气壮地成为精神的家园。它在朝着文本的堡垒退避时，不但丧失了审美的独立价值，而且还丧失了属于艺术本原的精神。某些人的知识分子写作正是这一沦丧后的自救行为。且不说这种介于对知识的卖弄和价值再估的写作技术多大程度实现了精神的自为，而单纯就作品而言，其学究气和书卷气大大冲淡了诗的艺术色彩。这种自以为是的信奉和普遍的怀疑极大地表现出这个时代精神的平庸与无力。

我不知道人们在阅读博尔赫斯文集时，是否被这样滚烫的句子灼伤："文字能致人死命，精神使人新生。"诗人对于精神的回避可以追溯到对现代艺术的反叛。显然，福柯的"谱系学"与"知识考古学"和罗兰·巴特的"风格的操作"是支持这一反叛行为的思想武器。今天，我们看到诗学是怎样从精神信仰堕落到语言策略的，即把生命的终极价值等同于词语的一次现身。事实上，这种对精神本身的忽视并非是庄子式的物我两忘，也非卡夫卡式的本性的异化，而是一种位置的互换或取消。它体现的是语言上的粗暴与强制，是一种先入为主的占领与掠夺。在这里，隐藏着一种写作野心，即通过占领语言来占领发言权，通过占领发言权来占领时间和空间，也就是试图在历史和未来建立一种对言说的统治。令我们警惕的是这种统治是单纯诗学的还是语言学的，甚至是某种名分和影响势力的。总之，我们不能仅仅面对文本并使自己的阅读陷入作者事先设计好的圈套。福柯的作者之死以及缺席写作就是对前人财富合法占有的一种托词。一方面，宣布作者之死，写作者便轻而易举地摆脱掉对自己的作品应承担的责任，言外之意就是不接受任何人对自己的作品提出的指控；另一方面，宣布作者之死，就是表明传统意义中那个拥有精神的主体是不存在的，既然主体不存在，精神的本原当然也就不存在，由此推之作为艺术灵魂的精神也就不存在。基于这样的认识，一些人对他人作品的"改造"与"选摘"成了合法的行为。这便是"重写"和"互文"的倡导者的"革命"成果。同时，写作的游戏性和操作性使得作品不是在精神的规则下产生，而是在技术的规则下产生。因此，对艺术作品的精神寄托被花样翻新的技术展览所取代，这是为什么诗人越来越表现出"专家"和"学者"身份的缘故（即所谓的知识分子身份）。

令人失望的是这种才智的表演和技术难度的展览并没能有效地把人们的心灵和外部世界联系起来，或者为这一联系确立一种依赖关系。这也许正好佐证了彼埃尔·勒韦尔迪的判断，即"在诗歌上，专家们一钱不值"和"只是拼命地努力去写一些奇特得令人惊异的作品是徒劳无益的"。博尔赫斯式的神秘并不让我们感到陌生，因为他的智慧是建立在对自己内心世界的揭示上。正像他的悖论常常让我们获得一种被解困的快乐一样，我们从他的作品中获得的始终是心灵的交流，而不是玄学的演讲。渴望交流是读者对艺术作品最原始的、也是最根本的期待。大师与工匠之分就在于大师雕塑心灵而工匠只能雕塑外形。显然，诗并不局限于引导人们认知外部的世界，诗主要是不断地引导人们认知自己的心灵（一种感觉和感悟的过程）。这个认识和事实不免让那些把真理性作为诗歌写作目的的人失望。所以，诗永远不会让人变得更加聪明，而只能让人的内心不断地丰富。这表明试图通过占有知识，并借助知识实现对外部世界的解密在诗歌中是行不通的。认知终归是一种求真的途径，它无法将我们带入美的天地。

相对而言，柏拉图式的玄想和弥尔顿式的沉迷可能更符合人们的阅读期待。相反，当诗人放弃对自我灵魂的超度，而认同其自行放逐的时候，诗歌除了触及语言并从中获得表述的快感外，已经没有别的目的。对诗人来说，这也许是一件令人愉快的事，只是这种创造带来的快感像作品本身的可读价值一样是短暂的、易失的。说白了，它仅仅给人提供浏览的可能，而不能让人居住其中。必须承认写作已经陷入这样的境地，即你必须不停地写，让一部新作品杀死旧作品，并用这种自杀的方式自救。"写"在这里成了唯一的目的，它既诞生快乐，也诞生绝望。每一部新作品都仿佛是一座用沙堆起的宫殿，它在你感受到建造的快乐的瞬间便坍塌了，为了获得建造的快乐，你不得不重复同样的工作，并冒同样的风险。有趣的是很多人相信这种西西弗斯式的苦役是自我救赎的必然选择。这里的关键问题是把写作等同于一种纯粹的技术性工作，是过于功利地寻求词语与词语的等价交换。这些被界定在"结构"和"解构"名义下的写作并不同于马拉美对语言要求的严格，也不同于瓦雷里对诗歌纯粹表达的认定，而是词语的改头换面的登场，是随机的、缺乏角色分工的表演。值得肯定的是词语从没有像今天这样被写作激活过，以及诗歌写作自觉地对语言结构、成分和职能的深层介入。这一动向并未在审美领域有多大开拓，倒彻底地暴露出写作的另一个野心，即更新和改造母语。只是我不知怀有这一企图的诗人是否能够凭借这一野心来使自己的审美欲望获得应有的满足。

在重视审美的前提下，我乐意相信形式的价值高于一切。这样说并不是我要推翻前面对精神性的强调，而是基于非二元论对形式的定义。当我们不再陷入形式与内容这一狭隘的观念之争时，我们将看到属于形式的不单是语言表述方式，还有精神类型、心理结构、情绪特征，甚至经验方式。认识到这一点，就不会片面地把语言的表述看作是诗歌唯一的决定因素，就不会放弃精神修炼、心灵建构和对存在的省悟。诗不是应该，而是必须保持它的人性特征、审美特征和灵魂居住地这三大要素。现在，不是人们需要诗如何的时候，而是诗需要诗人如何的时候。它要求每一个拥有诗歌良知的写作者必须对当下这种贫血的写作做一次冷静的、深入的思考。

1999 年 12 月

创作的目的

　　我越来越觉得诗歌写作是一种不可期待的事情。你走得越深，眼前就越空旷、荒凉和恐怖。但这是一种没有归途的行进，甚至不能滞留在原地回顾一下自己。每一次都是被孤独的意志引领走出喧嚣的人群，在无人立足的地方散步或徘徊，借着创造擦亮的词语之光照亮四周的黑暗。那一刻，最大的美是我听到了自己的呼吸和心跳，所以，当我看到围绕我的是寂静、寒冷的星光时，我没有抱怨，而从内心觉得是一种需要。在诗歌的天地里，我除了准备将自己投入更黑的夜晚，感受星光的闪烁以外，不敢期待头顶上出现任何的光环。诗歌带给我的最大荣誉就是二十年来，我一直按我自己的意愿活着，包括我以自己高兴的方式感受生命的消逝。

　　和传统的认识相反，我以为写作并不是对生命的留存，而是告别，且是在延缓和重复中的告别。每一首诗都是我们和自己告别的仪式，简短而平静。在这个时代，人们都在用心追求生命的享乐，而诗人却偏偏专注于生命的消耗。

我在内心保持对痛苦和忧患的敏锐以及提前和死神进行交谈，没有更高的目的，仅仅是因为我相信快乐在生活中更靠不住。一方面，快乐容易让一个人忘掉自己是谁，同时，一个人又极容易忘掉已有的快乐。所以，我很少把写作当成一种游戏来看待，我总是把一张白纸当成自己的故乡和墓地。但是，创作是必需的。因为不能从生命的消逝中看到活下去的动力，那么，一个人就将堕入虚无和绝望。也许每个人最终都将滑入这两座深渊，但现在我努力阻止自己绕开那个轨道，用自己给自己设定的任务把晦暗的念头从脑袋里驱逐出去。思考与工作是让每一刻变得充实的关键所在。劳动的意义也许仅仅在于用自己的行为把生活的空虚填补。创作的快乐可不是随时都能享受的，一个诗人没有经历枯燥的、不厌其烦的写作尝试，就不可能真正理解创作的快乐所在。我并不是一个悲观的写作者，但我认为对写作的绝望应该是一个诗人最基本的态度。这样说可能让人不大容易理解和赞同，人们也许更喜欢对同样问题的积极表达，那就是帕斯捷尔纳克在《人有名气并不见得美丽……》一诗中说的那样："创作的目的——是献出自己。"

我不否认一个真正的诗人应该对诗怀有崇高的荣誉感，正是这样的荣誉感驱使着一个人在通往诗的道路上锲而不舍地走下去。但我们常常分不清这份荣誉究竟是属于诗的，还是属于诗人的。也许这又是一个很难截然分开的问题。毫无疑问，没有诗人，怎么能有诗呢？这看似是一个互相依附的问题，但反过来，我们如果以此推论出"属于诗人的也就是属于诗的"，这将是一个极大的谬误。人，无论是谁，当他的创造力衰竭，以至于生命完结，那么他存在的价值就将消失。诗则不然，一首好诗署不署上作者的名字原则上并不影响人们的阅读和欣赏。也就是说好诗是属于公众的，而不是属于诗人自身的。我以为一个诗人真正的荣誉就是让自己的诗为公众所有，一个诗人一生的追求也无非是创作出一首或两首为公众所传诵的诗。我不知道别人都是怎么想的，假如我能够实现这样的目的，我想自己可以欣慰地面对死亡了。诗人注定是要死的，但好诗将永存。由此看来，我更愿意承认真正的荣誉是属于诗的，而诗人却只能算是一个沾光者。有了这样的认识我们可以进而澄清一些问题，譬如：1.一个诗人如果把属于诗的荣誉当作自己的荣誉来追求可能适得其反；2.一个诗人在有生之年是否享受到某种荣誉与他的诗能否被流传无关；3.对诗荣誉的实现来自诗人对自身荣誉的忘却，而不是铭记。假如这样的认识并不被人们看作是假清高，甚至违背人性的话，那么，写作就不仅仅像德里达所说的是生命"历险"的过程，我以为叫"牺牲"更为合适。

诗人对个人名誉的追求容易诱发并导致私欲的膨胀，以至于写作的浮躁和短见。在这样的时代，要么我们沉下心来，耐住寂寞，忍得甘苦，做一些他人所不能的事情，要么我们放弃这份精神坚守，混入世俗之流。在这个问题上，我们用不着奢谈道德，诗将对此做出最终的判别和检验。明了此理的诗人应该知道自己的选择方向，应该知道心灵为什么所动，不为什么所动。尤其那些渴望一举成名的人更应该清醒，这个世上的一切都是平衡的，来得容易的东西，去之也快，一首不朽之作同样要求有非凡的付出。这个时代没有不朽之作，可能正是因为诗人们做得不够。每当我听到人们对当代诗歌的蔑视、指责、失望，甚至诅咒的时候，我就想，再把写作看成是对精神的坚守是多么可笑的自我麻痹，现在，我感觉到叫"坚守"已经不够，而应该是"为诗的荣誉而战"。为了让诗不再成为人们嘲弄的对象、遗忘的对象，为了让诗恢复它在人们精神中的崇高地位，每一位诗人都有责任挺身而出，准备为此献出一生。

属于诗的荣誉，才是诗人的最高荣誉。

2002 年 1 月 9 日于哈尔滨

我的母语是一叶菩提

——在同济大学 2015 年中西双重视域中的
当代汉语诗歌研讨会上的发言

"中西视域中的当代汉语诗歌"这个概念太宽泛了，我不知道从哪儿说起。

几天前，美国的诗歌翻译家、批评家杰夫到苏州，我向他请教中美诗歌比较问题。他认为把中国诗歌和美国诗歌进行比较是没有意义的，因为，他们不具有可比性。他说："在相同的文明下，你可以做比较文学之类的事。但，当你比较日本、中国等东方和西方文学时，是有问题的。你得到的是假的相似，错误的相似。你如果要做比较的话，必须把他们放在一起，让他们相符合。"我英语不好，也没到过国外，听了杰夫的话，我对国内目前比较热门的比较文学批评多了几分疑虑。

实际上，影响中国当代诗歌成长的不仅是西方的文学，还有拉美和东欧文学。但我们似乎对西方的东西更钟情。我认为西方当代诗歌正由辉煌走向没落。从波德莱尔开始，西方诗歌曾在 20 世纪上半叶达到巅峰，但下半叶至今整体上是朝着生命无意义之路在下滑。精神以及永恒性的丧失、语言乌托邦、充满绝望和歇斯底里的狂欢、生活的破碎感以及写作的技术化和行为化，使得西方诗歌如同没落贵族的弃儿，已然丧失了她应有的荣耀和光辉。西方人也只能在怀念中重温他们诗歌历史的辉煌。我曾问杰夫："现在美国人是怎样看待 20 世纪初期以及五六十年代那一批杰出诗人的？"杰夫告诉我说："当然，我们把这个时期叫美国的文艺复兴。惠特曼、埃米莉·狄金森等，他们被认为是美国自己的诗人，而不是英国的。"

　　杰夫的话让我深思：美国最重视的是自己的诗人。可我们中国好像更尊崇外国的诗人。这种倾向使得我们很少潜下心来想明白，什么样的诗人才配称得上是中国自己的诗人。今天，我们仍然卖力地向西方学习，从文本到语言形式、从哲学到文艺批评理论，都把西方的东西视为圭臬。我在想，靠西方思想武装起来的中国诗人多大程度上可以算作是我们自己的诗人？什么时候，我们才能不借助西方的理论来佐证自己的写作？

　　这不是一个依据逻辑或想象提供答案的问题，而是一个在现实生活中诗人以及批评家如何做的问题。虽然有人提出回归传统，有人倡导本土化写作，但成就中国自己的诗人远不是这样简单的事。也没有一种文学组织、机制能够完成对这样诗人的培养和塑造。这些做法过去有过，但最终被证明不过是瞎扯。在世界文化交融的今天，我认为我们要成就中国自己的诗人，他的诗学一定是他在母语中独自建立的。比如，张枣出国后对母语写作有了更深的热爱和自信，而吕德安让我觉得出国后他身上的中国气息更突出了。这样的诗人肯定地讲，仅仅靠诗歌的语言特质是很难成就的，他还同时必须有强大的精神特质，且是中国式的精神特质。我以出国的诗人为例来谈中国自己的诗人应该具有的品质，是因为我觉得这些人了解西方后更信赖母语。从他们身上生发出的中国诗歌精神以及绽放出的汉语诗歌光辉也应该更扎实有力。正因为这一点，我对胡桑和朱萸等这一代学贯中西的诗人寄予厚望。但这不等于说每个诗人都必须出国才能洞穿本土写作的秘密通道。

作为一名诗人，而不是一名诗歌批评者，谈论这个话题最为诚实的表述莫过于谈我自己。我这样说不是为了突出自己，而是因为我就是一个中西文化下诗歌写作的实践者。我最初的写作是从阅读西方的哲学、美学以及文艺理论开始的（浅尝辄止的接触），这些理念给我的诗歌创作带来了最初的启蒙。这期间存在主义哲学让我只看到人生的困厄和晦暗，而后现代主义又将我带入碎片的废墟。这两种诗学都让我处在不安之中。1998 年，我开始喜欢陶渊明，从他的诗里我获得了精神源泉。我知道我的职责不是说出人生的苦难，而是面对苦难和烦恼活出一个诗人应有的精神来。这期间，我开始接触道家思想和禅宗，我发现自己对传统文化更感兴趣。那时，禅宗对我意味着诗学：简明、灵动、朴素、诚实。也正是从那个时候起，写作困扰我的最大问题不是语言问题，而是如何通过写作传递出我们生命的能量，并让心灵安顿。

2007年，我皈依了佛教，佛法为我打开了洞悉生命奥秘之门。在禅修实践中我发现了生命中潜藏着的能量——智慧、欢喜、自由的能量，也让我更加看清西方诗歌的局限性。对我而言，这个过程不是简单地向传统寻找诗歌出路还是向创新寻找诗歌出路的问题，而是用什么样的眼光看待当下生命的问题。可能这与信仰有关，但这又不是简单洗脑式的崇拜。禅修作为一种生命的实践，它发生在我的身上，它改变了我，让我身心轻盈，带给我身心的敞开与安定。我想说的是，禅修让我找到了用生命写作的方法和感觉。今天，禅与诗对我而言都是生命的一部分，我不再迷信文本、语言等这些本体论问题，也不再热心流派、主义等方法论问题，这些问题在我看来不是没有存在的必要，而是"小"。我不再信赖这些东西，我信赖的诗学就是禅修，我回归的母语就是一叶菩提，我崇尚的词语就是光。我遵从诚实原则，我说出的都是我觉知、体会到的东西。我的文本就是心，那个有时如露如电变幻不定的心，有时寂然清净的心。我尽量不在诗中抱怨、沮丧，甚至无厘头地幻想，我回避说出这些令我的心不安顿，也将令读者的心不安顿的语言。我需要提升的不单是写作的品质，更主要的是生命的品质。我不排斥，也不拒绝西方的东西，对待西方的东西，我只要求做到一个字：戒。就像戒毒、戒酒。"戒"意味着她对我已经没有吸引力。别人怎么写我不管，总之，我这一生决定就这么干了。我愿用生命和智慧点燃词语，不管它的光亮大与小，短暂或持久，以及它是否最终变得暗淡。

2015 年 4 月 15 日于苏州滴水斋

批评文论

后现代主义和我们的处境

后现代主义不仅仅是以一种单纯的诗学观念，而是作为一种思潮，越来越广泛地渗透到我们生活的各个领域。当下岗的危机威胁着每一个人的时候，我们不是从理论文章中读到"意义的丧失"和"不确定性"，而是在现实生活中体验到了一种传统根基的动摇和坍毁——信仰和信心同时面临考验。如果在 20 世纪 90 年代以前，我们拒绝后现代主义的理由是"中国并不是一个已经进入消费社会的后工业化国家"，那么现在，市场经济的迅猛发展已经将每一个人置于"消费"的潮流之中。经济结构和经济比例的隐约变化和政治体制的改革都在悄悄地影响着传统的价值观念和文化意识。诸多的社会现象困扰着我们的认识。在这种境遇下，我们不是情愿地，而是被迫无奈地选择了后现代主义。

骂后现代的人多数是那些生活安逸、优雅或拥有一定地位的人，一方面，他们害怕后现代主义对于传统和权威的消解破坏他们现有的生活；另一方面，他们处在一种无忧无虑的环境下，感受不到底层人内心承受的各种压力与生存窘境。应该承认，后现代主义不属于贵族阶层的思潮，它是平民的思潮。或者说是在精神和文化领域里平民对贵族掀起的一场革命。但是到目前为止，这一思潮的趋势远远超出了"反叛"这一狭隘的意义。由于对权威和官方话语的抵制，人们首先从"后现代"中获得了一种自由思想的氛围和空间，诸多观念和认识的界限被崭新的视角和洞悉所打破。世界在变得不确定的同时，也变得丰富和多彩。然而，这一思潮并不是无政府式的，从丹尼尔·贝尔《资本主义文化矛盾》到马尔库塞《现代文明与人的困境》，无不试图在新的环境下寻求并建立合理的生存秩序。从这一点来看，后现代主义的重要性则在于它捍卫了"无力发展的人们"最基本的生存权利。

在中国，一名诗人接受了后现代主义意味着他已经接受了自身生存这一现实。假如我们对诗人这一群体做一下调查，恐怕没有多少人的生存处境是令人乐观的，尤其是业余作者。他们有的生活没有保障，有的居无定所，有的甚至过着饥寒交迫的生活。虽然在物质生活上的困难程度不同，但在精神上他们几乎都是在孤独和遗忘中苦苦地挣扎。这些人之所以还在"自掘坟墓"，缘自他们的道德怀旧和神话怀旧。按照后现代主义的理解，写诗并不是一种比清扫工要高尚多少的职业，它与其他工种的区别只在于写诗是一项风险性极大，高投入、低回报的赔本买卖。当某些诗人试图通过写作来实现"个人神话"时，我在为他们的执着和勤奋而感动时，真的想说一句："这种自欺的神话该结束了。"所谓接受自身生存这一现实就是说，我们要承认诗人主体地位的丧失，承认写作的即时性、游戏性和消费性，承认"我"的局限和作为人本质的存在。这并非说写作是一项无意义的工作，这里着重解决的是"为什么写作"的问题。那些试图通过写作来使自己成为道德偶像和精神偶像的人，那些渴望"不朽"的人在我看来都是可笑的。而那些明确提出"为诺贝尔文学奖而写作"的人更是可笑至极。且不说这些目的（野心？）本身就偏离了写作的宗旨，即便可行，他是否能够保证肉体不会在恶劣的生活环境中垮掉，以便有朝一日，他有足够的体力到斯德哥尔摩领回那笔可观的奖金？

在没有人保护诗人的今天，诗人只有自己保护自己，如果他热爱写作并且想继续下去的话。而保护的措施一方面是弃文经商，和现实"同流合污"，另一方面就是改变写作观念，在精神上为自己减压。选择第一种的人生活可以得到具体的改善，而选择第二种的人只能在"消解"和"反讽"的语言策略中，获取一点轻松和快慰。正是在这样的困境中，诗人为了自救才选择一种全新的写作。这种全新的写作特征表现在以下几个方面：

一、写作的即时性

结束在当下。它的全部意义就是证明"此刻"的存在，证明这一存在的具体和虚无。当"历史"和"未来"离我们都很遥远时，写作的即时性突出表现在对传统写作中"永恒价值"的否定。在写作的态度和观念上，写作即时性的特征表现在对"宏指"、"神话"和"强力意志"的回避。诗人不再以"预言家"和"时代的精英"身份出现，而是以一个普通人的身份出现。这也是诗人对自身地位的认定。它的价值并不在于诗人对朴素现实的回归，而在于它能够发现和展示构成大众生活的无数个"平凡的瞬间"。而在具体的语言操作中，写作的即时性则表现在对"词语"和"经验片段"的整合与结构，对再生性语境的创造。语言的多维指向和语境的多变是这一写作的显著特征。如果说诗人在否定了写作的神圣性后，所强调的是写作的活力的话，那么这一活力恰恰表现在诗人能够不断地通过写作使传统意义的字符获得新的命名和理解。

二、写作的游戏性

我过去曾强烈反对把写作和游戏联系在一起，现在回想起来，过去对游戏这一概念的理解太肤浅。当我们发现诗人的精神并不能大于衣、食、住、行，并不能大于地震、流

行病、战争和经济危机时，我们有理由放弃一切形而上的意义来界定诗人和诗歌，从而在游戏的层面上把握写作。承认今天写作的游戏性首先是基于对语言的解放。传统的诗歌观念使诗的语言背负着政治和道德的重任，背负着"救世"的重任，看上去像一名贞节牌坊下的寡妇克制自己的欲望，而服务于某种观念。今天的写作是建立在语言的合法性之上的，是建立在词与词平等的前提下的。诗不再是某些词的"禁地"，语言的解放就是使诗歌不断扩大它对词语接纳与容留的空间，建立无"中心词"或"关键词"的宽松的文本环境。但是，这一解放绝不意味着写作的散漫、混乱和无序，相反，游戏的另一个标志就在于规则的严密性。强调写作的游戏性就是要从写作本身来规范写作，诸如一些人提出的"知识分子写作"、"红色写作"、"伪叙述"等，而不是诗人的其他方面，譬如道德、修养等内在因素。诗最终以文本的形式存在，面对读者时，它和诗人的存在无关。所谓"文如其人"或"文人合一"之说并不能构成写作的规则，它更像是一种"写作道德"，规约诗人的行为，而不能规约写作。写作注定是一种对词语组构的工作，它靠的不是自身的德行，而是他对语言的敏感和发现，他靠的是对组构语言规则的严格遵守。如果说，人的行为和经历也可以纳入诗中，那是因为这些行为和经历已经"语言化"了，它是脱离了诗人具体存在的语言形式。显然，写作的游戏性是基于对"写作本体论"的认识，它强调的是写作的规则和形式，而非传统的"精神"。

三、写作的消费性

　　就写作者来说，写作是一种对词语的消费。它靠对语言的占有和消耗来满足表达的欲望。这是一种对"言说饥渴"的满足。正像我们穿过的衣服一样，一种语言或词语一旦被写作者使用过，那么这种语言或词语便在他那里成了"旧物"。对词语的一次性消费在激发作者求新欲望的同时，也暴露出写作的残酷。在目前的写作中，写作的消费性不仅表现在写作者对于某种需求的满足（如表达的需求、思索的需求和创作的需求），而且还表现在诗人对语言的掠夺和占有。后者除暴露出写作中的语言暴力外，还暴露出挥霍语言的奢华之风。这一写作特征形成的根本原因在于语言的丰富和过剩。在某些诗人的写作中困难的不是如何穷尽表达，而是如何能简化表达。朴素与简洁很难再成为诗人使用语言的准则。在社会上奢靡之风泛起的今天，诗人是否想通过挥霍语言来弥补自身贵族气息的缺乏，我就不得而知了。我无法肯定这一特征对于写作来说是否是健康的和有益的，但我始终对语言的奢侈之风感到忧虑。这一结果造成长诗越来越长，越来越多，句子越来越散漫、臃肿。似乎一首诗可以无限制地"结构"下去。这一现象的形成说明写作者并不是严格遵守属于自己的写作原则，而恰恰表现出原则的不明确或原则的丧失。这是作品辈出而佳作匮乏的原因所在。写作的消费性的另一个表现就是

"机械地加工"。写作的可操作性使得"语言加工"成为合法化。在某些人的手中，写作成了一种"文化产业"，诗歌便是商品。经营有道的人，不仅通过这一产业大发其财，而且大扬其名，成了诗人中的富贾。

这种全新的写作无疑对诗歌的功能是一次变革。它在削弱传统诗歌中的批评功能，或社会功能以及政治倾向的基础上，突出了审美功能，即突出了语言差异性的辨析与认定，突出对"瞬时性"的体验与把握，突出认识、想象和感知的有限性。显然，我们不再相信爱默生的神话："俄狄浦斯并非神话：你只管歌唱，岩石就会变成水晶，植物成为有机体，动物生衍繁殖。"事实上，诗人的歌唱已经变得极其无力，它越来越被嘈杂的声音所淹没。时至今日，诗人除了影响自己以外，已无法再影响他人。阅读的庸俗化迫使诗歌写作朝着逆反的方向发展，即写作的反读者倾向。反读者倾向的动机无外乎这样几点：1.背离读者的阅读期待和阅读习惯；2.拒绝与读者共鸣；3.建立相对独立的开放语境，它适合"游览"，却不适合"居住"。需要强调的是反读者不是排斥读者，更不是拒绝读者。反读者只是一种写作策略，最终的目的是要改变读者的阅读习惯和审美观念，重新赢得读者。

不管怎么说，诗歌写作都到了一个关键而危险的地步，诗人不是设法为自己寻求更多的写作理由，以此使写作得以继续下去，就是自行消亡。诗人没有退路，写作也没有退路，仅仅"挺住"并不能意味一切。诗人必须在对写作的不断革新中获得写作的活力与生机，获得诗人应有的价值与身份。

1998 年 5 月

谁来宣告后现代主义的终结？

　　在我书架的显要位置，摆放的都是关于后现代主义文
化及理论的书籍，其中包括我所热爱的米歇尔·福柯、罗
兰·巴特、哈贝马斯、莫瑞·克里格、利奥塔德、德里达
等一些铸就了后现代主义理论基础的大师们的著作。我不
能说通读了这些著作，但我曾一度深陷其中，迷恋、思索、
实践。应该说这些理论大师带给我的启迪和引导是难以描
述的，但是从 2000 年开始，我在逐渐地疏远这些理论，直
到去年，我在诗歌创作和评论文章中抛弃这些理论。这样
做并不是出于民族文化的自尊考虑，而是我越来越感到有
些理论和我自身的生活及心灵需要相脱节，甚至相背离。
偶尔我也还会翻一翻这些著作，但却引不起我的兴奋。我
的强烈反应是：总是这些东西，不过如此！

　　这种情绪表露出我对后现代主义的厌倦。我不知道别
人是不是和我一样拥有这样的厌倦。作为一种文化思潮，
它从 20 世纪 20 年代兴起绵延至今，似乎仍没有收场的迹
象。尽管人们对后现代主义这个词没有像 90 年代那样充

满热情和好奇，但它仍像幽灵一样潜伏在各个角落，暧昧而诡秘地扮演着先锋文化的角色。不管是从社会形态的界定也好，还是从意识形态的界定也好，后现代主义都仿佛是一个无所不包的词汇。这难免不让人怀疑：究竟哪里才是后现代主义的边界？谁来宣布后现代主义的终结？

我的怀疑是全面的。首先，后现代主义的范畴界定不该是一个无限绵延、无所不包的领域。我们看到无论建筑、绘画、文学艺术，甚至城市景观的一切创新统统都被记在了后现代主义的功劳簿上，奇怪的是，一些反后现代主义的思想和实践也被囊括其中。这说明要么是后现代主义的界定过于武断和草率，要么我们已经陷入文化形态的匮乏之中。实际上，我们至少可以从以下几个方面对后现代主义提出质疑：

1. 作为现代主义的延续，后现代主义是以反崇高、反文化、反整体性为手段的，其目的是要达到对权威的颠覆。时下，颠覆者们也已经坐到了权威的交椅上，这说明，由他们发动的这场革命可以收场了。

2. 正如哈贝马斯深刻意识到的那样，后现代主义放任生活的整体性破碎，试图在语境的游戏中释放压抑，而实际上，具体的个人并不把"失去升华的意义"和"失去结构的形式"体验为解放，而是体验为一种波德莱尔在两个世纪前描述的那种巨大的厌倦。这归结为后现代主义并不想给人类的文明寻找到一条出路，而是纵容自己迷恋这一完整的"堕落的景象"（詹姆逊）。这种迷恋导致粗俗、丑陋、病态、歇斯底里、精神分裂成为美学基础，使得廉价低劣的艺术泛滥，一种被夸大的颓废情绪和绝望意识普遍蔓延。因此，我们必须指出，语境并不是一个无所不能的魔词，它可以满足我们这样的欲望："一切都是可能的，怎么都行，只要语境变了，结构变了，关系就变了。"我们在生存中面临的困惑都是具体的，而这些困惑，仅仅依赖"话语游戏"和"放任破碎"是不可能得到真正解决的。

3. 并不像凡蒂莫看到的那样，"无论在建筑、小说、诗歌，还是在象征艺术中，后现代最普遍、也最突出的特点就是努力摆脱以往压倒一切的发展创新逻辑"。其实，只要我们仔细分析就不难看到，后现代的发展创新逻辑是一种简单的、暴力反叛逻辑，是基于二维背反的逻辑。严格地说，这种创新潜藏着反相依附的嫌疑。譬如：相对崇高美学的世俗化、相对罗格斯中心主义的无中心论、相对永恒精神的瞬间感觉等等，对此，伊哈布·哈桑所作的现代与后现代的对比表可以说明一切。问题并不在于这种发展创新的模式是不是全新的，而在于它不再具有先锋文化的活力和激发创造精神的效力。这是一种双重的结局，一方面后现代的某些理论和作品已经成为经典，并为人们普遍接受，它由一种先锋文化演变成经典文化，标志着其发展已经达到了巅峰；另一方面，某些后现代的理论和作品同时处于不被人们普遍认同的尴尬境地。但理论家和艺术家们的努力一直在继续，不想承认自己的失败。在冒充的先锋旗帜下面，后现代主义这个以不断冲破旧范式为目的的思潮越来越给人一种"旧范式"的印象，以至于看到这个词或这类作品，我就在内心生出强烈的厌倦：总是这些东西，不过如此！

另外，现代主义与后现代主义的发展延续着一条不断降低人性品位的路线。首先尼采把人从神性的位置降低为人（精神上的解放），在卡夫卡那里，我们看到了人与虫的重合（主体的异化），而后现代主义正在把人降低为动物（肉体本能的释放）。不管这条向下的人性路线拥有多少合理性，譬如人性中动物性的客观存在以及动物性相对人性中的伪善、贪婪、狡诈、残暴仍是纯洁的等等，它都标志着这条人性堕落的曲线已经跌至谷底。艺术上的直觉论和行为主义都不能掩饰后现代的艺术家们在展示卑琐生活的过程中表现出的想象力和创造力的贫乏。也就是说，我们要想推动这条人性曲线继续延伸的话，就必须使它在此转向，抬头向上寻找新的、更加宽阔的发展空间。实际上，21世纪初科学和社会发生的一系进步都值得我们从全新的角度认识人以及所有的生命。如人类基因组的发现、数码技术的广泛应有、人类对火星上生命的存在和宇宙奥秘所作的前所未有的探索等。这一切不仅在本质上改变着我们对生命的认识，也在生存的空间上改变着我们的视野和需要。今天，人所面临的困惑既不是尼采神对人的统治，

李德武诗文集（下）

80

也不是卡夫卡人与虫的等同，更不是后现代肉体或官能上的压抑与饥渴，而是在发现奇迹方面，自身想象力和创造力的贫乏。21世纪是一个探索的时代，是一个发现奇迹、创造奇迹的时代，因此，它的先锋精神应该建立在对非凡的追求上，而不应该建立在"世俗化"，甚至虚无主义上面，应该建立在以实证为主的富有冒险意识的实践上，而不是停留在"言语行为"之中。终结后现代主义一个强有力的理由就是，这个时代人性需要一种健康、积极、强有力的精神作为支撑。

而纵观后现代景观，我们常常看到的并不是花团锦簇，而是被分解得支离破碎的凋败花园；并不是充满光明的殿堂，而是瓦砾遍地的废墟；并不是健康、有力的生命，而是萎靡颓唐的幽灵……问题还不在于表现的对象是光明还是晦暗的，是可表现的还是不可表现的，是抵达共同的品味还是拒绝共识，而在于这些表现形式和内容已被普遍化、庸俗化了，我们看到的不仅仅是艺术上的重复，还有某种要把这些意识按照"支配性文化"或叫"统治性文化"的逻辑强加给我们的企图。后现代主义已然不是一个地域性的文化概念，而是一个全球性的文化概念，这就更应引起我们对它的警觉，而这一警觉的根本在于，我们是不是心甘情愿"吊死在后现代这一棵树上"？倘若我们不能认同这唯一的美学理想、生存状态和价值模式，我们靠什么来阻止、抵御这一强大思潮的侵袭？或者说，我们需要什么样的文化形态来重新武装我们的头脑，以符合我们内心需求的方式生活、思考和创造，并成为文化开拓和艺术创新的先锋？

需要说明的是，我在此提出终结后现代主义的要求，不是对其粗暴而简单地埋葬，而仅仅想表明后现代主义延续得够久了，就让它带着荣光和失败成为历史吧。也许在某些领域，后现代主义还有它存在的必要并延续着影响，但作为一种先锋文化它已经丧失了蓬勃的朝气和鼓舞人心的号召力。同时，我们看到世界也不像丹尼尔·贝尔预言的那样，消费时代必然导致永恒价值的丧失，今天，我们的世界仍然需要永恒价值的维系，包括人性、道德、秩序、和平和公正等等。因此，我们不该把超越后现代当作创新的唯一目的，而是要站在人类进步的高度，探索出一条富有光明和进取精神的文化道路。面对新的世纪，我们有理由像波德莱尔在说出"浪漫主义已经达到了顶峰，这就意味着它将开始衰落了，让我来写些别的"时所具有的雄心和气魄一样，大胆探索出人类文化发展的新潮流和新形态，以此替代日益衰落的后现代主义。

2004 年 1 月 25 日于苏州

后现代主义的危机与局限

一、方法论美学的弊端

看过几位学者对拙作《谁将宣告后现代主义的终结》一文的批评，学者们良好的学养和严谨的学风着实令我敬佩。我觉得我们之间无商榷的必要，因为我们关注的不是相同的问题。我怀疑的不是人们对后现代的热情，而是后现代基本理论自身是否令人信服。所以，我关注的对象主要是创造了后现代理论的一些理论家。但讨论是自由的，多一些声音没什么不好。

作为一种方法论美学（我这样认为），后现代无异在找寻词语与意义，词语与存在表述、表现方式上做出了前所未有的探索，但并不说明这些建立在语言上的开拓真正能够解决我们内心和现实之间的深层冲突。作为一种美学的初级训练，后现代的一些理论是非常有效的，因为这些着重于方法研究的理论更易于操作。与其说这是一种技术主义美学，不如说这是一种实用主义美学——以一种方法的普遍有效性掩盖美的个人（人格化）标准。在其对艺术的不可模仿性或话语权威的颠覆中，实现的并非是美的日常性回归，而是表征为对心灵缔造个人世界这一难度创作的逃避。詹姆逊对此看得很清楚，他认为，文化是一种要素存在，创作就是利用公共的文化要素进行的"拼凑"，而拼凑也不过"是空的模仿，是一个瞎眼的雕像"。在后现代的理论家当中，最不想把艺术和人分开的可能要算梅洛·庞蒂了，他本来想说明艺术并非仅仅是一种精神的存在，还应包括肉体的感觉存在，媒介的物理存在以及一幅作品在创作过程中必不可少的过程,但他还是陷入了"明确划定界线"的泥淖，因为这种界限的划分与明确除了在概念上变换一些花样外,确定的无非是一种语言的指向性。所以，梅洛·庞蒂自然不理解"心灵何以能够绘画、写诗"。类似的我们可以看出茵嘉登的语言指向、加达默尔的语言指向——一种面对共同的语言迷宫所做出的自我逃脱路线的选择。

在阅读中国文化和后现代的文化中，我注意到一个有趣的问题，中国艺术是以人为基点的，而后现代艺术是以语言为基点的；中国人在两千多年前就注意到人与外部世界的关系性，这种关系不是统治与制约的关系，而是相互依存、共生的平衡关系，因此，在中国艺术思想中人与物并非是两个对立物，更不存在词与物的对立，人可物化，物可人化，其中超越的是人与物的固有界限，实现的是心灵的开阔和自由。后现代的艺术理论不仅是建立在语言本体之上，而且人与外部世界的存在是一种不可调和的对抗关系。不管是把语言看成是存在的表象，还是看成存在本身，对语言的研究都是把人和现实割裂开来，并处于悬空状态的一种本末倒置的研究。以人为基点的艺术视野是开放的、立体的，它构成一个以人为核心的某种界限不明的氛围。显然，这种氛围不是靠语言衍生出的意义来建立的，而是靠人的情绪、感觉、心境和品格来确定的；以语言为基点的艺术视野是受约束的、单向线性延展的，是平面的。界限不明的艺术有一个弱点，就是初学者不易掌握其精髓，感到神秘玄妙；界限清晰的艺术有一个优点就是易学、好理解。后现代文化容易传播开来其中一个原因就是它的文化界限划分得十分清晰具体。譬如维特根斯坦首先发现事物是由不同形态构成的，并且这种形态表现为一种语言的存在，于是，结构主义诞生了，并由结构主义发展为后结构主义以至解构主义等等，发展的过程可以看作是一个逻辑规则修正、更替的过程，不仅思想具有体系性质，方法也具有体系性质。一个人即使不了解结构主义的深层理论，也可以通过掌握结构方法而让自己成为一个结构主义者（方法论美学的特征）。界限不明的文化创造了心灵与事物和谐共生的模糊美，那是一个既属于你又不属于你的快乐居住地，你必须用自己的全部心灵和生命去感受它；而后现代文化在追求"指纹式的肌理"（詹姆逊）

中只需要截取或放大局部细节就够了，虽然做到了表面准确和清晰，却丧失了留给自己和读者的双重精神空间。

其实，启发我透视后现代美学局限的不光是博大精深的中国文化，古希腊神话中有一篇《阿尔戈英雄的故事》也是一面比较好的镜子。这是一个非常有趣的故事，本来这则神话开始写的是伊阿宋要从他叔叔手里夺得王位合法继承权（目的明确清晰），事实上大部分笔墨都倾注到寻找金羊毛上（一个不确定的神秘物）。王位和金羊毛之间不是对等的关系，王位代表了具体的利益，而金羊毛代表了一种模糊的美。尽管二者毫不相关，但富有意味。意味之一：伊阿宋在半人半马的喀戎那里训练成英雄就是为了夺回王位，可是，当王杖唾手可得的时候，他却甘愿把生命投入到寻找与自己毫不相关的金羊毛的冒险中；意味之二：不是关于王位的合法性和公正性，而是关于金羊毛的不可得才让众英雄聚集到一起，并打造出全希腊最大的阿尔戈大船。

这是一首英雄赞美诗，古希腊对英雄的崇拜是对人性的崇拜，是对勇敢和力量的崇拜。金羊毛和王位相比，也许微不足道，且是那样没有实际意义，但正是它的不确定性以及遥不可及才真正让英雄们心动。所以，当金羊毛作为一种目标存在——一个遥远的目标，一个充满魅力的理想存在的时候，它虽不能给人直接的利益，却极大地激发了英雄们的兴趣和斗志，给平淡无奇的生活注入了激情和动力。是金羊毛把伊阿宋从通往"王宫"的狭隘路径带入广阔无边的海洋，把关于权力的残酷厮杀带入对自身力量和勇气的挑战中。

我喜欢"找寻金羊毛"这个故事，它轻微而重要，犹如某种梦境或幻觉。我也非常欣赏英雄们在找寻金羊毛的航行中表现出的执着与勇敢的精神，也正是他们的无畏和一往无前的求索才让金羊毛更有价值。某种程度上说，诗歌创作就是一个寻找金羊毛的过程，每个诗人都该是一名"阿尔戈式的英雄"。而面对今天无所不在的后现代美学，我深深地感受到我们缺乏的不仅仅是"方法"，更是个人或集体的某种"精神"。

二、语境写作的局限

如果不是站在西方语言学的角度，而是站在汉语的角度看待诗歌的话，我们就会看到，构成诗歌内在联系的不是秩序（语言逻辑），而是趣味和境界，即包含诗人独特感受、体验和心境在内的个人呼吸。那也许不是建立在所谓的语境上面的某种陈述（时间逻辑），也不是关于某种真理和事实的阐述（推理和判断逻辑），而仅仅是一些偶然的感悟或幻觉，有时也许是脱口而出的吟唱和叹息。心灵世界的瞬息变化决定着诗的形态和走向。就此而言，我以为后现代提倡的语境写作或文本写作，是一种机械的技术性写作，其特征在于这种写作的可操作性和可模仿性，同时，由于创作是从语言出发又归于语言，因此，这类诗歌失掉了本原：人的心灵和呼吸。我们知道，一首诗不是简单的词语组合，合乎语言规则的却不一定合乎人对美的需求与感受。尽管从维特根斯坦开始，西方的哲学家和美学家都致力于对语言游戏的探讨和实践，努力将语言游戏合法化，并且已经得到了学术界和大众的双重承认。但是，我仍感觉所有这些探讨都没有达到庄子《逍遥游》的高度（在我看来，庄子的精神和气质是纯粹诗人的）。游戏本是对功利是非的疏离，是个人对自由的追求形式，它必须以游戏者沉浸在忘我的状态下为境界。庄子能够做到"物我合一"，能够不辨"庄周与蝴蝶"，是因为庄子已经到达了一定的心灵境界。这个境界不是靠语言的规则演变出来的（修辞），而必须是在具体的生存中修炼出来的（修性）。他面对并超越的不是词语，而是自我与现实。或者说他所置身的不是语境（词语的表述和搭配呈现出的语义关系），而是具体的生存处境。

可是，后现代基于语言学的理论，在逻辑的范畴（即语法的规则内）将诗歌创作等同于语言游戏，认为语境变了一切就变了，从而把诗歌植根于纸上或文本中，不仅将诗歌带入了越来越乏味的境地，也把心灵局限于一个狭隘、空虚的世界里——词语的世界。这里不管是福科的"缺席写作"还是罗兰·巴特的"本文快乐"，抑或梅洛·庞蒂的"肉体构制",最致命的问题在于这些理论过分依从于语言规则和游戏（尽管他们都极力找寻语言和现实的连带关系，甚至一厢情愿地认为语言就是现实），忽略诗人在这个世界上自由地生活所具有的博大和从容的心灵，忽略一个伟大的诗人就是一个完整的世界这一事实。他们总是沉迷于辨析一首诗是如何构成的（解剖诗歌），如何成为美的（要素提炼）这类问题，运用实验室的研究方式，试图找到一条真理之路，让所有的人沿着这样的路写出诗歌或找寻到美。这正是西方艺术和美学相对东方艺术精神显得僵化、教条的症结所在（满足对清晰规则和界限的建立与依附）。我说后现代的一些美学理论"总是这些东西，不过如此"，不是有意忽略后现代理论内在的差异性，而是在和东方文化的比较中感觉到它的纠缠和渺小。老子说："道可道，非常道"、"大音希声，大象无形"，这些话说出的不是一个简单的辩证关系，而是说出了身心自由的一种从容状态，即摆脱对固有观念的依附，不把注意力放在对抗事物上，而是放在开阔心灵上。按禅的说法就是"在必须表现自己内涵的场合，处于无言的状态"。无言不是拒绝交流和表达，而是对文字表达的超越。对禅而言，生命体验中的一切形态都是语言。因此，禅不借助智力或体系学说让认识清晰，而是通过生命感悟让心灵抵达澄明。

心灵的澄明是一种难以言传的精神状态。写诗如同参禅。事实上，纯粹的诗歌创作所表现的都是真正难以言传的东西，即是超越以议论和描摹为主体的知性界限的东西。因此，禅的境界是不立文字。诗的境界虽做不到不立文字，但提醒我们至少应该做到超越文字。诗人应该注重体验，敞开心灵，用整个生命和世界对话，在天人合一、物我合一（即人与物的性灵互通）中感受平凡与质朴、自由与快乐。有一个偈子说得甚好："手拿禾苗插满田，低头便见水中天。"

因此，我以为后现代这种挂靠在语言学、心理学、社会学等诸种体系上的网状思想和理论已经完全陷入互相钳制的链环之中。所谓的"破坏与再构"不过是把自己从这个链子上解下来，再系到另一个链子上而已。所以，毕加索才感慨道："世界上真正的艺术只在两个地方存在，一个是中国，一个是非洲。"我想，这也许就是加里·斯奈德喜欢我国诗僧寒山的原因，也是包括庞德在内的意向派诗人们吸取中国艺术营养并在创作中身体力行的原因。

回过头来，我们再看一看后现代的语境写作，即便语言游戏是可行的，那么，游戏的本质也不在于语言的规则性，而在于不规则性。我以为诗歌语言都是不规则语言，它以诗人个人的话语习惯为尺度。规则语言要求符合常规标准和适应普遍的习惯，而诗的语言要求符合诗人瞬间的、独特的感受，它不是拒绝共识，而是它压根就不是在普遍习惯的层面上言说。后现代的美学家们是通过取消作者的主体存在（作者之死或情感零度）来达到适应普遍习惯这一目的的，并借助权力话语让一种个人的表达实现公共化（无个性）和合法化（符合语法），这些观点有益于发明一种新理论或学说，但对真正的精神来说无疑被程序化了，甚至严重点说被扼杀了。就精神展现而言，我以为诗的语言是与合法性相背离的非法性语言，它是不可以重复操作的语言（我说过：一个词的寿命很短，第一次说出它时，它是全新的，活力四射的，但连续说出三次，它就显示出腐朽的味道了），原则上，作为个人精神及话语形态，它只属于诗人自身。从维特根斯坦开始的语言本体论研究虽然打破了西方艺术发展的传统链条，解放了人们的某些思想，推动了结构主义和解构主义文学的发展，但却编织成另一种更为纠结不清的网络——语言本体论的网络。后现代的美学家们已经深深陷入对这一网络挣脱—编织—再挣脱的循环中，他们存在着自身无法自拔和将诗歌连根拔起的双重危机。这种危机今天除了表现为一种在纯粹技术上把玩语言的创作之外（依据语法和能指进行语言符号编码），还表现为靠观念来支配和壮大的写作，即所谓的命名式写作。

　　事实上，除了某种策略（有时是伎俩）的有效意义外，规则都是死的框架，是和心灵不能完全吻合的障眼法。老子说大道自然，禅说法无定法。哪个诗人在创作中能够做到一丝不苟地遵循某种外在的原则呢？后现代建立在这种规则上的多元性，相对心灵的敞开而言，其向度和空间也无不小得可怜。所以，当我们面对西方浩繁的理论卷帙的时候，最需要警惕的不是应该信奉哪一种理论，而是别陷入西方理论的迷宫或牢笼，最终迷失了自己。

三、客观化的谬误

就创作而言，诗不反映普遍性的生活，只反映特殊性的生活，并且是来自诗人独特感受到的特殊性生活。这句话也可以表述为诗歌并不在于提供给我们可接受的、生活中更丰富的东西，而在于提供给人生不容易接受的、匮乏的东西。美之所以吸引我们不是因为我们对此具备足够的经验（后现代的经验美学却恰恰迷恋于此），而是因为我们对此匮乏。在创作中，越是个人化的感受，也就越是大众匮乏的东西，某种程度上也就是符合诗歌精神的东西。不管我们是不是把诗人的创作过程提升到宗教仪式的高度来看待（真诚、严肃），诗歌都是诗人主观的产物（如果不是把主观理解为"想怎么样就怎么样"，而是理解为对"怎么样最好"所拥有的决策权力，那么，我们就不得不承认最后呈现出的作品是诗人个人标准的产物）。而后现代强调"极端的客观化"，甚至不带一点个人因素地将一些名词排列在一起，表面上看，是在呈现某种事实（暂且不谈对"事实"的呈现，即求真是不是诗歌应该追求的目标），实际上，我们看到的并不是呈现，即通过展示事物或心灵的某种特征来展示更为复杂的存在，而是事物简单的罗列。形式的粗糙也许远不如态度的浅陋更让我感到这种写作的不可取。即便从历史的角度说，客观化是一种不可否定的事实，那么，这种客观化是完全依从于外部世界，还是依从于诗人内部世界也是值得探讨的问题。我以为真正的客观化应该首先是遵从诗人的内心事实，而不是仅仅遵从外部事实，当然，把这二者截然分开是愚蠢的做法。在我看来，对诗歌真实性的追求不等于追求事实、具体和客观，而在于创作本身的诚实。我和车前子、小海、长岛、陶文瑜曾有过一次关于诗歌的谈话，在谈到写作的伦理道德问题时，我说过："最不道德的写作就是诗人违背自己的心性。"这也是我为什么始终强调诗歌应该向自己的内心，而不是语言去追寻的原因。作为诗人，他一生创作的时间可能很短，作品也很有限，但他会让自己始终处在诗歌的状态中。对于一个真正的诗人来说，能否保持一种诗歌的生存状态，比写出多少作品更重要。唯此，他才不会把写作当作获得功利的某种手段或途径，而看作是个人生命中自然而然的一部分。显然，这种诗歌行为是和后现代的"本文行动"或"话语行为"有着本质区别的。

审美是一个综合的复杂的感觉过程，总是由于个人的处境、修养、情趣、经历不同因人而异。对此，我更愿意相信老子的观点。他在《道德经》二十一章中说："孔德之容，惟道是从。道之为物，惟恍惟惚。惚兮恍兮，其中有象，恍兮惚兮，其中有物。"恍惚即无形不系，不知所以然，而不知所以然即为自然。诗歌的创作与审美正是一种不知所以然而自然的感悟过程。这里，美不是作为对象，不可以清晰确定，一首诗就是一首诗，一片山水就是一片山水，而是作为审美的反应过程和感觉，不可以准确说出。维特根斯坦说："对不可言说的，只能保持沉默。"这话是对的。但沉默并不意味着词语的贫乏，而是有些快乐词语根本不配来表述，那是需要诗人用整个生命来体味的快乐，那是刻骨铭心的快乐。就此而言，说出的都是易失的感觉，而那深沉的震撼将作为沉默的血液流淌在诗人或读者的身体里。

后现代提倡客观化的另一个标志就是突出了对经验的重视。经验也许是一个不坏的东西，但就客观化而言，显然很多人误把经验等同于经历了。经验是一种形而上的存在，是对经历有效性的提炼，是一种来自直接或间接的知识。经验的价值不在于经历本身，而在于指导行为的"有效性"。不是每个有经历的人都有经验，经验来自人对自身或他人经历的反思。"有效性"是一种对"利"的追求，对成功、恰如其分、正确、真理的期待，原则上这些理性，甚至过分务实的理性并不属于审美判断的范畴。在审美判断中，我们更多地依赖非功利的感觉和感受。

经历是一个人的过去，它存在于时间中，而不是存在于认知中，经验则存在于认知中。人的经验可能是独特的，但也许是可疑的，而一个人的经历则是不容修改的，是有说服力的真实生活。经历的独特性可以成为审美对象，因为没有人能够让自己重新再经历一次经历过的事情。

经验往往使人的行为变得古怪、虚伪、圆滑、躲躲闪闪、畏缩不前，它让人与人之间陡然生出戒备，这便是智性对淳朴、自然人性的损坏。我们需要看到一个有弱点和缺点的人，一个犯过诸多错误、有过种种失败的人，我们需要看到一个内心深藏着恶念和丑陋念头的人，一句话，我们需要看到人的本性，而不是伪装性，看到他的自然性，而不是升华了的"理想化身"。所以，独特的人生经历无疑是诗的内在素质，而经验则可能是和花言巧语一样无足轻重的装饰。今天，很多诗人太依从经验，包括写作经验，看上去倒真的像一位凭着手艺为生的工匠了。那就让诗人多尝试生活（平凡的和非凡的，世俗的和惊世骇俗的），努力做一个探险家，而少一点瞻前顾后的"反思"吧，一个羁绊在"得失"之间的诗人，断言不会是一个大诗人。

四、语言狂欢的欺骗性

在后现代的美学思想中，语言狂欢是一个极富欺骗性的概念。这种建立在消解基础上的创作就像是建立在沙堆上的宫殿，消解的同时也让自己处于随时崩溃的地步。

我在 1999 年 12 月完成的理论随笔《沙之墙》中写道：

今天，我们看到一种诗学是怎样从精神信仰
走向语言策略的，即把生命的终极价值等同于词
语的一次现身。事实上，这种对精神本身的忽略
并非是庄子式的物我两忘，也非卡夫卡式的本
性异化，而是一种位置的互换或取消。它体现为
语言上的粗暴与强制，是一种在互文与命名的掩护
下对共享资源先入为主的掠夺。在这里隐藏着一
种写作野心，即通过占领语言来占领发言权，通
过占领发言权来占领时间和空间，也就是试图
在历史和未来建立一种对言说的统治。……当
诗人放弃对自我灵魂的超度，而认同其自行放逐
的时候，诗歌除了触及语言并从中获得表述的
快感外，已经没有别的魅力。对诗人来说，这也
许是一件令人愉快的事，只是这种创作带来的快
感像作品自身的可读价值一样，是短暂的、易失
的（一笑了之）。说白了，它仅仅给人提供浏览
的可能，而不能让人居住其中。必须承认写作已
经陷入这样的境地，即你必须不停地写，让一部
新作品杀死旧作品，并用这种自杀的方式自救。
"写"在这里成了唯一的选择，它既诞生快乐，
也诞生绝望。每一部新作品都仿佛是一座用沙堆

起的宫殿，它在你感受到建造快乐的瞬间便坍塌
了。

我还在《后现代：尝试与遭遇》一文中探讨过这一思
想的由来：

　　谈到狂欢，我们自然要谈到巴赫金，因为这
个词的美学意义是他深入挖掘出的。伊哈布·哈
桑在《后现代景观中的多元论》一文中说："狂
欢这个词自然是巴赫金的创造，它丰富地涵盖了
不确定性、支离破碎性、非原则化、无我性、反讽、
种类混杂等等。"[①]但显然，狂欢这个词不是巴
赫金的创造，它自古就有，巴赫金发现的是这个
词超出日常的所指而携带的美学意义。实际上，
对狂欢的美学思考并不是始于巴赫金，因为康德
早就给狂欢下过定义，狂欢就是："期待突然以
空无所得而化解，便引发出笑。"[②]斯宾塞也有
类似的结论：笑标志努力归于空无所得。但这些
思考仅仅限于形式上的，巴赫金在此基础上将这
一美学意义进一步丰富。他说："所有这些都是
形式上的定义，此外，它们还都忽略笑中的欢乐、
快活的因素，这种因素存在于一切生动和真诚的
笑里。问题在于化解期待或努力的这个'空无所

得'之'得',在笑看来是某种欢乐的、正面的、快活的事,能摆脱期待的恼人的严肃性、郑重其事和关系重大之感,能摆脱面临情势的严肃性和郑重性(一切原来全是瞎扯,不值一提)。笑的消极的一端(因素)恰恰是反对期待,反对努力的,它们在笑看来先已就是官方的东西,无聊的东西,做作的东西。笑要消解这种努力期待的严肃性,这是对严肃性欢乐的摆脱。此外,笑就它的本性来说就具有深刻的非官方性质,笑与任何现实的官方的严肃性相对立,从而造成亲昵的节庆人群。"③值得指出的是,巴赫金这一结论的得出并不是局限于对小说的研究,在对拉伯雷和果戈理等小说家们的作品研究以外,他还分析了但丁的《神曲》、马雅可夫斯基的《放开喉咙歌唱》等诗人的作品。伊哈布·哈桑把巴赫金狂欢的理论说成是对后现代的指涉未免有些牵强,但他对狂欢话语特征的概括却是一个新的发现。他说:"狂欢在更深一层意味着'一符多音'——语言离心力、事物欢悦的相互依存性、透视和行为、参与生活的狂乱、笑的内在性。"④这里,我们看到两种理论的不同,巴赫金是把狂欢当作"笑的理论"来研究的,而伊哈布·哈桑无疑纳入了语言学、结构主义、解构主义,甚至行为主义的研究成分。在方法上，巴赫金是建立在本质的系统分析之上的，伊哈布·哈桑是建立在现象的特征归纳之上的。巴赫金的理论带给我们对狂欢内涵的认知与领悟，而伊哈布·哈桑的理论却将我们引向实现狂欢的方法和途径。

尽管我比较赞同巴赫金的观点，但实际上，在后现代的诗歌中我看到更多的不是一种批判态度，而仅仅是一种语言策略，并且是一种软弱无力的策略，因为这种策略最终的目的不过是想说明："一切说来不过是瞎扯，不值一提。"我不认同后现代这一诗歌创作现象，原因不单是我不愿意让自己陷入作者设计的圈套之中，更主要的在于这种诗歌缺乏深厚的精神内涵和生命积淀，经不起重读。对此，我想我们应该对博尔赫斯所说的"文字能致人死命，精神使人新生"有更深层的领悟。

2004 年 5 月 22 日～28 日于苏州

注：

① ④ 伊哈布·哈桑:《后现代景观中的多元论》，王岳川译，载于王岳川、尚水编《后现代主义文化与美学》，北京大学出版社，第 129 页。

② ③ 巴赫金:《文本、对话与人文·笑的理论问题》，河北教育出版社，1998 年版，第 60 页。

诗中神性的本质

由诗中语言交流的神秘性，我们自然会想到诗中的神性。那么，诗中神性的本质是什么？是一个超自然的实体或幻象，还是某种自然本身的存在？新死亡诗中的神性体现在哪些方面？这些问题我觉得有必要弄清楚。如果我们在这些问题上认识模糊或观念混乱，那么，我们会陷入泛神性或伪神性的包围。同时，我们也有必要分清写作中的神性和宗教中的神性关系，以便决定自己在行为上是无条件地依赖神性、服从神性，还是有目的地发现神性，创造神性。

把诗中的神性和宗教中的神性截然分开是困难而徒劳的，因为我们找不到一种有效的手段将诗人内心的美学追求和精神信仰彻底地剥离开来，有时一个诗人对艺术的执着就是信徒式的，他为此修炼自身、净化灵魂，甘心让自己变成美的使徒。当一种诗歌观念成为诗人心中不可动摇的信念和意志，那么，这种信念和意志就是信仰了。从这点来说，把诗歌中的神性说成是一种宗教（诗教）并不过分。但是，如果我们真的像一个忠实的基督教徒或佛教徒那样，把自己的一切交付至高无上的神来主宰，并期待神的拯救和恩赐，那又不是一个真正的诗人所能认同的。因为让一个诗人放弃自己的艺术主张和个性，放弃对形式的操控与创造是不可能的。终极地讲，让一个诗人在写作中放弃灵魂自由与自主的追求而完全接受一种超自然力量（上帝或佛祖）的支配也是不可能的。艺术的发展规律和宗教的发展规律恰好相反，艺术的发展规律强调艺术家和作品的个性价值，而宗教的发展规律恰恰是要消灭信徒的个性，去我，以此实现对神或教义的崇拜和无条件地依赖。所以，符合宗教神性的条件未必是好诗的尺度。当然，我不是反对一个人把诗当作宗教来信仰，并成为自己行动的指南和精神的归宿。就个人存在而言，信奉什么和不信奉什么原则上和写出好诗与坏诗是没有多大关系的。正如艾略特并没有因为自己晚年归属宗教而让自己的作品变得更伟大、更具有艺术生命力一样，宗教的规则永远不能替代写作的规则而主导美学价值的判断。由此我想到，如何避免通过营造具有宗教意味的仪式，借此渲染和诗毫不相关的写作氛围应该成为每一个理智而清醒的诗人必有的共识。我以为一切超出诗歌本身的泛神化或泛宗教化的行为都是新诗写作中必须克服的。

那么，诗歌中的神性到底是什么呢？我想，首先应该是诗人精神信仰的体现，那是对生命终极意义的体认。在这里，诗人的精神信仰有时表现为对万物神秘力量的探索和接近，有时表现为对生命归宿的预言和幻想，有时也表现为一种不可动摇的信念和决心。必须指出，诗歌中的神性永远是艺术中的一部分，并且，它的宗教法力只在作品本身或诗人自身才有效力。正如俾德丽采离开了《神曲》便不再是一个天使，而"诗人是立法者，诗是一个有着独自秩序的世界"[①]也仅仅是瓦雷里个人的信仰。我们还可以列举出很多，譬如：圣·琼·佩斯信奉"诗是人类精神的避难所"，威廉·卡洛斯·威廉斯追求通过写作和想象，让"耻辱"中的自己上升到"一个与宇宙共存的高度"[②]，陶渊明则在他的《归田园居》中表达了自己返朴归真的精神渴望与满足……由此不难看出，由于诗人信仰的不同，诗中的神性也千差万别，并且这些神性都深深地留下诗人自身思想和创造的烙印。它在诗中不仅体现为"诗人某种认知的手段，更是一种生活的手段，而且是完整的生活手段"（圣·琼·佩斯语）。之外，便是在写作中对"不可言说"的事物的敬重和体验。其中包括人所不能控制和不能解释的一切事物存在，例如生与死的秘密、生命的意义与无意义、灵魂的存在与虚无以及时间和永恒、真理与荒谬等。正是这些存在，我们才在《海滨墓园》里感受到瓦雷里闪烁于死亡之上的纯诗的光辉，在《井》、《水云》等精彩的诗篇中感受到博纳富瓦"诗在话语的空间里相互追逐"的无限快乐，在《杜伊诺哀歌》中感受到里尔克超出时空界限，独自用爱与宇宙、与生命和神灵对话的庄严与伟大……"不可言说"成了诗歌表现与交流上的最高尺度与最大难度。且不说维特根斯坦对不可言说的敬重到了"只能保持沉默"的地步，任何一位伟大诗人无不在不可言说的事物面前保持足够的严肃与谦恭，对无法说明、无法看清以及无法支配的事物全身心地感受与体验，并倾尽毕生的智慧建立自己和这些不可言说事物之间的交流方式。值得一提的是，这一交流方式最终不是作为"经学"接受布道，而是成为一个诗人的美学观念和诗学核心，并完美地体现在伟大的作品中被广大的读者欣赏。是的，当我们不再纠缠于诗歌的主题、素材、形式等外在因素的时候，我们看到考验一个诗人是否接近神性，主要看他是否接近对不可言说事物的体验。为此，究竟什么是"不可言说"便成了我们必须弄清楚的问题。瑞士的神学家 H·奥特在《不可言说的言说》一书中作了准确的阐述，他说"不可言说"就是"不可明白地言说"，"是人在其真实、其在的深层里所遭遇的那种真实"。"1．它显然是真实的，而不是某种人尽可以置之不理的非真实，因此它与人相关。2．它显然是被经验到的，因此在人们中间产生了对不可说的经验交流和理解。3．它始终是特殊的，因为在人们之间对他们在象征上所体验的经验交流始终是一种特殊的交流，与象征的内涵相适应。"③这一段话告诉我们在不可言说面前人们存在交流的可能和理由，不可言说作为人类不可支配的一部分，是诗中保持神性不衰的基础。因为有了这样的认识，诗人对不可言说的交流便成为一种写作现实，并发展到不可言说在诗中归结为"说什么"和"怎么说"。他进一步解释道："不可支配的东西使人获得了一种新的、优越的、不受人操纵的意义赋予，所以它不可能是任何'低于人的'、纯粹'自然性的'和原则上可由人把持的东西。相反，不可支配的东西是'超——人的'，比人优越，它降临到人身上，使之倾倒，而且恰恰由于它使人倾倒，它才将人构成为人，即构成为理解意义、体验意义、能感受的生物。"④所以，对不可言说的言说完全是诗人个人话语的存在，它体现为一种带有鲜明的个人思维痕迹的意义领悟和价值判断。

综上所述，我以为诗中的神性无非以两种形式存在着，一种是精神信仰。它是诗人本能的、超出语言存在的灵魂。写作就是不断地将这种灵魂找寻、修炼、再现、坚守。这一点和宗教中信徒把灵魂托付给神灵不同。诗是诗人精神的家园和终极归宿与宗教中的灵魂归属说也不同，在诗里，诗人精神的安居是现世的、发生着的、在场的，而不是对来世的期待或幻想。诗人不仅在诗中获得有限生命的自为，更获得无限生命的自足。另一种是人生意义的领悟和价值判断。它是诗人在经验和认识的基础上，逐渐形成的人生认识和价值取向，包括审美价值、道德价值和自我价值等。通过与不可支配事物的亲近，通过对不可言说事物的交流，让这些隶属个人的有限价值变得无限可谓是这一神性存在的基本动因。这和宗教中信徒被动地倾听圣言也不同，诗人不是把自己看作被拯救的对象，而是看作发现神性与创造神性的主体，他不把自己交给自身之外的什么超人力量来控制，而是努力让自己焕发出超人的创造力和艺术活力。说白了，交流的本质就是努力让自己的作品成为世界艺术殿堂中的瑰宝，让自己的声音变得不朽。需要指明的是，在具体创作中这二者都能构成诗人行为的引导和艺术追求的最高境界，选择前者还是后者对诗而言并无高低、主次之别，只是因人而异罢了。

注：

①② 均见于《二十世纪诗人如是说》，沈睿编。

③H·奥特：《不可言说的言说》，林克、赵勇译，生活·读书·新知三联书店，第43页。

④ 同上，第101页。

语言中的权力和暴力

我们正在与语言搏斗
我们已经卷入与语言的搏斗中①

我的语言的界限意味着我的世界的界限
想象一种语言就是想象一种生活方式②

维特根斯坦

任何一种写作主张都不是画地为牢，写作的价值最终
将取决于作品本身的艺术含量，而不仅仅是观念。要做到
与众不同是容易的事，但要做到既与众不同又富有艺术性
则是判定写作是否有价值的基本尺度。说到艺术性，也有
一个准则问题，那就是什么样的作品才算作是艺术的？

当我们试图运用语言摧毁某种东西或建立某种东西的
时候，我们要知道自己最终要达到一个怎样的目的。如果
我们仅仅关心破坏本身，而不管破坏后的结果——抵达美，
那么，语言可以是一种无所不能的暴力，如果我们把破坏

看作是建构的一部分，我们就必须限制破坏的目标、方式和程度。之后，应该把全部的注意力集中到对词语形式的发现中去，而不是蔑视它。发现的根本在于你看到了别人熟悉却无法说出的那一面。我强调"熟悉"，是指我们每一个中国的当代诗人都必须是在母语下写作，即汉语或华语。这是我们任何人都无法超越的，任何个人或流派都不能建立另一个汉字符码系统，我们只能在这个系统中努力拓展文字符码所携带的能指与所指，不断丰富语言的表达方式和交流职能。

　　当我写下这个标题，我知道自己又将陷入两难之地。一方面，这是我在研究新死亡诗歌写作特征时必须面对的问题；另一方面，这又是一个在较短的文字中不易说清的问题。况且，至今为止，尚无人像制定一项法律那样明确划定语言权力的界限，也无人能够准确地说出哪些语言的暴力是有危害性的，是人性恶习的膨胀，是非法的行为。因此，提出这个命题与其说是我想对此说出个人的观点，不如说将这个问题提出来以引起诗人和理论家们的广泛注意更符合我的本意。在这里，我不想就不同语言系统之间的权力问题进行深入的区分和认定，譬如：意识形态话语和日常话语、科学话语（知识性话语）和神话话语、逻辑性语与非逻辑性话语（理性认知与想象、直觉和幻想）、书面语与口语等之间的权力关系，显然这需要在理论上做大量系统的研究和事实举证才可能得出结论。我只想就新

死亡诗歌写作的某些特征说说我个人的困惑和思索。（也许有些困惑不仅仅来自新死亡诗歌，还包括当下汉诗写作的某些现状）

一、在诗歌写作中，语言中的权力是个人意志的体现还是语言规则的体现？

表面上看这二者仿佛并无差别，因为语言规则也是人制定的，既然是人制定的，那么它一定也是人意志的体现。但只要我们回到写作本身的事实中，我们就不难区分靠权力意志驱动的写作和依赖规则进行的写作有多么大的本质差别。前者的写作动机建立在个人话语雄心即最终实现对语言的驾驭和征服之上，诗人把自己的欲望和满足看得高于一切；而后者是建立在对语言自身的尊重和信赖之上，诗人与语言是一种相互依靠、平等共存的关系，因此，诗人总是把自己和语言之间建立的这种独有的依赖和共存关系看得高于一切。于是在这里，我们无可逃避地将面临对语言权力认识上的分歧。一方面是来自福柯的权力概念，他认为有话语的地方就有权力，权力是话语运作无所不在的支配力量。而对此，巴尔特却提出了截然相反的看法，他不无忧虑地指出了这种语言权力意志的危险性：语言按其结构本身包含着一种不可避免的异化关系。言语，或更严格些说发出话语，这并非像人们经常强调的那样去交流，而是使人屈服：全部语言结构是一种普遍化的支配力量。……作为语言结构的运用的语言，既不是反动的也不是进步的，它不折不扣地是法西斯的。因为法西斯主义并不阻止人说话，而是强迫人说话。③

　　福柯的观点说出了一个事实，那就是语言从来不是一个孤立存在的系统，它是和人的社会存在密切相关的权力体系。就我个人来说，我承认这样的事实，但问题是，诗歌作为一种非功利图谋的存在，是否也要被那些来自势力对峙和霸权的意志所统摄？假如巴尔特的忧虑是有道理的，那么，建立一种怎样的写作才是理想地行使语言的权力？是不是按他所设想的那种"非权利的本文"才是艺术所要达到的目的？他所说的"各种小权力的和谐一致"具体指涉什么？这些问题值得我们仔细地研究。

二、在诗歌写作中，语言的权力是审美的至高无上还是"说"的无所不能？

　　这里涉及的是语言的想象权力，隐喻、象征权力，构词权力，命名和赋意权力与个人交流或倾诉欲望之间的矛盾。首先我们要面对的区分是语言的权力是一种社会关系的集约，还是纯粹说者个人的某些心理特征？这个问题也许并不涉及写作的合法性，即作为一种个人自娱的文字游戏是没有限制的，而是交流的合法性，即作为一种与他者的交流是有限制的。前者，我们可以从弗洛伊德的心理学中找到精神医治理论的某些依据，譬如：白日梦或无意识……但也仅仅是精神医治；而后者，我们可以从巴赫金的社会关系说中看到"交流"的必要性：不了解社会的联系，亦即不了解人们对特定符号的反应的联合和相互协调，就不存在意义。沟通——这是意识形态现象首次在其中获得自己的特殊存在、自己的意识形态意义、自己的符号性环境。所有意识形态的事物都是社会沟通的客体，而不是个人利用、直觉、感受、享乐主义享受的对象。④

之后我们将面对另一种区分，即谁或什么才是该不该说的裁决者？是"想说就说"，还是"因为美才说"？这决定一首诗中每一句、每一个词、每一个音节是不是必不可少的，还是可有可无的，是有效的，还是纯粹多余的。在诗歌创作中，创新作为动机和目的永远是一种积极的因素，但是创新从来都不是绝对的，而是相对的。因此检验一种写作是否有新意需要做双重的判断。第一个判断是：从来不曾有过，第二个判断是：有审美价值。要想让写作做到第一点非常容易，而同时做到第二点是困难的。考验一个诗人的才能和创造能力不是看他的作品是否属于"另类"，而是是否符合美的"独特标准"。

李德武诗文集（下）

三、在对话游戏中，语言的权力是确立说者的合法身份还是确定交流方式的相互理解与尊重？

这里涉及的是我们以一种怎样的身份介入对话（如果我们认同写作就是一种对话）。是写作者以一种主导的身份发号施令、呵斥咒骂、指导教诲……还是一种与他人和事物平等的身份相互倾听？是自我中心主义在对话中不断凸显出某种"主调"或"强音"，还是隐没自我，专心倾听每个人的声音，甚至每种事物的声音，而让自己的对话变成"异声同鸣"？（巴赫金）为此，我们运用怎样的语调、语气和在怎样"互译"的符号系统下交谈便成为行使语言权力时首先要明确的问题。按照巴赫金的理论，语言的本质就是"对话"，它是活生生的具体的言语整体，是包容了语言学、社会学、历史等意识形态环境下多种声音的交汇、复合。在对话时，别把自己摆在主导的位置或中心位置是一个诗人必须具备的自觉，之后，我们的心中不能无视听者，诗永远也不会和"符咒"和"经书"或无人破译的天书混为一谈。当然，诗不会以满足普遍的倾听为最高的境界，但是，忽视倾听便是对交谈中"他者"权力的蔑视，便是超出语言权力以外的其他权力的介入和干扰。而所有的这一切并不把倾吐的快乐看作是对话的目的，而是把诗、诗人和他者的多方共鸣当作对话的最高快乐和目的。这将决定一个写作者在运用语言上是一厢情愿地去堆

积自己的想法、感想、想象、梦……还是环顾一下语境，
仔细斟酌在什么时候、什么环境下，对谁说什么、怎样说，
以便让读者从诗中获得某种启示的时候，他感觉到那是自
己和诗自然交流的结果，而不是诗人强行的施加。他在诗
提供的一种符合审美规律的形式中感受到自己被尊重的快
乐，感受到"我在"的愉悦，而不是在一种无法介入的形
式中或俯视的目光下蒙受他人话语的压迫和对"理解"尊
严的剥夺。

四、一旦我们了解了语言的权力，我们是在写作的原则下行使这一权力，还是在道德的原则下行使这一权力？换句话说，我们靠什么来监督自己不至于超出语言的权限之外滥用这一权力？

是的，"诗人是无冕之王"，但这绝不是说诗人可以
为所欲为。王者正是因为他比普通人要承担更多的责任，
更懂得权力中的义务和行为自律的重要性。除了时间，除
了读者，恐怕诗人不能期待有另外一套监督机制来审查语
言权力的行使情况（批评本身有时也是一种作者个人话语
意志的产物）。我以为，写作原则是一个动态尺度，全然
依靠写作原则来限定语言的权属有时不免流于"刻舟求剑"
的愚蠢，规范个人的语言行为目前有效和可行的方式仍是
道德上的自律。一个诗人能否做到语言的自觉和自律已经

成为诗人素质的主要因素。做到语言的自律就要做到：信守个人的语言规则。限制自己借助写作让自己的虚荣、贪婪、嫉妒等人的劣根性享有张扬的特权。限制自己借助语言的权力纵容内心虚妄和野心的膨胀。从自己的生命和实践中获取对话的形式和内容，而不是无端利用、甚至侵吞他人的成果。保持足够的耐心忍受没有反响的寂寞，而不是通过叫嚣、制造事端、弄虚作假来招惹别人的注目……

同样，关于语言的暴力，我们也可以提出一些诘问，譬如：

1.语言中的暴力是某种观念上的革命还是人性恶的发泄？

2.就创新而言，语言暴力是否是必需的手段，还是缺乏原创性和独到发现的、对即存形式的反向依附？

3.就解构主义而言，暴力体现在对一种成熟的语言、定式、恒定不变的中心意识的摧毁和再构，我们今天的诗歌语言是否具备语言赖以解构的成熟性和稳定性？

4.语言的暴力最终将把写作引向有序还是疯狂？不打破一个旧世界，就不能建立一个新世界，这一观点是语言暴力存在的基本前提。问题是旧世界与新世界之间是否必然要通过"颠覆"的手段，才能实现更替？艺术是否具有内在的延续性？传统是否就是一种锁链的东西？我们多大程度上能够脱离历史和文化这两大根系来培植当下的艺术？如果相信一切都是可以颠覆的，那么还有什么具有恒定的意义？没有恒定的意义，写作的终极追求又会是什么？如果恒定性存在，并且它能够成为语言的终极表达，那么，我们对终极表达的接近是努力开阔自己的心性，不断消除我与外在世界的隔阂和差异，还是纵容个人的狭隘，而在强烈的排他性中施展语言的暴力？今天，我们不能仅仅依赖福柯、德里达、海德格尔、拉康……来规划中国的诗歌写作，我们要在自己的语言之内探索诗性特征，探索表现的形式。我以为中国当代汉语诗歌的不成熟并不在表达上，而是在表现上，是对事物可能性存在呈现得不够，而不是对事物必然性深度揭示的欠缺。所以，诗人要做的是对事物存在多样性地体验与发现，呈现存在的某种状态，而不是在形而上学的两极做一种思辨式游戏。这将决定我们努力开掘的不是语言的暴力，而是语言的灵活性和机智性。

注：

① 维特根斯坦：《文化和价值》，清华大学出版社，1987年版，第15页。

② 维特根斯坦：《逻辑哲学论》，商务印书馆，1962年版，第38页。

③ 巴尔特：《法兰西学院文学符号学讲座就职演讲》，《符号学原理》，三联书店，1998年版。

④ 巴赫金：《文艺中的形式主义方法》，漓江出版社，1989年版，第10页。

关于诗中的哲学和理性问题

在讨论诗中的哲学和理性这个问题之前，我们需要首先确定命题的范围，这是在诗的本质意义上讨论哲学和理性呢，还是在诗的某种现象上谈论这一问题？因为我常常听到人们发出这样的疑问：诗要不要哲学和理性？这里诗的概念是不明确的，我不知道它是指所有的诗，还是某一种流派或某一个人具体的作品。如果这里的诗是指所有的诗，那么可以肯定地说诗不是哲学，因为诗的本质是实现对美的发现和表达。也许大家知道，抵达人生的三大境界，即真、善、美的途径，抵达真的途径是认知，抵达善的途径是行为和行动，抵达美的途径是感悟和感觉。说诗是不可言说的言说缘自诗是美的存在，而美只能在感悟或感觉中体会到，那种体会应该是不可言传的。因为这种体会更多的是来自人的直觉和本能。相对而言，哲学是对真的追求，是对世界万物本质的认知和趋近。实现这一认知的手段是人的思辨能力、推理能力和论证能力。由此可见，我们把诗和哲学放在各自的体系中来研究是很容易区别开来的。问题是，我们常常陷入的误区就在于不是站在人的角度来看待这一问题，而是站在学术的角度来看待这一问题。譬如，我们能不能在一个诗人的身上或在他的作品中把思想和感觉截然分开，把判断和感悟截然分开，把归纳和回忆截然分开，把经验和认知截然分开，把情绪和意志截然分开，谁也做不到。这是因为，学术是彼此独立的，而人是一个复合体。诗归根结底是人类的一种精神现象。这样，我们在学术的高度探讨诗的本质只能让我们离诗的本质越来越远。正如我在探讨诗中的神性时回到人生存的处境中一样，探讨诗中的哲学意义也必须面对个体的诗人和写作需要这一客观现实。

下面的问题将是谁写哲学诗，或谁用理性写作，而不是诗是哲学的或不是哲学的。这二者有什么不同吗？当然，前者我们分析的是某些诗歌现象，我强调的是"某些"，而后者关注的是诗普遍的意义。有了这样的区分，我们就能够冷静地面对玄言诗歌，面对禅学诗歌。我们就能够理智地看待嵇康的价值，看待艾略特的价值，看待博尔赫斯的价值。从他们的身上，我们能够汲取什么营养，这是我们必须要弄清楚的。那么是什么？当然不是嵇康道家思想的玄谈，也不是艾略特融宗教、哲学思辨和牢骚于一体的"重奏"，也不是博尔赫斯翻来覆去都逃不出的"悖论"，而是诗的可能性。显然，你可以反对玄言诗，不喜欢艾略特《四首四重奏》的艰涩和古板，但你却不能否定诗中哲学成分的存在，不能否定理性有时是诗抵达美不可少的手段。因为你从根本上不能否定人对思想的依赖和对判断的需要。不管你的写作主张是什么，你的审美动机和原则是什么，要想让诗全然地离开哲学和理性是不可能的。首先，你确定自己的写作主张就是一个理性思考的过程，之后你想写什么、不想写什么也是一个理想的鉴别和选择。假如你承认你是一个自觉的写作者，就不应该让这些前写作的过程和你的作品截然分开，因为这些动机或倾向可能都将在你的作品中得到具体的展现。即便我们不愿顾及前写作，而只想面对作品本身，我们也是一样不能摆脱哲学和理性的影子。譬如我刚刚完成的一首短诗《秋雨》：

我躲在城市的楼房里

看秋雨飘落

此刻

我感到千里之外

向日葵阔大的叶子

在抖颤

2001 年 10 月 4 日

这首诗单一的意象和场景表明此诗和我习惯的理性写作没有任何关系，但这种陈述性的语言并不是来自直觉或幻觉，而是来自经验。而经验就是一种直接的认知手段（感性认识），只不过这里认知的不是一种结果，而是一种状态或过程。

　　这样，我们就进入了另一个层面，即哲学和理性是如何在诗中找到合理的存在位置的。不管一个诗人在前写作中有多么复杂的想法，最终他都必须回到表达和表现上来，即语言本身。首先，哲学在诗中的合理存在是以哲学的认知功能为目的的，但它仅仅体现一种认知的结果，譬如"向上的路也就是向下的路"，而不是抽象的论辩。我们并不觉得这种表达太枯燥，是因为语言的形象化，是因为这种形象化的语言同样可以唤起我们内心的某种感觉和想象，而不单单是思考。一个优秀的诗人，他应该知道如何让自己的思想转化为美，而不是故作高深地说教。那么，他将选择合适的语言形式和表现角度，努力用"心灵"说话，而不是用"脑子"。尽管他在诗中包含着个人的认知和判断，但他不做出抽象的概括，他让具体的事实说话。他也不试图抵达终极，说破人间的真相，他仅仅基于个人的处境说出存在的状态。他也许在表达中要使用阐释，但他不应该被僵死的逻辑或书本知识所缚，他应该在阐释中打破已有的存在关系而创造一个全新的秩序。正如瓦雷里所追求的，哲学和理性在诗中唯一的价值就是对符合诗人内心需求的秩序的建立与实现。

　　这里，我又谈到了心灵的需求。是的，诗应该怎样写、写成什么样子没有必然的选择，它仅仅依赖诗人对美的形式和表达习惯的需求。这样，我们将对那些喜欢在自己的诗里表现出一点哲学味道或理性痕迹的诗人给予更多的理解和尊重。因为那是他们的权利。如果你是站在批评的角度来谈论写作中的差异性和倾向性，谈论诗的发展需要，当然可以在众多的写作现象中做出评判。但必须清楚，就个人而言，说喜欢不喜欢诗中的哲学和理性可以，但就整个的诗歌发展而言，说要不要诗中的哲学和理性则是幼稚的。一个真正热爱诗歌的人应该具有这样的胸怀，他有自己的爱好和兴趣，但决不由此否定或拒绝其他形式的存在。在诗歌问题上，人们永远不会在"写得最好"这一问题上达成共识，却在"诗永远是可能的"这一问题上意见一致。当你想到自己要写一些别人没写过的东西时，当你要尝试一种不可能的写作时，你就应该对你不理解的或不喜欢的写作秉持宽容的态度。根本地讲，谁也不能凭借个人取代大家。但这也不是说一切的标新立异都将获得艺术的接纳和肯定，这取决写作的影响力。即写作和阅读的双重共鸣。

　　因此，每一个诗人都要铭记，要不要在诗中纳入哲学和理性并不是写作的决定因素，关键的问题是你是不是能写得很好，你的作品是不是能够唤起读者的共鸣，否则，那些作品对你自己可能是宝贝，但对诗的艺术价值来说，也许一文不值。

2001 年 10 月 9 日于哈尔滨

20 世纪 90 年代诗歌写作特征

严格地说，现在还不是界定 20 世纪 90 年代诗歌写作的最好时机，因为我们无法做到在评价 90 年代诗歌时保持一种纯然的局外人的冷静和客观，置身其中可能让我们更不容易看清某些真相。因此，任何关于 90 年代诗歌的评论、总结和概括都难免是个人化的认识，而评论者自身的好恶以及视野的局限和材料占有的局限决定了所有人的界定都只是对 90 年代诗歌写作本真价值的一种趋近。就此意义而言，我们对 90 年代诗歌做审慎的、细致的考证将是有益的。这些考证将有助于使分布在诗人写作中的细小差别显现出来，并汇聚成一个时代的写作标志。本文正是基于这样的考虑，本着从宏观入手，从微观把握的原则，对 90 年代诗歌写作归纳出如下一些特征：

一、个人写作

个人写作是一个含混的概念，它在 90 年代被诗人普遍重视是出于多种因素的考虑。诗人们要较以往更关注写作本身，既对自身写作特征的建立与甄别，诗歌价值的重估和诗人地位的自我认定。具体表现为：

（一）对抗集体写作、意识形态写作：个人化特征

对抗集体写作是以对抗文学运动为前提的。也许是80年代文学社团的膨胀导致了人们对"旗帜"和"宣言"的厌恶，同时让人们看到了有名无实的文学运动带给写作的浮躁情绪和审美尺度的混乱。清醒的诗人早早地意识到体现诗歌写作价值的成分不是几个朋友协商草拟的什么宣言，而是来自个人诗学观念和审美观念的差异，是带有个性特征的自我心灵的呼吸。于是，诗人们更注意区分自我与他人的界限，避免陷入写作的重复和审美的一致性。尽管，诗人们自觉或不自觉地被相似的写作倾向划分成一些交际和交流的圈子，但诗人们不过是保持了友情上的密切，而在具体写作中却保持着疏离。整个90年代，很少有人愿意让自己鲜明的个性淹没在某个集体的原则之中。人们不希望自己的作品被界定为××流派，而更愿意在个人化的语境下被细读。另外，个人写作表现为对意识形态写作的逃避与矫正。诗人回避在政治的语境下或运用官方的话语形式写作，这不应该看作是诗人某种政治意图的显露，而应看作是诗歌脱离意识形态附庸，寻求艺术自身的丰富与发展必须有的努力。在这种普遍的写作意愿中，赞美诗、

史诗和政治抒情诗显得寥落和冷清。诗歌在削弱意识形态影响的同时，自觉地探索着重新复归传统文化的途径。因此，清醒的诗人不是顺应意识形态思潮，并成为它的支持者，而是在思考与鉴定中修正诗歌的文化走向。当诗人们认识到诗歌既不是文化的宠儿，也不是文明的歌手，诗歌是文化与文明的摧毁者和建造者时，诗人们已经找到诗歌与文化契合的原则，就是对文化和意识的纳入不是以政治为本，而是以人为本。如果我们在阅读 90 年代的诗歌作品时感觉到没有主流和走向，那正是这一时代的写作"主流"和"走向"。正是个人写作的现实才使得 90 年代的诗歌写作呈现出多元并存的格局。诗人与诗人之间彼此既不可替代，也不可通约。秉守这一信念，90 年代诗人在诗歌写作形式和表现方法上进行了前所未有的探索和大胆的实践，创作观念的解放导致了写作的无拘无束与无所不能，尽管在个人化的探索中存在着诸多不完善的因素，但是，写作带给诗人内心的觉醒将是任何时候都不能低估的。

（二）重新认定诗人与历史的关系：边缘地位、平民身份、游离

　　诗人内心的觉醒包括审美意识和对自身地位认识的觉醒。也许，我们对诗人和历史的关系这一问题的思考是受了所谓后现代一些思潮的影响，既对价值的普遍怀疑。但是我想，迫使诗人思考这一问题的前提可能并不是某种思

潮或哲学观念，而是生存现实。市场经济的迅猛发展强烈地刺激着人们对物质的欲望，并鼓励了物质享乐主义的蔓延和壮大。相比之下，诗人的理想和追求显得与世界格格不入。无论是自身生存所处的窘境，还是诗歌已然丧失的崇高地位，都迫使诗人必须思考为什么写作这个原始的问题？毫无疑问，每一位清醒而理智的诗人都渴望成为历史的创造者和主宰者，只是，现实的价值体系无视诗人的重要性，这导致了诗人在这个时代是个可有可无的存在，甚至是多余的人。既不在艺术的主导行列，也不在生活的主流之中，诗人地地道道地滑向了人生的边缘。也许诗人存在的这一特征并不是 90 年代独有的，但是，没有哪个时代能够像 90 年代这样突出和强烈。诗人几乎是在无望中坚守自己的信念和写作。从 80 年代后期延续而来的这一压力，让一些意识脆弱的人弃笔经商，而让一些性格刚烈的人选择了诀别。90 年代诗人自杀的现象从另一个侧面反映了诗人写作环境的艰难和恶劣。当然，一个诗人向社会或他人要求舒适的生活或优越的环境是过分的，甚至是荒谬而无耻的。正是这样的认识，让 90 年代的诗人放弃一切先决条件和优越感，切实地思考自己的位置和价值，结果他们找到了属于诗人的空间和生存方式，找到了一个诗人必然经历的孤独之路，找到了符合诗人灵魂的精神趋向。不管是主体地位的边缘性，还是具体言说中身份的平民性，诗人都试图在与主流思想的游离中保持自己独有的思考和人生选择，试图以个人的行为确认一种生活方式的合法性和不可或缺性。至此，诗人已经断绝了传统的仕途观念和功利意识，而纵容自己在特立独行的精神空间内散步或舞蹈。

（三）强调个人经验在诗歌中的重要地位：写作题材和资源的主体化

特立独行是个在任何时候都必须引起诗人足够重视的关键词。我们看到个人写作的另一个特征就是诗人普遍强调个人经验在诗歌中的重要地位，既强调写作题材和资源的主体性和真实性。构成诗歌表达和呈现的对象不再是浪漫的幻想或无意识的梦境，也不是象征主义机械的对应或意象主义对词语的强权。强调个人经验首先表现出的是诗人对发现的钟情与信赖。面对周围的生活和事物，诗人以一个思想者的身份存在着，他观察、体验、思考，并借助诗说出自己对人生的感悟和洞悉。经验属于感性认识，是认识的原始阶段，它不同于直觉，在于它是理性和实践的产物，而不是感官的本能反应。强调个人经验的重要性其实是对统治整个 20 世纪写作的非理性思潮的修正，是对弗洛伊德学说和柏格森主义的有意拒绝。另外，强调个人经验的重要性就是要通过诗人生存的独立性体现诗歌的个性价值，诗与诗人是无法隔离的生命存在。这也是对盛行一时的"无作者"和"不在场"写作的及时纠正。其次，强调个人经验表现出的是诗人对自身经历和记忆的资源利用。写自身的经历和挖掘记忆至少可以使诗获得以下几种良好的品质：1.生存的处境赋予诗一种坚实的语言机制，独特的经历和感受使得词语具有鲜明的个性特征和不可替代性。2.追述与重现的写作动机使得词语拥有可以深层考证的生活原型，而不仅仅是词义的能指或所指。诗因此有了时间和事件相对应的历史感和朴素、自然的情感基调。3.诗人在人生价值和审美价值的认定上反观自我，表明诗人主体意识的觉醒与冷静，这是克服了浪漫主义诗人的澹妄后，诗人理性而客观地定位自己的表现。诗歌写作的过程因此更像是诗人对"故乡"的回归与居住，而不是建立一个虚幻的语言乌托邦。4.就精神而言，回忆是对自身生活的反省，是对自身追求审慎的鉴别、评判与确定，在诗歌中则体现为精神在困束中的自我挣脱，对"伟大"和"崇高"的艰难寻找和抵达，而不是对"伟大"和"崇高"盲目的占有或挥霍。

（四）对诗歌地位和诗人地位失落后的个人承负：写作的使命感

正是社会不再给予诗人更多的可资挥霍的资本，诗人才更是诗人，诗歌才更是诗歌。当更多的荣誉和光环从诗歌和诗人的头上消失的时候，诗人们绝望、哀叹是毫无用处的。优秀的诗人会敏感察觉到这是孕育诗人的年代，而不是遗弃诗人的年代。从工业革命到信息革命，社会的智性越是得到开发，人们就越是需要一种传统的工艺和技能来防护人性的退化。写诗从某种角度来说就是一种伟大技能的体现。这构成了90年代诗人写作的社会背景，既对迅速膨胀的物质文明的个人抵抗与平衡。当然，我们不能绝对地要求一个人脱离物质而存在，也不能因为谈到抵抗物质就偏激地认为诗人必须做到不食人间烟火。人是欲望的动物，在这一点上，诗人和他人没有差别。但诗人如果做到了在自己的内心抑制物欲的萌生和膨胀，而让自己的欲望趋向对美的留恋，或对创造的满足，他已经把自己从芸芸众生中独立出来了。是的，在90年代，诗人们秉守自己的信念和生存方式成了不言而喻的共同选择，在此，他们承负的可能不是一个民族的命运或国家的兴衰，不是什么人类的使命，而仅仅是泛滥的商品广告、无所不在的消费带给个人生存的妨碍和遮蔽。这里，诗人承负着现代社会带给自身生存的巨大压力，所要证明的无非是两方面的东西，一个是：我是诗人；另一个是：从内心寻求精神的满足，而不是依赖外在的物质。前者确定的不单单是身份的问题，更是人生观和价值观的问题。在这一点上，越是先锋的诗人越是保守的人。后者则是对人生规则的另一种尊奉和信赖，亦即得大快乐者必是心无点碍之人。对此，唯有在精神的领域里才可享受到真正的超越和自由。可见，90年代写作的使命已经复归到诗人对自身价值的坚守和精神愿望的实现上。这一坚守的意义不在于它对时代的反判，而应该看作是人性的本能体现。除此以外，由于对艺术的热爱，诗人内心普遍深藏着丰富汉语诗歌创作的艺术使命感。

二、反抒情

抒情是诗歌最为原始的职能，要想在诗歌中除去诗人的情感因素是不可能的。所谓的反抒情是针对写作中某些具体现象而言的。其宗旨是诗人试图通过改变对抒情的态度来改变写作本身，以此达到对前人写作或传统的超越。作为一种写作策略和审美原则，反抒情主要表现在以下几个方面：

（一）反对就宏大问题抒情，譬如：历史、正义、道德、命运

进入90年代，有两种思想明显地从诗人的心中退场，一个是带有叛逆性质的英雄主义，一个是带有鲜明政治观点的个人愤怒。诗人对二者的冷落标志着抒情进入了一个新的阶段，既情感指涉对象不再是一些宏大的问题，譬如对历史的感慨与缅怀、对社会正义的呼唤与维护、对道德和命运的审判等。但这并不是说诗人对此漠不关心，而是看到了在一个法制不健全的国家，靠诗人的呼唤与激情是

无法建立并维护社会秩序的，他在大众心理产生的共鸣也是极其有限的。由此可知，诗人回避就宏大问题抒情是缘于对一种抒情方式和手段的不信赖，因为他看到了这种抒情的无效。显然，在时代的转型期，一切观念都在变化之中，价值体系面临着重新确定，社会需要的是完善的管理制度和健全的法制，而不是诗人的激情、愤怒或一厢情愿的幻想。诗人不得不抛开一切功利的目的重新看待自己的写作，重新寻找自己在社会变革和文明建设中的地位。结果，诗人在日常生活中找到了情感的源泉，一种对生活瞬间的留恋和琐碎细节的钟情。显然，在对日常生活的关注中，诗人不是站在生活之外感受生活的，即不是以一种预言家或领袖的姿态指点生活、引领生活，而是一个普通人的身份呈现生活的真实。所以，在诗歌中我们很少看到诗人悲天悯地的呐喊，看到对大苦大难的慨叹。90年代，诗人流露更多的是生存中的压抑、焦虑、边缘心态以及独善其身等一些个体情绪。随着诗歌是"投枪"、"匕首"时代的过去，诗歌从狭隘的政治功能逐步复归到审美功能上来。一首诗的价值和存在的意义只能是对人精神和心灵的美化，任何审美以外的意义可能都是诗歌不该承负的，或许也是无法承负的。90年代，诗人对诗歌本质的追问唤起的也正是对艺术鉴赏尺度的澄清。为此，部分诗人在自己的写作中有意识地反对主观的情感施加，而强调诗歌带有诗人生存痕迹的客观化存在。

（二）通过改变抒情方式改变写作倾向：由情感宣泄
到情感抑制

　　敏感的诗人在90年代初期便意识到通过对情感的不
同处理来建立一种全新写作的重要性。于是出现了"中年
写作"和"青春期写作"的理论提法。这些提法也许在诗
学上不甚合理，或界限不明的，但却在具体的写作中提出
了对于情感的不同处理方式。其中"减速"不仅仅是对语
言呈现的抑制，也是对情感释放的抑制。一首诗不仅是单
一的情感的产物，更是语言、想象、感受、经验、智慧等
方面综合的产物。诗人抑制情感充分表现出对情感以外多
种因素的尊重以及语言上的自觉。事实上，"中年写作"
的主张提醒的不仅限于中年诗人，它提醒了每一个诗人如
何在写作中摆正情感的位置。正如艾略特主张的那样，一
个在三十五岁以后还继续写作的诗人才称得上是一个诗人，
说的是一个成熟的诗人在写作中应努力回避被自己的激情
和冲动所支配，诗人不应把写作当作宣泄情感的工具，而
应把写作当作组织情感并与其他诗歌要素有机地构成一部
艺术作品的伟大创造。正是这些认识，使得诗人在创作中
把注意力更多地集中在诗歌本身的构成上，即考虑一首诗
的结构层次、语言形式和审美趣味，把对美的呈现当作写
作的目标和动力，而不是像传统的写作把对情感的表达和
抒发当作写作的目的。这一诗歌写作的转变体现了两种诗

歌观念的差别，前者从诗歌本体角度出发，更尊重诗歌的内在规律与审美需要，强调写作的宗旨是建立"本文"；后者是从人本角度出发，强调的是人本的艺术主导地位。由于对"本文写作"狭隘的理解，一些诗人片面地追求诗歌写作的技术难度，忽略了人性和精神在诗中的自然存在，导致了 90 年代的某些诗歌探索价值有余，而美学意义不足，诗歌创作的现状一度让人担忧，但是，通过解决抒情问题引发的诗人写作意识的加强，以及对抒情方式的拓展都对当代诗歌的进步起到了积极的推动作用。

三、叙事性

诗歌的叙事性是一个含有多重指涉意图的写作特征。它既是诗歌语言的特征又是处理题材的特征，同时还是决定表现形式的特征。叙事本身在诗歌写作中不是一个新话题，但是，90 年代的部分诗人从叙事中找到了自己言说的语感和表现的角度，为当代诗歌的丰富与繁荣做出了贡献。其具体表现为：

（一）叙事性旨在把诗由"说"变为"行为"或"行动"：直接切入生活

叙事性是把情节片断、事件、经历、经验当作语言要素和诗歌要素的写作。这一写作特征的形成缘于诗人对象征主义和意象主义等以神秘化为审美基础的写作的扬弃。
当 80 年代末期，多数诗人迷恋在艾略特式的艰深、瓦雷
里式的纯粹的词义组合以及里尔克式的宗教化的情节的时
候，一部分诗人开始寻找并尝试诗歌表现更为直接的方式，
既用诗人的行为和行动直接构成诗歌的表达。这种写作简
约了词语的言说环节，并把语言对词义的内部指向改变为
对存在的外部指向，同时，诗歌由词义的静止排列变为富
有活力的诗人生存的动态展现，让我们看到了除了诗歌的
神秘意义以外，另一个开放的、更加广阔的诗歌空间。叙
事性写作的这一特征推动了叙述性语言在诗歌创作中的广
泛应用。尽管事件本身有时并不具有逻辑性和规律性，一
首诗可能是几件事松散的组合，但叙述性语言拥有的沉稳
的基调和完整的句式结构总能使表达变得理智而有序。在
叙事性写作中诗人努力实现的并不是复原生活，而是运用
原语言对诗歌进行独创，它要遵循的审美规则不是"模仿
说"，而是现象学的深层透视，即叙事性主要是通过事件
与事件的关联揭示存在的关系和本质。如张曙光的《时间
表》描述的是一个人平庸、无聊、按部就班的一天。诗人
没有像以往的诗人那样就无聊的生活大加指责或批评，而
是不动声色地为一个平庸之人画了一幅素描。当我们读到：

八点钟上班，挤公共汽车或是骑
自行车，然后走进办公室

向上司点头，拍拍同事

的肩膀，表示着亲切，说说

路上或在电视机上看到的

新闻，打一壶开水，泡茶……

　　读这样的诗句时，我们不是看到了某一个人没有目标、没有思想和创造的混世生活，而是看到了一种生存的普遍现象，在这普遍的现象后面，潜藏着的是复杂的社会问题。尽管诗的语言并没有深层指涉的企图，我们却不能在读尽字面意义后停止思考。我们可以说《时间表》是为具体的某一个人划定的，也可以说是为大多数人划定的，因为我们都同时生活在这样的社会里。从中我们不难窥见自己置身在一个怎样的生活环境中、怎样的人际关系中、怎样的生命意义中。毫无疑问，诗人在创作这首诗时，不是对自己或一个虚构的人简单的描摹，这首诗首先是诗人心灵所窥见、把握并且投射出的想象的形式，是融合了个人经验、经历与发现的具有共时性和历时性的语言形式，同时也是艺术和文化为社会把握自身意识所创造的形态模式。

（二）叙事中的事件片断性反映了主体的瓦解这一现实：生活的存在本身是碎片的堆积

　　对于一名20世纪90年代的中国诗人来说，"我是谁"已经不再是个疑问了。不管是领悟了笛卡尔和莱布尼茨的唯理论核心，看到"人"不过是主体指向的理性，即一种关于主体的理性感念，因而明白任何时候从人本身分离出的关于主体的学说都是人身心的分裂和死亡，还是出于上帝已死导致的主体来源与归宿的模糊和盲目，由此放纵信仰的破灭和自我沦陷，甚至是出于对社会形态和文化观念的大众化认同，从而满足于多重人格并存的复合型主体存在，主体的瓦解在一部分诗人身上都是一个不争的事实。90年代，诗人很少表现出信徒式的纯粹和精神的统一。在写作中，则表现为审美原则的模糊和混淆，譬如有的诗人同时接受几种美学原则，不管彼此之间是否对立还是共容。艺术存在的合理性取决于诗人的内在感觉，而不是事物发展的必然规律。但90年代的诗人并没有像消极浪漫主义诗人那样过分渲染自己的失望情绪，也没有像艾略特在《荒原》里那样发出沮丧的诅咒，而是把破碎的现实呈现在客观化的语言形式里，那是一些具体的事件或事件的片断，可能是记忆中的，也可能是当下发生的。写作不需要对此作过多的阐释和引申，仅仅是选择一种语调、一个线索将它们陈述出来，琐碎而不厌其烦。这一写作除了暗示着生活存在本身就是碎片的堆积，支离、零乱、飘浮，没有重心以外，同时还表征着诗人对历史性的怀疑。如：

　　历史从我的生命旁后退着　　穿越丝绸的正午
　　向着咖啡的夜晚

过去的时间在东方已经成为尸体　我是从死

亡中向后退去的人

多么奇妙　我不是向前　向高处　在生长中

活着

而是逆着太阳　向黑夜　向矮小的时间撤退

而我认识的人刚刚在高大的未来死去　佤族

人董秀英

马桑部落的女人　一部史诗的作者　日出时

在昆明 43 医院死于肝癌……

于坚《飞行》

（三）叙事性旨在削平深度，使诗歌作品在平易、朴素的基调上呈现瞬间的存在

对于理论家来说，90 年代诗歌是个相对的概念，它是相对于 80 年代或其他时期的写作而存在的。而对于诗人来说，90 年代诗歌是一次不容选择的遭遇。诗人选择语言和形式的唯一理由就是努力让自己内心的境遇获得释解，即印证审美欲望和现实生活矛盾的冲突与调和。因此，创作的动机不是如何寻求赋予词语更深层的意义，而是专注于"自身表达方式"的自为陈述。这便使得依靠意义的不断生成、延伸和转化构成表现空间的作品深度被削平。同时被剪断的还有语言依赖文化渊源及精神神话呼吸的脐带。写作脱离了一个由时间或意义衍生建立的链条，变得

瞬间化，我把它称之为"当下写作"。我曾在 1998 年的
一篇文章中谈论过这个问题。我把这种写作的特征归结为
写作的即时性。在那篇文章中我这样写道："无论作为一
种过程还是结果，写作都发生在当下，结束在当下。它的
全部意义就是证明'此刻'的存在，证明这一存在的具体
和虚无。当'历史'和'未来'离我们都很遥远的时候，
写作的即时性突出地表现在对传统写作中'永恒价值'的
否定。在写作的态度和观念上，写作的即时性表现在对'宏
指'、'神话'和'强力意志'的回避。诗人不再以'预
言家'和'时代精英'的身份出现，而是一个普通人的身
份出现。这一身份改变的意义并不仅仅在于对朴素现实的
回归，更在于它能够发现和展示构成大众生活的无数个平
凡的瞬间。……如果说诗人在否定了写作的神圣性后，所
强调的是写作的活力的话，那么，这一活力恰恰表现在诗
人能够不断地通过写作使传统的字符获得新的命名和理
解。"（《后现代和我们的处境》，载于《东北亚诗报》，
1999 年特辑）

（四）叙事性是对抒情的冷处理

正是基于对抒情泛滥平庸的医治，诗人选择叙事性的
语言对情感进行冷处理。也许这一写作的变化并不仅仅是
方法上的或语言策略上的，它将引发我们对写作中的某些
理论问题的探讨。例如：传统中强调的"抒真情、写真意"，

何谓"真情、真意"？是否这些"真情、真意"能够构成最高的审美尺度？抒情最终是一个"纵情"的过程，还是把情感当作创作动力寻求语言的过程？叙事性写作为我们解开这些疑团提供了契机。大喜之处不闻笑声，大悲之时不见眼泪，说的也许不仅仅是一种程度的反衬与对比，而且更应该是独有的心灵感受。我在2000年11月完成的《为母亲最后的日子守候》就是在这样的心境下完成的。我经过了一年的冷静思考和情感沉淀才找到满意的写作方向。因为我不想写一首普通的悼诗，即追忆或缅怀式的，我也不想写一部安魂曲，在对母亲灵魂的赞美中来宽慰自己不安的心灵。

> 春天和不祥的消息一同来临
> 癌细胞在骨髓里开花

写下开头两句，我已经找到了这首诗的语言方向。是的，死亡。但这个死亡不是形而上的死亡，也不是一个旁观者看到的死亡，而是亲身经历和感受到的死亡。它是具体的，因为我看到了一个人是怎样一点点地咽下最后一口气的。但是，一味地记录或渲染这种恐怖的气氛无疑是愚蠢之举，因为死亡发生在母亲身上，因为死亡发生在春天，我就不能不从生与死这一古老的辩证关系中去认识和把握。我在大悲的气氛中融入了春天挡不住的气息，这样做的目的并不是想造成一种表面的反差，或是反向的气氛烘托，而是想表明正是死亡孕育了生机。整首诗是在叙述母亲的死亡过程，却又不时地交织着春天的耕种与生机。而在诗的结尾，我写道："这一天正是六一儿童节。"母亲的忌日竟是孩子们的节日，这是一个巧合，却又不是巧合。

四、结束语

在我决定结束这篇文章的时候，我想有必要作一点说明，就是以上谈到的这些特征不是独属于哪一个诗人或哪一个流派的，它们渗透在 90 年代绝大多数优秀诗人的写作中。而每一种特征又不是独立存在的，有时我们可以从一个诗人的身上看到几种特征的交叉和共存。实际上，在 90 年代诗歌写作中还存在一些较为明显的写作倾向，譬如：理性写作。这种写作并不以学院派或非学派作为划分的界限，而是在写作动机上呈现出自身独有的艺术价值。这些动机大体上可以分为三个方面：1.阐释：建立逻辑化的语言机制；2.思辨：个人智力抵达的高度；3.检验：互文对知识的有效性利用。另外还有一个明显的特征就是反讽。具体体现在：1.消解权威：寻求语言中的公正与平等；2.自我嘲笑：寻求重压之下心灵的解放（自我减压）；3.怀疑一切：对价值体系与尺度质疑，试图实现价值重估。当然，我并不认为以上这些特征在中国 21 世纪的诗歌发展中都将是积极的和主要因素，它们属于 90 年代。我把它们归纳出来是想为未来的诗人能够超越 90 年代的写作提供一点可参考的依据。

回首 90 年代，诗坛上发生的事情并不都是令人兴奋的。譬如南北之争把正常的写作引入到"黑社会帮派火并"的氛围之中。另外，编辑粗糙的《诗歌年鉴》和对诗人座次的排定也把一些诗人带入捞取个人荣誉的浮躁而低俗的写作之路。但是，诗坛上的任何一种躁动都不是无益的，正如论争和谩骂让我们更冷静地思考写作的本质。我以为，汉语诗歌的成熟必须是穷尽了诗人表演才能后的心性的回归，是剔除了一切浮躁因素后的人性的沉积。这期间，我们需要一批人来完善诗歌写作的副题建设，即中国化的诗学理论和中国化的审美倾向与原则。这些理论的建设不单是经验的总结而应是超出写作实践，具有前导式的规划。唯此，我们才能脱离在西方理论后面爬行的被动写作局面。如果语言关乎的不仅仅是一种写作策略的话，那么我们应该从母语中呈现我们本民族的某些渊源和特征，而不应该把它变为说者实现个人愉悦的工具。无论是玩世的嘲讽，还是词语的狂欢，都不是汉语诗歌应该抵达的目标，它的最高目标应该是体现中国人独有的智性与意识。

当前的某些写作特征，诸如叙述、口语、知识的互文都太表层化，而某些写作态度诸如冷静、客观、反讽、反人文主义、民间立场等又多是出于诗人自身的需要，即排他性的产物，这些除了不断增加诗人处境的孤立外，并不利于汉诗写作的传统形成。当务之急的，不是建立自己的反对目标，而是逐步完善价值和审美尺度的建立。缺少尺度，便缺少评判的标准，便没有权威性，便没有秩序。我不是说要建立共性写作，而是要建立规则下的写作，建立艺术的权威性和经典理论。我们太需要像米歇尔·福科、罗兰·巴特、莫瑞·克里格等这样的理论大家了。在理论缺乏的背景下，我们只能依靠诗人的人格力量和精神品质来规约写作的严肃性，来把写作的个人化行为同一个民族的忧患联系起来。我迫切地感觉到今天的诗歌太缺少心灵的震撼力了，这是今天的诗歌不可以重读的原因之一。

2000 年 11 月 11 日～2001 年 1 月 1 日于哈尔滨

我们是否已经习惯了平庸

新世纪以来的诗歌是在平庸中度过的。这是每一位置身其中的诗人不愿看到，但又不得不承认的现实。十几年来，诗歌并非庸庸碌碌，曾有过基于美学建立而形成的诗人内部冲撞，有过受网络时代虚拟世界对真实挑战后的人性探索，有过对汉语功能和魅力的持续找寻，也有过经历了诗歌轰轰烈烈的运动之后诗人对精神的回归……如果不是泛泛而谈，就具体某个诗歌群体、某个诗人而言，也许用"平庸"这个词来概括有失偏颇，不过，诗人们的创新与实践未能形成具有影响力的时代代表。我努力地回想，谁在这十年里，用他个人的才华和创造把汉语诗歌带到一个新的巅峰？谁依靠他的作品让社会对诗歌刮目相看，并使所有的诗人为之骄傲？又有哪一部作品作为人们心灵和精神的代表和象征，被争相传颂？似乎没有。也许有的人对我如此期待诗歌会说："别发傻了，这都什么时代了，谁还把诗歌当回事！"说这话的人可以肯定，诗歌从来都不在他关注之列，同样，我也要说，这样的人也从来不在我的关注之列。

我曾几次在文章和访谈中表明，近十年来是诗歌创作最好的时代，因为这十年相对 20 世纪八九十年代的创作而言，诗歌摆脱了意识形态的左右（对抗或认同），更接近回归到诗歌自身，同时在语言和形式上，这十年来的创作实践更趋向个性化和精细化。我不打算对一些成功的或富有积极意义的探索作总结提炼，出于对诗人们的警策，我想主要谈一谈我对当代诗歌平庸的感受和理解。出于避免挂一漏万，或以偏概全考虑，我将回避对具体诗人或作品的指涉。

一、创造力衰弱

（一）关于老年写作

诗人的创造力不仅仅与其生存的时代环境有联系，也和诗人自己有关。这十年里，我们看到 20 世纪 80 年代初期（朦胧诗）具有开拓性的一批诗人先后步入老年，我们曾期待他们能够持续保持创作活力，为我们奉献出难得的"老年诗人"的智慧和精神，建立真正属于那一代人的精神高峰和语言高峰。事实上，我们除了把各种奖项颁给他们，邀请他们参加各种诗会，以此对他们曾经的创作表达敬重以外，我们的内心是失望的。或许他们自己认为活力依旧。这一代人有责任解决中国新诗"没有老年诗人"的问题，为什么我们没有老年的博尔赫斯？为什么没有老年的博纳富瓦？这一代诗人不该满足已有的成就，应该继续发挥新诗创作引领者的作用。

很难具体地说出对老一辈诗人的期望是什么，比如一对一地说北岛应该怎样、多多应该怎样，但内心总觉得他们的视野、经历、经验应该带给当代诗歌一些新的东西，可每每读到他们的新作总不免有些遗憾和失望。老年诗人的创新动力何来？我觉得首先要敢于放下自己已有的成就和风格，尝试自己不曾尝试过的语言形式和表现领域。在这方面，奥登也许堪称典范，他在晚年完成了富有创新性的诗集《学术涂鸦》。这部集子也许在奥登的诗歌成就中所占位置并不十分重要和突出，但却展现出一个诗人多元的艺术追求和创作活力。第二，老年诗人可以凭借自身的阅历和经历，创作出底蕴厚重、精神非凡的作品，而将自己的诗歌创作推向一个新的巅峰。比如艾略特的《四个四重奏》。如果说在形式上突破自我需要的是一种活跃趣味的话，那么，创作晚年重量级作品则需要雄心和抱负。很多老年诗人晚年创造力衰弱不是因为缺乏创造力，而是因为缺乏创作的趣味、激情和抱负。第三，老年诗人也可以从返老还童、返璞归真等方面，用诗歌呈现出老年人洞悉人生奥秘之后的洒脱、快乐和自在，从而形成自己不可复制的创作风格，例如陶渊明晚年的创作。这类写作对诗人的心性要求比较高，必须是真正活得明白透彻的人才可以

李德武诗文集（下）

达到"采菊东篱下，悠然见南山"或"行到水穷处，坐看云起时"的从容淡定境界。在古代，老年是智慧的象征，老年诗人拥有自己独有的创作优势，只要诗心不泯，只要壮心不已，只要如实觉悟生命就能为世间奉献出富有智慧的诗歌杰作。

（二）关于中年写作

创造力衰弱在 20 世纪 60 年代出生的诗人身上也有不同程度的表现。照理说，这是最富有创作活力的一代诗人，应该是出好作品、大诗人的一代诗人。但事实上，近十年来这一代诗人的创作进入了一个艰难期，突出表现为创新意识迟钝，创作懈怠和诗歌方向的迷失。其中，创新意识迟钝表现为感受力、想象力随着中年的到来在下降。懈怠则是一些功成名就的诗人放松了对自己创作的要求，要么转行从事其他艺术创作，要么开始吃诗歌带给自己的老本。有的诗人尽管也在创作，但水平大不如前，而更可悲的诗人只能依靠组织活动或出版旧作来支撑诗人的颜面。方向的迷失则表现在一些 60 年代的诗人在诗歌艺术上很难再有创新和突破，只能重复自己。这些诗人与其说是被才华挡住了出路，不如说被自己的欲望遮蔽了前程。因为这些诗人可能过于渴望建立自己的风格和扩大自身的影响力，因此把"重复是最有效的传播"这样的商业广告理念用到了诗歌创作上。

中年是人生最艰难的一段人生，但丁把它比喻为"黑色的森林"。纵观古今中外，绝大多数经典而重要的诗歌作品都是诗人在中年阶段完成的。所以，中年也是诗人创作的黄金阶段。我作为这一代诗人的一员，深切体验并感受到生存与写作面临的双重压力。也正是这样的压力，考验、锤炼着这一代诗人的心性、意志和对诗歌的忠诚。尽管这一代诗人不缺乏创作上的执着和自信，但事实上，受制于才华和现实的限制，这一代诗人的创作投入程度、创作动力以及创作环境（时间和空间的）都不够理想。所以，"慢"不仅仅是中年诗人成熟后对言说节制的表现，也是他们没有太多的精力和时间投入到诗歌创作上来，以至于产出量大大下降的事实存在。这一现实也迫使那些对写作怀有抱负和自信的诗人，不得不说服自己，放下内心的紧迫感，甚至焦虑，而保持一种顺乎自然的平和心态。这是一个很严峻的问题，当"慢"成为这一代人的写作现实时，我们看到的是一个"踱着方步"的诗人方阵，步调的一致性掩盖了个人的独特性，以至于这一代人平庸的根源不是不优秀，而是同样的"优秀"。

随着"知识分子"与"民间写作"的对立渐趋平息，个性化写作成为广泛共识，对这一代诗人的写作甄别就成了考验当代批评家慧眼的一道难题。有些人试图从南北地理特点和文化差异出发，重新界定这一代诗人的写作特征。但由于南北界线的不明确、文化的互为交融和诗人生活的流动性，让这种界定缺少理论支撑和可信性，最主要的是批评家们用以说明差异的诗人以及作品也不具有典型性和突出的代表性。有的人试图用"中间代"的命名方式，使本来多样化的诗人群体强行归类。也有的人借助民间刊物或网站，以传播载体建立区域性或流派性诗歌同盟，从而呈现区域性的创作特点。毋庸讳言，这一代诗人今天仍然是诗歌创作的中坚力量，蕴藏着一大批富有潜力和潜质的优秀诗人。为什么这一代诗人今天看上去也让人感到平庸呢？

我觉得问题主要存在以下几个缺乏上面。第一，学院派诗人偏重于对诗歌语言和形式的追求，虽然保持了创新活力，但刻意的创作痕迹和作品生活气息寡淡让部分诗人的作品缺乏真诚和感染力。这是制约一些 60 年代学院派领军诗人迈向更高层次的障碍之一，也是部分诗人在创作上表现得很活跃，却不够卓越的原因之一。我认为，这些诗人的问题在于读书太多，想法太多，太迷恋自己的聪明。《道德经》有言："慧智出，有大伪。"这些诗人应该在做人上下功夫，及时醒悟自身的问题，避免持续在技巧或智力上用力而让自己离诗歌的"大美"越来越远。

第二，一些持民间写作观点的诗人，随着与知识分子对立的消除，诗歌一下子找不到依附点（对立面）而让写作陷入茫然状态。口语写作正在普及化，所以，民间写作把口语作为招牌已经不顶用了，而形而下的审美追求毕竟作为一种精神取向不够光明磊落。民间写作有两大特长是值得肯定的，一个是对生活现实和底层的真实呈现，一个是语言的率真和朴实。可惜的是，民间写作的诗人过于看重"态度"，所以在批判的过程中把自己也绑定在对立面上，使得诗歌对生活呈现的广度不够；由于迷恋口语，而使语言艺术内涵缺乏，导致诗歌对生活触及的深度不够。《道德经》也有言："美之为美，斯恶矣！""大象无形"，这些诗人如果能够处理好诗歌中"虚"与"实"的关系，民间写作将会有更大的空间。

第三，一些秉持知识分子良知和精神写作的诗人，面对一些糟糕的社会现象日益感到自身的无力与无奈，有一些诗人转向经商（有的从事文化产业），放弃对诗歌精神的坚守，有的虽然坚守，但爱憎的分明程度和对人格尊严的捍卫程度已不如从前，处在半妥协、半坚守的状态。个别诗人借助职业或无职业的独立性让自己依旧保持人格的独立，多数知识分子诗人都有所依托或挂靠。也许在内心，他们依旧热爱和崇拜俄罗斯白银时代的诗人，依旧把苏珊·桑塔格视为楷模，但是在行动上，他们缺乏对真理或正义心甘情愿的坚守和快乐的追求精神。正是因为这种精神的缺乏，让一些知识分子诗人的写作显得自怨自艾，带有某种怨妇的气息，失去了这类诗人应该有的价值和光环。这类诗人的问题是精神不够纯粹，气节不够高。就这点来说，这些诗人需要向鲁迅学习。

第四，一些秉持独立意识的个性化写作诗人，这些诗人有的通过建立独特的语言方式，让自己独立于群体之外；有的通过生活与交往的相对封闭，让自己内心尽量不被喧嚣的当下干扰；有的通过建立信仰，而让自己在人生终极意义的体验和找寻中留下独特的足迹。这些诗人面临的问题既不是诗歌的传播问题，也不是批评的发现问题，而是诗人自己对自我精神和审美取向的认同问题，也就是这些人是否能够做到精神上自足自为？是否能够做到我行我素？是否能够做到始终觉悟自己，并保持自己独立的声音？这些诗人实际上走在一条自我找寻和自我实现的路上。他们能走多远？他们的诗歌能够有多大的影响力？取决于这些人的悟性和坚持。

（三）关于青年写作

70后、80后的诗人照理说应该是最没有禁忌、创作更加自由的年轻一代诗人，但在近十年里，由于这两代人创作突破的焦点过于集中在前辈身上，而让诗歌的语言和精神朝向都显得单调，甚至带有依附的味道。我始终不理解，这两代人为什么那么急于在代际上与60年代诗人划清界限。事实上，他们拥有前辈们永远无法比拟的经历、情感和更加丰富自由的精神世界。他们本应该在语言和形式上作更多的尝试和探索，在精神上更加张扬和激进，却错误地把青春的活力用在了"吵架"和"性"上面。也许他们认为对前辈的颠覆和对形而下的追求是当代诗歌（准确地说是属于他们这一代的诗歌）必须采取的行动，现在看来，如果最初这一点真是他们的创作动机的话，那么，我们也不得不说这一动机取得的成果甚微。要说成效，我们必须承认，他们的肇事曾让诗歌创作一度喧嚣浮华。这几年，类似的躁动渐趋平静，我们也看到这两个充满活力的诗歌群体，正在重新找寻属于他们的精神支点和语言方式，并且意识到自身成长的选择——不是要"闹"给我们看，而是要"活"给我们看。

二、美学理念匮乏

经历了 20 世纪对西方诗歌理论和美学理论饥不择食的饕餮之后，无论是现代，还是后现代的美学理念在富有先锋艺术之称的诗歌创作中，都得到了不同程度的演练。进入到 21 世纪，中国诗人逐渐意识到诗歌创作本土化审美的重要性，于是开始有意识地在诗歌创作中清出西方美学理念的影响。同时，整个社会也处在转型期，面对网络时代的迅猛发展和经济危机的持续蔓延，新的社会形态酝酿着新的理念变革，伴随而生的美学理念嬗变还没完成。中国传统的艺术精神和文化精髓作为新时期的美学理念尚未被社会广泛认同，在个别诗人的创作中处在探索和实践的过程。比如：有的人把禅宗作为诗歌的审美基础，有的人从乐府诗和《古诗十九首》中吸取诗歌精神和气息，而有的人从江南闲适文化中寻找新的精神支点……但纵观这十年的诗歌创作，真正被明确提出并运用到诗歌创作中去的美学理念不多。美学理念的匮乏是诗歌创作平庸的主要原因之一。在诗歌创作中，像象征主义、存在主义、超现实主义那样先缔造审美主张，并根据这一主张进行有目的的创作的案例少而又少，同时，诗歌群体结盟立派的现象也远不如 80 年代火热。诗人们尽管存在着地域或友情形成的帮派，但这些帮派中的诗人很少在写作上遵循相同的审美主张。美学理念的匮乏反映出了当代诗歌创作的深层困惑，并使得以下的问题成为疑问和创作的障碍：什么才是指导诗歌创新的原动力？我们和诗的关系是一种自然的关系，还是事先预设的关系？语言从属于表达，还是界定表达？诗的最高境界是心灵的澄明还是存在与审美理念的天衣无缝？这些年，我们疏于对这些深层问题进行探索和辨析，特别是疏于对自我审美理念和情趣的辨析和定位，导致诗歌仅仅在语言的层面上相互模仿。这种表象的模仿也是当代诗歌千人一面的原因所在。

从社会发展的角度来看，今天的世界正处在一个大的转型期。欧美持续严重的经济危机标志着西方现代与后现代文化的衰落，而以中国和印度为代表的东方新兴经济体的迅速崛起，也预示着古老文明正在走向复兴。东西文化在今天面临的是一次激烈的冲撞，还是一次全新的交融？

这样的文化碰撞对人类进步，对社会形态转变将产生怎样的影响？特别是面对中国当下物质丰富、精神贫穷的社会现实，美是什么？诗歌的精神是什么？诗歌要以怎样的形式和态度承负起这个时代民族的灵魂？……类似的问题都值得我们去思索、探究和解答。纵观文艺复兴以来西方艺术的发展过程，每一次诗歌美学或艺术理论的嬗变无不是以时代的嬗变为基础的，这意味着今天的社会更适宜造就但丁、卡夫卡、乔伊斯等这样的文学大师。对比前人，我们不能不说当代诗歌缺少20世纪初通过探索和实践参与社会变革的积极性、敏锐性和先锋性，有一种自甘边缘化和原地徘徊的落寞感。从大的趋势来讲，当代诗歌的出路必须从直面现实中寻找，也只能从直面现实中去寻找。诗人或诗歌理论家应该以全新的眼光来审视社会与人、自然与人、美与人、存在与人的关系，对已有的价值体系和文化体系进行重估或整合，提炼出属于这个时代的主导精神或主导文化，对于变革中人性的复杂性作深度洞悉，寻找并捕捉属于这个时代协调与不协调的脉动，记录并呈现那些被我们忽略的人群的歌唱或叹息，可能的话，努力用诗人的激情和人格影响、引领这个时代的精神走向。所以，我一直认为诗歌艺术在当代不是无所为，而是做得远远不够。孟子说："行有不得，反求诸己。"诗人或诗歌理论家当以此话勉励自己发奋工作。

三、诗歌批评媚俗

在 2007 年，我写过一篇小文，题目叫《今天的文艺批评究竟缺少点什么》。在这篇文章中，我提出了对位批评（有效批评）和错位批评（无效批评）的理念。我认为对位批评的价值或有效性主要在于批评与作品相映生辉，错位批评的无效性主要在于其媚俗。为了方便，我把当初的小文转录于此。

我并不大相信体系的存在。就此而言，说中国当前的文艺批评缺少基本的体系，在我看来不是什么坏事。中国人骨子里有着极强的依存心理，体系之类的东西只适于培养人们的惰性。而文艺批评是激流，他在不断的流动中蓄积势力和能量，冲击堤岸，又荡起全新的浪花。这将不可避免地触及一个深层次的问题，文艺批评的对位与错位问题。正如在史蒂文斯的眼里，田纳西的坛子成为引力的中心一样，对位文艺批评就是要建立并呈现这样一个引力中心。用不着预先证明文艺作品是否都具备这样的引力中心，谁要是较真求证，那他就会陷入蒙娜丽莎微笑的迷惑，因为你在任何一个角度看她，蒙娜丽莎都是正对着你微笑。但千万别故作聪明说：你的视角就是蒙娜丽莎的视角。只有傻瓜或者自恋狂才会把文艺批评凌驾于作品之上。这里就需要一种对位，如同一把钥匙对应的卡簧，一个密道对应的地宫和出口，甚至一场春雨对应的复苏。那么是什么构成这种对位？换句话说，谁更有资格成为某部作品的文艺批评人？提出这样的问题似乎有些荒谬，因为言外之意否定了一大部分人的文艺批评权，或者昭示着绝大部分的文艺批评可能是无效的文艺批评。当然，这种无效不是靠时间或空间来裁决，而是靠某人来裁决。那个人就是最能洞察作品秘密的人。基于此而建立的文艺批评，无论是肯定还是否定，都会让作品和文艺批评相映生辉。

这样说几乎不能令人信服，因为"相映生辉"作为尺度远不够清晰。事实上，这的确是一个不能够准确界定的标准，但是人们却能感觉到。就像从瓦雷里的文艺批评中感受到象征主义的重要性和波德莱尔的不朽一样，就像从贝克特的文艺批评中看到一个被重新发现的普鲁斯特一样。显然，这样的文艺批评超越了还原美学、接受美学的窠臼，而是在心灵的更高层面建立了感应区间和互为启示的对话。我们今天的文艺批评整体上黯淡无光，这来自于双向的缺失。一方面是伟大作品的缺失，一方面是伟大文艺批评的缺失。其中伟大作品的缺失是文艺批评平庸的根源。平庸的作品必对位平庸的文艺批评。

相对对位文艺批评，我们看到的更多的是错位文艺批评。错位文艺批评的特征主要有这样几种，第一种是复述作者。这类文艺批评家大多都缺少个人的审美尺度，他常常把文艺批评写成作品和作者说明书。第二种是转述观念。这类文艺批评家有审美尺度，但遗憾的是不是自己的，而是寻章摘句引来的，你会在文中看到大量的引文，或者某某说，就是很难看到他自己是怎么说。学者们的文艺批评大多可以归为这一类。这一类的文艺批评还有一个毛病，就是八股文，你可以比较，基本是差不多的结构和论说方式。你不能不承认他读了很多书，可是，说来说去还是游离在文本之外，自说自话倒也不算是最差的文艺批评，但是，他深入文本的能力常常肤浅得让人无法忍受。第三种是恶意谩骂、诋毁。这也许是文艺批评中最糟糕的，因为这样的文艺批评很难让人信赖他的诚意和见识。如果文艺批评中掺杂了其他的企图，那文艺批评就不再是文艺批评，而是一种斗争的工具。尽管文艺批评上的争鸣（有时尽管被冠以"商榷"的礼貌之语）向来都是以斗争为模式的，但是谩骂和诋毁终究与发现一部杰作关系不大。那些为个人利益或团体利益而恼羞成怒、口诛笔伐的人，不管当时言辞多激烈，毕竟不会比一部好作品活得更长久。第四种是夸饰。扪心而问，每个文艺批评家都曾写过言过其实的夸饰文艺批评。也许这其中的原因很难一下分辨清楚，比如屈从权利，笔墨交易，或者碍于情面等等。这是文艺批评错位中最不可以让人接受的，也是相对普遍存在的问题。这类问题一多，文艺批评也就摆脱不掉庸俗的习气，不仅暴露出文艺批评本身的不严肃，也暴露出文艺批评家人格和尊严的丧失。这也是人们看不起文艺批评家的根本原因。

　　一个好的文艺批评家与一部好作品应该是一种情人的

关系，他们心有灵犀，彼此互通又依赖。他们不存在谁阐述谁，分析谁，他们是相互打开对方，并取消彼此之间的界限，成为一个再生的有机整体。

2012 年 6 月～7 月于石湖

诗
歌
评
论

车前子：一种逍遥的诗歌

诗歌开辟的是一个想象和幻想的世界，这个王国的独立性不在于它是不是和现实世界或人类历史相关联，而在于它让人们成为他自己的心灵之王。就此而言，东西方诗歌的宗旨是一致的，但在实现的方式上却截然不同。西方诗歌因为逻辑语言的特点更强调诗歌内在"秩序"的建立，而中国诗歌因象形文字的特点更注重诗中自由的实现。但在今天的中国诗歌中，这一差别已经不明显了，因为现代汉语的规范是以西方语言学为蓝本的。我在开始评论车前子诗歌之前谈到中西方诗歌的差别是有原因的，因为车前子让我对"秩序"这个词产生了怀疑。我在想"秩序"对诗而言是不是一个重要的问题？我曾经认同瓦雷里"诗是一个有着独自秩序的王国"这一说法，因为我觉得写作的原则性和立场可能正是中国诗人所缺乏的，某种程度上说，诗的秩序就是诗人审美原则和写作原则的有机体现。这也许没有错，但是仔细分析便不难看到其局限性。不管怎么说，"秩序"都是对一种稳定性的维护，是对规则和规律性的依附，而诗需要的是流动、变化、出其不意、不拘一格、独一无二，也就是对所谓的可能性的实现。一个真正的诗人应该是"秩序"的怀疑者和破坏者，包括对自我个性的不断超越和扬弃。当无法从一个诗人身上看到稳定的个人特征以及写作规律性的时候，我们不能不承认推动他写作的直接动力并非来自某种理想化的"秩序"，而是来自真正意义上心灵的自由。

车前子便是这样一位诗人，与其说他是反"秩序"的，不如说他压根就没把"秩序"放在眼里。正当某些诗人借助对个人语调的强化，或借助对个人经验的整合与陈述；或借助对自身生存背景的展示让自己的诗逐步呈现出带有规律性（秩序）特征的时候，车前子却自觉不自觉地让自己成了一个没有个人语调、远离自身经验以及找不到生存背景痕迹的诗人。他不属于任何诗歌流派，也从不见他声言过诗歌主张，但他从 20 世纪 80 年代初至今，始终都站在诗歌创作的前沿，成为中国当代重要的先锋诗人之一。他的诗怪诞、灵动、妙语惊人，洋溢着逼人的才气。他回避用逻辑语言写诗，甚至回避客观的陈述和理性的阐释。事实上，他一直拒绝让自己滑入到常规的表达方式之中。他认为五四新文化运动以来，汉语在语法的重压下"已被扭曲、污染"，并且西方的语言规律已经"残酷地谋杀掉了汉语之所以为汉语的纯粹之美"。①他认为汉语的纯粹之美即"简洁和暧昧"，而"简洁和暧昧"的根源在于汉

李德武诗文集（下）

字的独立表意性和画面性。所以，车前子把每一个字、词都看作是有着自身维度、色彩、空间边界和无穷蕴意的画面，他不是让这些画面服从一种线性语言的表达，而是让它们在无规则的紊乱中实现彼此的对比和相互映衬。他不打算把人们带入对诗单一向度的理解和想象中，而企图让他的诗成为有着多种层次、色彩、明暗和视点的画廊。诗意的"不确切"是肯定的，但在"不确切"之中他又设置了更多岔道、拐弯和出口。这便构成了他诗歌结构上的特点：跳跃、对比、并置、多向流动（车前子称其为马前泼水）。一首诗不是靠字和词的内在意旨保持连接，而是靠字和词的独立画面构成完整。如同马致远的《天净沙·秋思》：

> 枯藤老树昏鸦，
> 小桥流水人家，
> 古道西风瘦马。
> 夕阳西下，
> 断肠人在天涯。②

车前子最大限度地发挥了汉字的画面特性，和马致远不同的是，他描绘的不是一个客观的世界，而是一个想象和幻觉的世界，即一个不能放入我们日常经验中加以检验的神秘世界，如《胡桃与独白》：

胡桃与独白。胡桃是一座学校

（独白：学校是一只胡桃）

绿眼胡桃，饱满货郎的

一所白天，绳索下

眺望河床上的被单

（独白：从火车中擦掉

豆色的头，灰色的头）

胡桃拔尖的山坡上

它在口袋里装着墨水瓶

我们机械边找到洗手的药水

你火辣辣地

朝胡桃奔走。暑期学校

胡桃们坐进教室

皱巴巴的练习本，故事里

有只胡桃（独白：这不像是

独白）砸破墨水瓶，练习本中

白衬衣，绿油油的围墙飘呵飘

我们坡上走，见到看胡桃的人

你向远处的轰鸣逃跑

（独白：不停地有客打来电话）

胡桃是一座学校

胡桃们坐进教室，抄绿

货郎汗斑在脸上落水的儿童

（独白：儿童的肚脐眼）

绿眼胡桃，黑内裤胡桃

我们偷盗了禁止

我们坡下走

（独白：简直像赢利一样）

胡桃的墨水瓶转移

胡桃们躲在隔层玩弄不下十次

　　这样的诗一定会让那些习惯在阅读中寻求"共鸣"的读者摸不着头脑。这是一首可以在任意一行上停下来静观默想的诗歌，不能试图将它一气呵成地读下来，期待发现主题上的或情绪上的流向，也许它根本就没有主题，甚至根本就不存在诗人的情绪主宰，贯穿其中的只是诗人的情趣。是的，正是情趣让这首诗拥有欢快的节奏、明亮而鲜明的色彩以及孩童般的奇想。尽管在阅读时思维不断地受阻，但这首诗并不让人感到晦涩，相反，是神奇，是惊讶，是好玩。如同车前子在一首诗中写的那样："有点突然就有点时间／在转弯处，时间变尖。"（《一首诗》）车前子的诗确实给我们一种突然的感觉，这突然的感觉让我们惯性的阅读不得不减速，甚至停下来，想象的过程是我们回到自身的过程，那一刻，我们不是被动地，而是自觉地进入到心灵自由的世界。所谓的"时间变尖"，那也许是车前子希望读者能够在自由的想象中让自身的感觉更加敏锐吧。很显然，车前子没有在诗歌中施以过重的负载，他是一个善于利用汉字本身的特色让汉语发光的诗人。

他的这一写作意图最早要追溯到 1983 年发表的《以后的事》（1981）和《三原色》（1982），尽管这两首诗相对要单纯些，但却具有鲜明的色彩性和绘画效果（也许这与车前子精通中国绘画的原理与技法不无关系）。

> 我有一座深蓝　淡蓝的小屋
>
> 我和她——我的妻子居住　没有家具
>
> 只有一张水彩画
>
> 　　　　　　　　《以后的事》③

除了从这首诗窥见车前子的唯美主义倾向外，我们不难看到他对"诗中有画"这一中国传统诗歌美学思想的继承。但如同《三原色》中"红、黄、蓝"一样，这时的车前子还局限在展现有色彩的色彩，没有拓展到呈现文字中不含色彩的色彩，即文字中可能具有的空间和意蕴。但是，他很快让自己的创作进入到这一领域。1986 年以后，当中国的一些优秀诗人沉迷于对索绪尔的语言"能指"和"所指"进行实践的时候，车前子却固执地运用他的"绘画语言"进行诗歌创作。如《大河上下》、《墨葡萄》、《钟表店之歌》等，典型的要数《钟表店之歌》（1986）：

钟表店是一座白颜色的房子。

钟表店是一座白颜色的房子。

钟表店是一座白颜色的房子。

我正去钟表店的路上，
去钟表店的路上我遇到位熟人。
我就向这位熟人打听着时间，
这位熟人说他的手表早丢了。

我正去钟表店的路上。
钟表店是一座白颜色的房子。
我的手表只是坏了。
钟表店是一座白颜色的房子。
修钟表的老师傅要我明天这个时候来取，
我不知道明天这个时候是什么时候。
钟表店的白颜色的墙上挂着许多钟表，
每一只钟表——热闹地走着自己的时间。

修表的老师傅眯缝着眼。
而我知道一切的猫越近傍晚眼睛睁得越圆。

......

在这首诗的开头，同一句诗构成三个段落，并且在后面的段落中多次出现，这不是一种简单的重复，而且暗含着三种不同的时态，以及观察者不断变化的距离和视角。那不可能是诗人盯着一座建筑反复唠叨的同一句话，而是看见过的、看着的和将看着的。这三个时态构成了钟表店这一画面无限遥远的景深——与时间相关联的过去、现在和将来。在流动的时间中，那个"白颜色的房子"却没有变化，便使得诗句有了意味。于是，我们不由自主地被"白颜色的房子"这一意象所吸引，毫无疑问，"白"是这首诗的主色调，在这里，车前子不是把我们带入对时间和生命的深切感触中，而是带入到对"白"的联想。此刻，由"白"我想到雪、霜、天鹅的羽毛、投降者的旗帜、葬礼上的白花、结晶的盐滩、缓缓上升的水气和天地空茫，想到无限流动的时间和时间中昼夜永恒的循环。尽管车前子在诗中只字未涉及人的生死悲欢，也没有半句对光阴如水的慨叹，但他通过将"钟表店是一座白颜色的房子"这一句诗的反复利用，巧妙地展现出了人在时间面前的困惑和无奈，其中包含着人们通常借助控制钟表来控制时间这一企图的落空。这首诗充分显示出车前子举重若轻、化繁为简的才华和高超的语言能力。

但在这首诗中，车前子还是或多或少地流露出某种姿态，犹如对"我的手表只是坏了"的强调，而在《胡桃与独白》中，我们几乎看不到诗人的主体痕迹。抹去个人痕迹不是要实现"无我写作",而是要做到"忘我写作"。
在写作中,谁也做不到"无我"或所谓的"缺席",所以,
声言"无我写作"的人要么是一种招摇,要么是一种撞骗。
而"忘我"则是一种境界,是去除个人遮蔽后的开阔和透明,
是没有排斥和界限阻隔的和谐,犹如庄子分不清自己是庄
周还是蝴蝶一样,"忘我"以诗人内心最大限度地感受到
愉悦和美的存在为目的。就诗歌写作而言,靠语调和经验
维持的写作是一种相对容易的写作,甚至是一种安全的写
作,这显然不是车前子钟情的方式。车前子更愿意在不可
还原和没有原型的世界里,建筑他的诗歌迷宫。我想,《胡
桃与独白》可以让我们窥视到车前子的某些诗歌现象以及
美学渊源,在此,可以对号入座的既不是超现实主义,尽
管在想象和幻觉的重视上,他和超现实主义的观点一致,
但超现实主义太依赖梦境、无意识,并把现实世界看作是
自己的对立面。而车前子是在有意识中感受到他诗歌中的
事物,同时,把现实世界看作是生长诗歌的土壤(他曾说
大地上长满了诗歌);也不是结构主义,结构主义太依赖
语言自身的关系,而车前子则是对语言自身关系(语法)
以及某些系统(能指与所指,内涵与外延)的废除。我不
怀疑车前子熟谙超现实主义或结构主义等西方现代美学思
想,但我想直接影响他诗歌创作和美学观念形成的主要是
中国的道家思想。在此,我们不能忽略他出生的家乡苏州
自元代以来逐渐成为贤士们的隐逸之地,以及他从小接受

的吴方言始终是相对官方用语的边缘语种很大程度影响了车前子清逸淡泊、恣肆逍遥性格的形成和对道家思想的喜爱。

那么，车前子的诗在哪些方面和道家思想相契合呢？首先，从诗的整体氛围上说，车前子的诗如鸟在空中飞翔，灵动多变，没有牵系和羁绊。这种空灵恰似老子对道的描述，老子在《道德经》二十一章中说："孔德之容，惟道是从。道之为物，惟恍惟惚。惚兮恍兮，其中有象，恍兮惚兮，其中有物。"④其中"道"即是空。这里的空不是空无所有，而是要人去除固有的意识和成见，回到一种原初的状态。而恍惚是对无形不系的感叹，恍惚中物象生成，而不知所以然，不知所以然即为自然，而自然正是老子推崇的大道。在车前子的诗里，空主要体现在他对固有观念和思维程式化的背弃，对"常规认识"的疏远（他在《月亮死了》一诗中写道"起先是一双盲目，后来是一双盲目"可以印证这一点）。譬如："胡桃与独白胡桃是一座学校"（《胡桃与独白》），在这句诗里，胡桃已经不是我们熟悉的胡桃，学校也不是我们熟悉的学校，仿佛胡桃和学校都回到了未被命名和认识的原初状态，它们既是独立的自己，又互为对方。在这里被解救的不是词语，而是诗人的心灵。对此，道家的思想和现代西方美学家的观点截然不同。现代西方美学家们从本体论出发反对把艺术作品和精神放在一起谈论，而道家始终关注的是人与天，人与物的和谐，并且这种和谐是以人内心的自由和愉悦为目的的。另外车前子诗的内容显然不存在对现实尖锐、深刻的指涉，他的诗不是那种肩负救世使命的诗歌，而是一种逍遥的诗歌——远离主流、与世无争、纵情任性、怡然自得。庄子曾著《逍遥游》，逍遥是他倡导的一种精神境界，既悠闲自得，无拘无束。游即交游，是一种行为原则，指人与事物的相处往来没有隔阂与障碍。在庄子看来，事物虽有大小之别，而将他们放在自得的环境下，让事物各自遵循自己的特性，各自发挥自己的本能，各自担当自己分内的职责，便可达到逍遥，即事物存在的和谐状态。在这种和谐的状态中，人与事物的自由与快乐是不可以用胜负、对错、得失这类观念来衡量的。车前子不把道德的因素看作是自己诗歌中的力量，所以在他的诗中几乎看不到强烈的对立情绪。他从容而淡然地游历在一个没有极限的世界中，感受着美，同时也创造着美。正如庄子在《齐物论第二》中所言："乘云气，骑日月，而游乎四海之外。"⑤再有车前子的诗中流露着鲜明的孩童般的天真和奇想。天真不是幼稚，不是无知愚昧，而是未被成长扭曲的纯美的人性。在老子那里，天真是做人的最高原则，他说："众人熙熙，如享太牢，如春登台。我独泊兮其未兆，如婴儿之未孩，傴傴兮若无所归。"⑥车前子正是用他天真的心灵为我们勾画出了一个神奇的童话世界。如《月亮死了》、《金鱼》、《猜一猜谁宰杀了公鸡棒棒糖》，尤其《金鱼》中两段：

水涌来
填满口袋空虚

那么小的小个子
养两条金鱼，在口袋里

是如此强烈地打动我的心灵，我说不出打动我的具体是一种什么样的力量，也许是在口袋里（我想到的是在人的衣兜里）养金鱼这一超乎寻常的举动，是的，这一举动也许没有任何隐喻，仅仅是一个孩子单纯的愿望，或一个人单纯的理想，它不神圣，也不深刻，更不高尚，但它美。

车前子的诗也不是全然没有对现实的批判，只是他的批判是一种喜剧式的。他曾在《猜一猜谁宰杀了公鸡棒棒糖》中写道：

喜剧是忍受的结果
忍受越多，像个笑话，越开心

他不想在批评中强加给读者一种沉闷的思考，就是他认为最能体现苏州阴郁特色的《亡灵之夜》，也不过是把一个家长的强权写成：

祖父放下一片瓦
就成了屋顶

显然，他不是要在批判中鉴别真伪、区分对错，并对势力进行归属、澄清，他的批判只是因为他看到那些自以为是的人和事而感到好笑而已。例如在一次诗歌朗诵会上，一些诗人纷纷朗诵自己的十四行诗，车前子却出人意料地把一行诗朗诵了十四遍。有的诗人感到不舒服，有的诗人则为之叫好。这就是车前子的诙谐，一种暧昧的、温和的、善意的批判，是取消了事物严肃性的莞尔一笑，他使本来严肃的事情在即将抵达深刻或庄重的目的时突然转弯，滑向一个令人啼笑皆非的境地。

作为诗人，而不是作为一名隐士，车前子在诗歌创作中吸取道家一些有益的思想，并基于对汉语本身的理解，创作出了与众不同的作品。他不仅是一个恣肆任性的逍遥者，还是一个迷恋形式的人，一个语言探险者以及处理题材的高手。他写诗从来不改，因为他认为一种投入的、忘我的写作状态远比一个没有瑕疵的文本更重要。通常，他不是靠想象让自己进入到一个自由的世界，而是靠幻觉脱离与现实世界的牵系和对固有意识的依附。想象和幻觉是两种不同的意识活动。想象是建立在某种相似性（形似与神似）基础上的意识活动，它具有一定的对应关系，是意识的单项发展。而幻觉则是脱离事物对应关系的多重意识活动，是互不相关意识之间的交叉和错位。另外，就发生的过程来看，想象是可重复或延续进行的假象，而幻觉则是发生在瞬间的真实。所谓瞬间的真实，指的是陷入幻觉中的人并不对感觉到的现象加以怀疑，而是确信"就是这个样子"。我们在车前子的诗中随处可以看到幻觉的痕迹。譬如：

我想，探着长颈酒瓶的马头

透明的，暗绿的，深褐的，淡黄的

有多少颜色的酒瓶就有

多少探着的马头，伤感，固执

在西装硬领里戳出来

　　　　　　　　《吃鱼的人》（1989）

我：我的脸：铁屋中唯一的钟表，

时候到了，它就响

　　　　　　　　《无题》（1989）

手在世界的一瞬

身体也会反应

抚摸风，像长条卷须

葡萄架上弯曲着声音

抚摸一滴雨

睫毛"砰"地湿润

抚摸月光……抚摸低飞的姑娘

　　　　　　　　《反应》（1998）

其中"长颈酒瓶、马头、西装硬领中戳出来的脖子"不再是互不相关的三件事物，而是一个事物的三个层次或侧面。正如"我：我的脸：铁屋中唯一的钟表"三者之间没有差别一样，在诗人的幻觉中他们本是一个有机的统一体。幻觉不是梦，罗兰·巴特对此有过明确论述。他说："梦想（好梦或坏梦）是乏味的（一如叙述梦想的文字是多么无聊）。相反，幻觉却帮助人度过不论什么样的清醒或失眠时刻……梦想是单一逻辑的，而幻觉则使我高兴，因为它与对于现实的意识（即对于我们所在场所的意识）同时发生。一种双重的、分离的、有层次的空间便因此创立……"⑦毫无疑问，幻觉让车前子的诗处于原始的、自由的、开放的状态，为读者进入其中提供了更多选择的可能和更大的空间。

值得注意的是，车前子是一个不断探索新的表现形式的人。他善于运用普通素材或毫无诗意的素材创作出令人叫绝的诗来。如《识字课本》，他将小学生课本上的汉字排列成行，通过不同字体和字、词的间隔变化，巧妙地揭示了教育致使人内心的童贞、单纯以及自由空间一步步丧失的过程；而《咳咳灵魂》则利用"咳"的病态性和习惯性贯穿在灵魂之间，表现出灵魂不健康、不纯粹的一面。这首诗中的"咳"不是读出的，而是"咳嗽"出来的。又如《押韵的维生素》（1998）、《风改变了它》（1998）、《算命》（1994）、《打电话》（2001）等都具有令人耳目一新的表现形式，好玩而又富有趣味。

但在有些诗中，车前子有意识地突出了"人为"的痕迹，在他看来，诗就是诗人主观的产物。如在《猜一猜谁宰杀了公鸡棒棒糖》这首诗中，他把第一次写成的诗逐步拆开；而在组诗《假日：三板桥》里，他在每一首诗中保留一句前一首诗中的句子。当然，这种带有刻意痕迹的创作是好是坏尚待讨论，就我个人而言，我不赞同这种做法。不过，正如克莱门特·格林伯格所说，有时"你只得喜爱上你不喜爱的东西"⑧。我不是勉强地，或友情地接受车前子的这一创作方式，而是他让我思考艺术的价值也许不在于提供给我们可接受的、更为丰富的东西，而在于提供给人生不容易接受的、匮乏的东西。这种匮乏包括人对自身认识的匮乏以及语言和形式的匮乏。从这点来说，我们没有理由对与我们一贯兴趣不相吻合的新形式草率地拒绝和否定，创作的意义就在于发现形式的无限可能性，而对形式的发现不该看作是与人相脱离的本文操作，或为艺术而艺术，那是对人的不断接近。形式的无限可能性仅仅因为人对自身来说始终还是个谜。

车前子是一位卓尔不群的诗人，他的诗除了带给我们视觉上的冲击、想象上的惊奇以及形式的千变万化以外，无疑也为我们展现了一个孩童般单纯的世界，提供了一种让精神在想象和幻觉中抵达自由的方式。同时，教会我们如何在幻觉中和荒诞的世界进行交谈。尽管他在诗歌创作中常常表现出一种随心所欲、我行我素的态度，但他是一个致力于让汉语发光的诗人。对此，他做到了。不过我要说，发光的不仅是他诗中的汉语，更是他那颗没有晦暗、羁绊的透明而自由的心灵。

2003 年 3 月于苏州

注:

① 摘自车前子在剑桥大学的演讲稿《诗人与故乡》。

②《中国历代诗歌精选·元曲卷》，济南出版社，1998 年 8 月第 1 版，第 91 页。

③《朦胧诗精选》，喻大翔、刘秋玲编，华中师范大学出版社，1986 年 4 月第 1 版，第 87 页。

④《道教三经合璧》，浙江古籍出版社，1991 年 6 月第 1 版，第 14 页。

⑤《道教三经合璧》，浙江古籍出版社，1991 年 6 月第 1 版，第 76 页。

⑥《道教三经合璧》，浙江古籍出版社，1991 年 6 月第 1 版，第 13~14 页。

⑦《罗兰·巴特自述》，怀宇译，百花文艺出版社，2002 年 4 月第 1 版，第 57 页。

⑧《现代主义，评论，现实主义》，[英]弗雷德·奥顿、查尔斯·哈里森编，崔诚等译，上海人民美术出版社，1991

年 8 月第 1 版，第 30 页。

本文所引诗句除注明外，均摘自车前子电子邮件发给我的《车前子诗选》稿件。

诗歌不能拒绝传播

在网上读到于坚《诗歌是无声的》一文，不觉为其观点的错谬和思维的混乱感到惊讶。我猜于坚这篇发表于《新京报》上的文章，可能是一篇记者采访记，记者根据于坚的谈话整理出这样一篇貌似观点尖锐，实则胡言乱语的东西。因为记者的整理大多是靠不住的。倘若不是这样，而是出自于坚的笔下，我不得不说这篇文章让我对于坚的敬重大打折扣。

先看于坚自身的荒谬。这篇文章标题为《诗歌是无声的》，而开篇引入却以片面的朗诵场景做依据。这似乎在说诗歌的无声仅仅是对朗诵的拒绝。这是一个认识上的错误。如果不以诗歌内在的包容为基础，以内在独立、自为的精神世界为基础，而仅仅把诗歌的无声看作是相对朗诵的沉默是万万不够的。诗歌的无声是对整个世界喧嚣、错乱、荒唐、耻辱等的对抗，看不到这一点，就看不到诗歌真正的无声所在和力量所在。于坚在开篇一段的慷慨陈词里，似乎有一种深受朗诵其害的感觉。这就更让人怀疑一个中外到处朗诵的人，一个可能比任何诗人朗诵得更多、更起劲的人，今天却突然大骂朗诵的真正动机。狐疑或叵测的事我不感兴趣，我要指出的是于坚在此又犯了一个命题上的错误。于坚没有分清一个诗人的写作和一个诗人的朗诵是两个截然不同的问题。写作关乎的是诗歌原创，而朗诵关乎的是诗歌的传播。原创遵从的是诗人个人的意志和情感，传播遵从的是欣赏（或读者）的意志和需求。一个诗人在朗诵的时候不能看作是写作的状态，而必须看作是欣赏的状态，尽管他朗诵自己的作品。就此而言，一个诗人有权利不读自己的作品，如博尔赫斯。当然包括不朗诵自己的作品，但不能说"朗诵就是对诗歌的谋杀"。于坚说："难道作者在最深的房间里写作一生，为的就是最终来到这，面对麦克风，由它把你的语言变成一个声音的出？"这种质疑显得幼稚。如果一个诗人仅仅因为朗诵的问题而怀疑自己的写作，那只能表明他还没有真正弄明白自己和诗歌的关系，进一步说诗歌和他生命之间的关系。一个诗人仅仅因为朗诵不成功，或没有达到预期的反响，就说"诗歌被朗诵谋杀了"，只能表明这样的诗人一开始写作的动机就不纯。说出这话的于坚让我感到他太自恋了，自恋得有些忸怩、有些矫情。

　　"诗歌是沉思默想之物，写作是无声的。"于坚的这一观点印证了他思维的混乱。这里关键的问题不在于诗歌是不是沉思默想之物（要说对也仅对了一半），关键的问题在"写作是无声的"这一句。于坚似乎这样认为，写作是无声的，诗歌也就是无声的。会是这么简单吗？那么，我们如何倾听曼德尔施塔姆？如何倾听沃尔科特？如何倾听特拉克尔？甚至如何倾听穆旦？写作可以是无声的，有的时候岂止是无声，而是死亡，但诗歌却收藏了诗人珍贵的思想、情感和伟大的理想，那无声的文字中充满了诗人对人生的爱憎、歌咏和诅咒。朗诵不过是我们倾听诗歌的一种方式而已。我不否认目前的朗诵无论从形式还是从内容上都存在模式化、表演化的问题，但不能仅仅因为朗诵的不尽人意而否定诗歌的传播。于坚有所不知，朗诵作为欣赏的一种艺术，它不仅体现出诗歌的声音，而且还体现出节奏、韵律、呼吸等内在气质，这一切和"麦克风"没有必然的联系。诗歌的行吟已有几千年的历史，何以到了有麦克风的时代，它就受到质疑？于坚也许看不到没有麦克风的时候，诗人依旧行吟如歌。

如果从"卡拉OK"的流行使原声变异推断出今天的朗诵也是对诗歌原声破坏的话，那么，这里涉及的显然是传播上的问题，而不是写作上的问题。我以为，于坚用"不高明的谋杀"来形容今天的朗诵有些危言耸听。说实话，今天的朗诵不是太多，而是太少。真正谋杀诗歌的不是朗诵，而是无所不在的狂欢。今天的人们缺乏的就是倾听的谦恭与耐心，这是这个时代虚华、浮躁的表现。朗诵的模式化、腔调化、表演化等现象值得批评，诗人自己也需要对此反思，需要探索更好的传播方式。不过，人们要怎样欣赏诗歌，这不是诗人能够左右的，也不该去左右。一个诗人只有创作的权利，却没有统治自己作品阅读的权利。就传播而言，一首诗一旦完成，那么这首诗就已经不再属于诗人自己，它的生命是由诗歌文本和读者共同维系的。这个问题接受美学在 20 世纪中叶就已经解决了，已是常识性问题，于坚这样有影响的诗人还在此纠缠不清，有些匪夷所思。承认我们对自己的作品没有统治权（版权另当别论），那么就应该承认读者有随意阅读的权利，也就应该承认一部作品不该仅有一种声音。好的诗歌一定是那种有一百个读者，就有一百种感受的诗歌，而不是有同一种感受的诗歌。这样说来，于坚所要保护的诗歌原声有意义吗？这并不意味着对诗人生命和气息的忽略，而是一首诗是怎么写出来的，并不能成为对阅读的垄断和指导。有时，我们说诗品和人品的统一，也仅仅就精神而言。写作作为一种行为，我们无法对它实录，最主要的是就算你拿个摄像机跟踪拍摄诗人的创作过程，这和一首诗能否成为佳作也没有必然的联系。一首优秀的诗作，它所含带的原声也许只有作者自己知道，那应该成为他的隐私和秘密，而不是成为扩大作品阅读的资本。传播或欣赏的意义并不在于传递原声，而在于传递诗歌中的气息、感染力以及想象的空间。这也正是诗歌生命力和影响力所在，对此，谁又有能力拒绝诗歌被传播和欣赏？

"声音开始，世界是无意义的，只有声音。"于坚用一大段来饶舌声音、意义、命名、概念、语言的关系，无非想说明写作是一个文本的建立过程。于坚说："声音导致世界在纸上建立起来，但这个世界是沉默的。"这一段探讨的应该是写作的问题，看似于坚有些妙语，仔细想来仍不免粗陋。"声音开始"这是一个吓人的命题，如同神话中的"天地伊始"一样。我要问的是，你于坚有什么依据谈论"声音开始"？有什么依据证明"声音就是声音"？就算回到原始时代，你怎么知道打雷了动物不躲避？树枝折断了，上面的鸟不飞？现在我们知道，动物对声音要比人敏感得多，它们可以预知海啸、地震的发生而采取措施。这难道说声音就仅仅是声音吗？声音是最原始的语言，就在于它最早具有信息传递的功能。信息就是它的意义，它的意义不是"有了语言之后"（于坚没有弄明白语言和文字的关系，按于坚的意思，准确地讲应该是在有了文字之后）才有的，它的意义也不单纯来自命名，而来自于更为原始的经验。命名也不是像于坚所说的"是一种沉默、思想"，从文字的诞生来说，命名是一个和万物建立更为广泛交流的过程。文字的确定不能单纯看作是一种世界的符号化存在。据《周礼·地宫·保氏》记载，古代的汉字形成有六种方式，又叫"六书"，即"象形、会意、转注、处事、假借、谐音"。这六种文字的构成方式，每一种都开辟了人和世界的交流渠道。从中我们也看到，声音是文字诞生的母体。这就说明，文字不是于坚所理解的随随便便"命名"出来的。反过来，我们谈写作，谈我们当下对语言的使用，我觉得于坚不是需要好好地读一读西方的语言学和符号学，而是要用心领会一下老子何以"闻风而悦"，孔子何以"三月不知肉味"。

"朗诵是和诗歌无关的"，"每一个作者，只要一面对麦克风，不由自主地就进入了一个圈套，声嘶力竭要使自己的作品'朗'起来。由此甚至出现了'朗诵的时代'"（于坚《诗歌是无声的》）。文到最后，我才看出其中的用意。原来上面的一切言词都只为这样一个"朗诵的时代"。我不知道谁在制造"朗诵的时代"，如果有人存心要制造，是否成为其同谋也是取决于诗人自己。我不相信于坚每一次参加朗诵会都是被绑架去的。就算被"绑"去了，也可以不上台，不出声。我就见过韩东、陈东东等诗人不上台。同时，也不是每一个诗人朗诵的时候都用普通话，我就听过诗人用方言朗诵，如车前子用苏州话朗诵，何小竹用四川话朗诵。这又何以让于坚得出"每一个作者"的定论？于坚自己怕是参加表演性的朗诵太多了，一想别人也都是表演。而所谓"不能进入朗诵的诗歌就没有存在的权利"这等低层次笑话，说者是谁都不值得责怪，值得责怪的是有着广泛影响的诗人于坚不该借此大做文章，搞什么"世界各地的诗人都意识到了它的危害性"。这话，于坚最好留着与世界各地诗人交流吧。当代诗歌如何得到更深层、更广泛地传播，这是一个传播上的问题。就像诗集离不开出版商的操作一样，诗歌的欣赏也需要纳入新的传播途径和方式。但可以肯定，朗诵绝不会是唯一的方式，或最后的方式。诗歌不可能回到古代连放羊的人都能随口吟诵的时代，但诗歌不能拒绝朝着普及化和世俗化的方向传播。诗歌应该回到人们的生活中，成为一种自然的需要和快乐的方式，成为一种美丽的仪式，而不是自我封闭，拒绝走向大众。

至于于坚强调"诗歌无声就是大音希声"、"诗歌是一个沉默的村庄"这类无所指的话，我没有兴趣反驳。对此，我只能说："于坚，你饶了我吧！"

2006 年 1 月 21 日于苏州

灵魂的低语

——张曙光诗歌读感

冬天的哈尔滨夜晚，雪花乱飞，地面覆盖着厚厚的积雪，街道上行人稀少，在迷幻的路灯下面和不时闪过的车灯中，一个人独自散步。他的身影已经融进雪里。他不需要理解什么，也不需要被理解。雪和他都迈着同样轻盈的脚步，走在时间里，走在黑暗和灯光之中。

放下张曙光的诗集《午后的降雪》，我的眼前浮现出以上一组画面。

作为诗人，张曙光是孤独的。这种孤独不是说他没有朋友和亲人，甚至没有同道者，而是说儒雅、内敛、敏锐的气质让他选择了独往独来。他喜欢独自沉思，有时嘴里叼着烟斗，面对一片茫茫雪地长时间不说一句话，或者凝神注视一只鸟、一片树叶，用心与它们交谈。更多的时候，他和自己的内心对话，通过记忆唤醒沉睡的往事，让自己再一次直面生命的活力与死亡，直面人性的真诚与虚伪，直面美的朴素与华丽……张曙光是中国当代诗人中少有的止观型诗人之一，他的诗里拥有一种不动声色而洞穿真相的智慧力量。用乐器来比喻他的诗歌，首先不是钢琴，钢琴太饱满了，也不是小提琴，小提琴太华丽了，也不是琵琶和古筝，琵琶和古筝太张扬了，适合比喻张曙光的乐器我认为是古琴，低沉厚重，迂回委婉，是融天地于心之后的独白，是灵魂的低语。

张曙光是一位通过写作让自己醒着的诗人，是一位醒着写作的诗人。无论是基于对某种责任的担当，还是基于对生命真相的透彻觉悟，以及对朴素人性的赞美，张曙光的诗都有一种对人和事的敬重和尊重感，尤其是通过呈现一些卑微的人和事而让他们变得更有意义，这显示出张曙光强大的朴素和平等情怀以及对生活独到的省察视角。事实上，从20世纪80年代初开始，当先锋诗人们热身于洛尔迦式的抒情，或者里尔克式意象营造的时候，张曙光就已经把目光瞄准了"叙述"，让充满激情和澹妄的诗歌语言拥有了真实朴素的质地。这是张曙光对中国现代诗歌的贡献，他独有的自白式叙述语调也让诗人们醒悟到心跳和呼吸在诗歌语言中的重要性。他曾经影响很多诗人，有的人承认，有的人不愿承认这种影响，但公正地说，现代诗歌叙述性写作的先导者当属张曙光。他不仅丰富了现代汉语的诗性语言，更主要的是他开启了迈向诗歌无所不在天地的大门，他告诉我们诗歌高贵和美丽的灵魂不一定非要通过惊天地、泣鬼神的方式来体现，也可以在细微的事物间自言自语来体现。

比如《初冬：1984》

> 长椅的靠背落满了雪
> 在一棵白桦树上，残留着几片
> 秋天的叶子——
> 白色的虚空，和一点点残迹
> 书，语言，以及
> 刻在竹简上的历史
> 而星光嘎嘎地响着
> 消隐在淡蓝色的雾里

> 我们并不等待什么。

　　面对初冬万物凋零的景象，他没有感伤，没有幽怨，而是平静地面对雪、残叶、虚空和历史，他的不动声色是因为他内心拥有更大的信念，他的不等待是因为他看到了一个必然的未来。雪莱对此激情高呼："冬天来了，春天还会远吗？"张曙光只是让自己的脚步如同星光发出"嘎嘎"的声响，消隐在淡蓝色的雾里。这首诗展现了叙述性写作的难度和高度，当一个诗人不再放大个人情感，不再纵容天马行空的想象力以及坏脾气，让自己内在心灵世界和精神力量不动声色地展现出来，这需要高超的语言功夫和智慧。越是简约的诗歌越难写，这首诗可以作为例证。

特别是 1984 年张曙光能写出这样的诗歌，就让我更加肃然起敬。

如果说这首诗的可贵之处在于张曙光运用叙述巧妙地释放出自己内心抱负的话，那么另一首诗让我看到了张曙光不动心计的诚实。这首诗就是《在旅途中，雪是唯一的景色》：

我不知道
该对你说些什么
当面对车窗外面
无限延展的白色
（夏日里开满了野百合）
——三百公里的崎岖和雪

人生不过是
一场虚幻的景色
虚空，寒冷，死亡
当汽车从雪的荒原驶过
我想到的只是这些

技术考验修炼，诚实考验修为。一个诗人掌握了语言能力之后可以做到想怎么写就怎么写，想写什么就写什么，但是，这样的诗人如果忽略另外一种东西，就是"修为"，会是可怕的和十分危险的。优秀的诗人可能通过"有为"而体现，但杰出的诗人往往通过"不为"而体现。决定一个诗人是否独立的内在力量不是语言的功夫，而一定是修为的功夫。"我想到的只是这些"这样一句纯粹的补白在诗歌中通常是可以省略的，但用在这首诗里却是点睛之笔。曙光有失语的习惯。我在哈尔滨时经常与曙光兄碰面，如果只有我们两个人，彼此会常常相对无语，沉默是我们彼此的交谈语言。开始的时候我不大习惯，总找话题与他聊，渐渐地我发现内心的沟通是不需要借助语言的。但是曙光兄面对朋友的失语不是每个人都能理解的，有的人以为他高傲，看不起自己，有的人以为他怠慢自己，其实，正如这首诗所写，他并没有多想，他内心很简单，他把无聊扯淡的时间都用在了感知雪原景物上面了。这一刻的诚实与单纯也展示出他内心的干净。他曾在2001年写过一首诗，题目就叫《失语症》开门见山就说："我无法说出想说的话 / 其实我无话想说。"我隐约记得在读米歇尔·福科访谈时，听他说，最难忘的一次采访是与采访记者相对无语坐在咖啡馆里，整个过程都不说话。米歇尔·福科内心的欢喜我能理解并想象到。我也能理解张曙光的失语，正如缅甸著名禅师焦谛卡在他的《炎夏飘雪》中揭示的那样：实际上，我们生活在话语的泛滥之中，每个人都在大声地说话，努力表白自己，或者试图说服他人，却很少有人宁静下来和自己的内心交谈，他们只顾不停地说话，叭啦叭啦说个不停，其实他们对自己所言真正知道多少？

张曙光的失语并非是无奈的选择，也不是忧郁症的病态反应，而是一个洞悉现实真相之后对言说的节制，是拒绝附庸、洁身自好的沉默，是给自己在语言洪流裹挟中保持清醒独立抛出的一个锚链。语不乱则心不乱，独立、觉醒、自在都从止语开始。这是禅修的功课，张曙光虽未皈依佛法，但他内心与禅契合，实际上早就这么做了。他的沉默就好比雪的沉默，洁白耀眼而不需多言，但雪是有骨骼的，你若踩到它，它的骨骼会发出嘎嘎的响声，那骨骼的响声才是张曙光诗歌语言的内在奥秘。

的确，雪对于张曙光来说有着别样的情感和意义。他写了很多关于雪的诗歌，比如《雪并不选择》、《城市：雪》、《十月里的一场雪》、《雪的故事》、《降雪的午后》……雪与其说是他寄托心灵的符号标记，不如说是他孤独行走的情人或伴侣。他们彼此是那样的互相理解与包容，相互欣赏，心有灵犀，所有无法说出的话语都可对雪表白，雪不仅是一个非常忠实的听众，也是一个心灵的导师，雪落屋顶，雪落树上，雪落河里……随风而飘，不选择、不挑剔，对大地充满挚爱，洁身护佑草木，又融化自然，润物无声。雪对张曙光来说既是现世，也是来世的情人，既是情感的伴侣，也是灵魂的天使。长时间的北方生活经历让我懂得雪对于漫长冬天的重要性，对于死亡来说，雪就是生机，对于荒凉来说，雪就是最耀眼的色彩。所以，雪落南方不过是一次狂欢而已，而雪落北方却是一次生命的赐予，甚至宗教的洗礼。张曙光热爱雪，不仅因为他对雪纯洁品行的热爱，也有他对雪向死而生、无畏荒凉博大情怀的敬仰。让我们来听听张曙光自己的内心独白：

> 雪还在下着，回忆因死亡而变得安详
>
> 也许最终雪将覆盖一切
>
> 而我仍将为生命而歌唱
>
> 就像一切曾经生活过的人
>
> 就像我们的前辈大师那样
>
> 在本·布尔本山下，是否也在下雪
>
> 那里安葬着伟大的叶芝，他曾在狂风中
>
> 怒吼，高傲地蔑视着死亡
>
> 　　　　　《得自雪中的一个思想》

"他曾在狂风中/怒吼，高傲地蔑视着死亡"，这是张曙光对叶芝的礼赞，又何尝不是他对自己的呼唤？在张曙光貌似"古典"、"书卷"、"经验"、"沉稳"等等这些评语之外，我们对他最欠缺的理解和肯定就是忽略了他身上这种刚直不阿、蔑视死亡的高傲之气。张曙光是一个嫉恶如仇的人，是一个满身傲骨的人，是一个内敛却又大丈夫气十足的人。这是张曙光的另一面，可以通过他的组诗《大师的素描》来窥见一斑。其实，张曙光的诗歌向度非常宽泛，有代表对底层人物礼赞的《小丑的花格外衣》，也有代表对杰出典范礼赞的《大师的素描》。《大师的素描》反映了张曙光在艺术和精神追求中的价值崇尚与取向，暗藏着张曙光个人写作的抱负和努力目标。里尔克曾向罗丹和托尔斯泰致敬，莱蒙托夫曾向普希金致敬，马尔克斯曾向海明威致敬，叶芝曾向泰戈尔致敬……伟大的心灵之所以互通是因为彼此存在敬重，张曙光因为敬重大师，才写出《大师的素描》，遗憾的是这组诗在20世纪90年代末发表时，有的批评人士却以小人之心度君子之腹地认为"张曙光试图借此抬高自己，与大师们平起平坐"，简直荒谬可笑至极。张曙光毕竟儒雅多于奔放，他对这样的评论一笑了之。也正因为内敛的品性，太多的"怒吼"变成了"灵魂的低语"。

张曙光也是一位十分注重形式创新的诗人。其中《尤利西斯》、《楼梯：盘旋而下或盘旋而上》、《小丑的花格外衣》、《看电影》、《时间表》等都给当时的诗歌创作吹入一股清新的春风，令人耳目一新。

譬如《楼梯：盘旋而上或盘旋而下》是一首非常复杂的诗歌，张曙光把生命向上或向下的重大思考放到了一个旋转楼梯上，并且舍去所有我们熟悉的意义，从全新的视角展示出了他对生命升降的感受和体验。

　　　　这件事做了一次又一次，但你必须得做，因为

这是

我们每天生活的全部风景

像维生素，你一定得吃下它，据说是为了你的

健康

　　这段诗完全借用了世俗的教育性语言，强制、重复、虚假、空洞，要多乏味有多乏味，就是这样的语言，张曙光却把它纳入了诗里。单纯从语言来说，这段毫无诗意。但是，一个僵化的、庞大而空洞的教育体制被张曙光浓缩成三行文字就看出了诗人的洞察力和语言功夫，这超出了单个词语的隐喻、象征等表现技巧，而是通过营造一种语境来整体暗示某种现实，这就有了创新和突破。

　　第二段虽在逻辑上有递进性，却充满戏剧性变化。

孩子们的笑声从黑暗的甬道中传来

当他们爬到顶层

头上将沾满厚厚的雪

　　孩子是阳光的代名词，他们的笑声却来自"黑暗的甬道"，黑暗的甬道拥有的象征意义每个人都可以联想到，但如果不能从第一段中领悟到教育话语的僵化，就无法把上下段结合起来，并且从孩子成长这个现实问题上进行关照这首诗歌的焦点。至此，也就不难想象那些爬到楼顶的

孩子，当他们除了头上沾满厚厚的雪以外一无所获，内心是怎样的失落和沮丧。但这是所有孩子成长的轨迹，每个孩子必须爬的楼梯，这就暗示出了这首诗主题的沉重部分。这样的楼梯其实是相当可怕的。正因为如此，第三段笔锋一转，突然出现一个"失踪的他"，让人的心不免紧张起来。

> 从上个月他离开我们
> 一直没有信来
> 四月绿色的邮差只是为我们带来一些糖果

"他"是谁并不重要，重要的是这里有了具体的主体，可能是一位因叛逆而离开的人，也可能是一位因不堪其苦，走向绝路的人，总之，"他"的出现让事件的发展有了延展，故事有了新的情节，叙述不经意地把镜头转向了另一个场景。这之间的过渡没有任何连接词，突然、生硬恰恰蕴含着现实的残酷性和冷漠性。"四月的邮差"与"糖果"则暗示着故事后面还有更大的陷阱和阴谋，被糖果哄骗的孩子们永远也不会知道他们渴望了解的真实信息。所以，哄骗是持续的，越来越具有诱惑力，于是惯于说谎的人成了"童话作家"和"故事大王"，可怜的孩子们就这样被这种谎言引导着"上升上升"，直到他们倾其一生一无所获。

第二部分，张曙光对此并不是一个局外人，他也是一个受害者。于是自己由幕后走向前台，直接说话：

我们一直向往着顶点

但地面上似乎更为安全

哦，请不要带走我最后一枚硬币

　　仅仅三行诗，语言包括了阐释、表达和祈请的语言方式，使得这一段的表现力更为多点化和复杂化，暗含着强烈的焦虑、恐惧和无助的诉求情绪。

　　这是多么残酷而严峻的现实，艾略特曾说："向上的路也是向下的路。"理想和童话同样脆弱不堪，经不住现实机器的撞击和碾压，每个生命都怀着希望来到这个世上，又都失望痛苦地离开，这就是生命的意义吗？诗人的视角由外至内，最后落到自己的心上，他不无沉重地怀疑人真的有灵魂吗？如果有他该是什么样子？全诗不过两个部分，八个段落，二十四行，却如同上演了一幕大戏，其中故事起伏跌宕、人物穿梭往来、事件贯穿生死，包含了社会、政治、宗教和个人精神追求等诸多重大问题、情感苦痛幽愤，展现了现代汉语诗歌丰富的表现力和承载力，堪称现代新诗佳品。

　　静下心来，细细品读张曙光的诗歌，令我激动和兴奋的作品还有很多。有些诗虽然过去读过，也许是当时的见识不足，也许是自心不净，恭敬心不足，未得其妙。今天读罢，有拍案叫绝之感。张曙光高超的诗艺、多样化的创作题材、丰富的语言形式和他的为人一样不细品是很难发现妙处的。灵魂的低语需要我们同样以灵魂来倾听。尽管我和曙光兄相识已久,可是,我发现今天所感都是全新的,我像第一次认识他那样感到意外和惊喜。从早晨开始,我就进入和张曙光独自的交谈,谢天谢地没有人和电话来打扰我,直到日落我如愿以偿,心生欢喜。我想我可以结束这篇文章了。此刻,我坐在苏州的家里,努力回想着哈尔滨的样子,离开那里十几年了,不知为什么想到那里的冰雪心中涌起一股暖流。

2014 年 2 月 2 日(农历正月初三)于苏州

诗歌中的性情与表达

　　默默从网上传给我他和李亚伟合集的诗稿，并让我在付印前的十天内为其写一点文字。虽然对默默和李亚伟的诗早有了解（作为撒娇派的主将和莽汉主义的代表，二人对中国当代新诗的贡献是有目共睹的），但系统地阅读两个人的作品，我还是第一次。在现有的诗歌批评中，人们习惯把撒娇派看作是反集权意识形态的先锋，把莽汉主义看作是反文化的先锋。系统地读过默默和李亚伟的诗后，我以为上述认识不免流于简单和粗陋。也许，集权意识形态和文化确实成为撒娇和莽汉们的主攻堡垒，但主攻这一僵死的堡垒，一座住满雕像的空城并不是支撑两个人在诗歌的道路上二十多年跋涉不止的理由。面对写作无法让一个诗人如愿获得自身应有的自由和尊严的现实，默默停笔十年，通过商业上的成功获取人格独立的基础后重新回到写作中，这期间的经历与选择也远不是一个集权意识形态能够涵盖了的。李亚伟也称自己经历了"天上和人间"的变化。这就让我们不能不从更为宽泛的方面考察两个人的写

194

作，譬如：艺术理想的变化，心灵需要变化，精神和信念上的变化。对这些变化的考察有助于我们更为真实地了解一个诗人写作演进的过程，进而获取对人性的某些启示。

一、激情与梦幻时代的写作

不管怎么说，20世纪80年代的中国都是一个充满激情和梦幻的时代，诗歌写作也自然带有这方面的痕迹。激情让人们相信自己无所不能，梦幻让人们敢于并能够超越一切。从社会背景上说，这与政治的某些解禁有关，从个人心灵上说，这与中国人内心持久贫乏有关。因此，春天催动的总是那些敏感的种子，率先发芽的总是那些怀有期待的心灵。默默要比李亚伟早几年进入诗歌写作，从作品上看，1981~1983年的默默是多么的可爱，充满梦幻和孩子般的顽皮，如《今夜我还要做梦》（1982），诗中对抗的对象是不确切的，尽管情绪中有一种英雄主义的味道，但也仅仅是"捉特务"时扮演的英雄。我以为，在1985年之前，与其说是对集权意识形态的反驳构成了默默写作的主题，不如说是一个成长中的少年敏锐地意识到自身存在的权利并努力实现独立成为写作的主导更为准确。因为，这时候淹没他个人存在的东西太多太多，包括妈妈不让吸烟，包括停电，包括没有硬币送给街上的乞丐……这期间默默的问题是一个孩子太多的愿望和幻想与一个物质和精神仍然贫困时代之间的矛盾。这期间的默默显露出极强的语言天赋，他不仅具有敏锐的感受力，同时也具有超凡的想象力。在他的诗里几乎看不到前辈诗人影响的痕迹，他是在真正意义上进行着原创。如"过去的过去了 / 永远呀永远 / 留恋呀留恋 / 像秃顶的人 / 留恋头上最后一根头发"（《睫毛长长》）。

李亚伟的代表作是《中文系》，创作于1984~1985年。他自己把这一阶段的诗歌定义为"男人的诗·习作·反对文化的肇事言论"。这一宗旨在《中文系》中得到了淋漓尽致的体现。从中不难看出，李亚伟反文化是从反知识开始的，而反知识是从反教育形式开始的。同样，这样的反驳不能被看作是对文化的否定和批判，而必须看作是对大一统成长模式的拒绝。客观地说，1984年中国的教育刚刚走上正轨，那时，中国不是知识过剩，而是恰恰相反。十年"文化大革命"摧毁了人们对文化和知识的必要尊重与健康需要，所以1984年的反文化不免让人觉得有些草率。从《中文系》一诗中我们不难看到其中的问题并不在于"反文化"这一意图上，而是自我觉醒的李亚伟对教育内容和形态总体感到厌倦和失望。这意味着在李亚伟的心中努力挣脱一种固定教育模式的束缚，获取独立而自由的生活，远比成为某种"成功人士"更为迫切和重要。这归结为对人生价值的选择，而不是对文化的选择，因为这其中包含的不仅仅是对社会主流思想和观念的辨析，还包含着个人情趣与志向的定位。总体说来，早期李亚伟的诗歌在唤起人们自我意识觉醒、选择"反常规"生活方面所具有的感召力远远大于对文化的深刻批判。那么，这阶段的诗歌何以洞见到"男人"的痕迹？或者说，何以称得上是"肇事"呢？从李亚伟的诗中，我感受到所谓的"男人"特质有这样几个方面：一是野，二是粗。野体现在我行我素，天马行空，粗体现在想爱就爱，随心所欲。我以为"男人"在这里不是一种性别的记号，而是一种权力的记号，因为每个男人骨子里都有做"王"的企图。而王者的天下是打拼出来的，打拼总是从肇事开始。

二、同时期的语言特点

把默默的诗和李亚伟的诗放在一起比较，就会发现二者在语言上的追求截然不同。默默的语言具有跳跃、跌宕的冲击力，像急促的海浪一个接着一个朝你打来。而李亚伟的语言像漩涡在同一个位置产生吸力，不断把你朝里面吸，直到最后淹没你。默默的语言是犀利的，他超越了那个时期众多先锋诗人对语言象征性的纠缠，直达内心。但默默的诗不同于传统的抒情诗歌，语言构成情感单一的流泻通道，在默默的诗里，暗藏着急速的转弯和意想不到的岔道，使得直接的语言有了深度。如："中国只剩下天空 / 我带着根在地上漂泊"，"美学是一种痒 / 你总是搔错地方"，

"神圣就是面对神秘的情人 / 你憋着一个屁不敢放 / 其实这个世界并不好闻 / 太阳只看见我们黑压压的头顶"。默默语言的跳跃就好像剑锋一转，直刺咽喉。李亚伟诗中的跳跃是靠场景的变换实现的，在一个扑朔迷离的空间里，内心独白以一种无规则的形式交错、重叠，盲目而纷繁。如："现在我正走在诺贝尔领奖台的半路上 / 或者我根本不去任何领奖台 / 我到底去哪儿你管不着 / 我自己也管不着"（《给女朋友的一封信》），就语言的表现来看，默默语言的特点在于拥有对事物本质的深刻洞悉，李亚伟的语言特点在于展现现实存在本身的荒谬。至于口语和日常性已经不是两个人语言中的问题。但是，在1985年之后，默默的诗歌中语言有了很大的变化，相对早期的诗歌而言更加尖锐。如《二千年前或者二千年后》、《国徽上》等，其中《国徽上》尤其突出：

我们在国徽上种植约会

以后春天里鲜花们长在一个根上

呼唤一个女人妈妈

呼唤一个男人爸爸

这个女人是你，这个男人是我

你笑我滑稽

脚搁在太阳上吹口哨

笑我滑稽的时候

你才滑稽呢

秀丽的长发垂到地上

像从水门汀里长出来

我们在国徽上收获民族迷人的性格

汗淋淋的国歌响彻云霄

耳朵和树叶招展

在我怀里你奔来奔去

你缤纷在国徽上

　　这首诗深刻地揭示出一个人和国家（荣誉）的隐秘情
结和纠缠不清的关系。让我们感受到了一种戏谑，同时又
仿佛含有某种赞美。说来是一种酸楚楚的感觉。显然，1985
年以后，默默对集权意识形态的思考和感受要比这之前深
刻得多。不过，默默似乎保持了他一贯快捷的语速。这
种语速伴随着他的思想和认识的锋芒，使得默默的诗歌
更具有冲击力和穿透力。这样的写作大致保持到 1989 年。
1989 年之后的写作语言上显著的变化就是语速较以前慢了
下来，语调也不如以前那样明快，变得低沉、晦暗。我想，
这一变化可能与默默在政治上的遭遇有关。但默默的诗歌
中有一种恒定的东西，那就是自始至终都保持着一种激情。
这表明他的内心装有梦想，装有阳光和天空，他不是为黑
暗歌唱的诗人，他是一个对人生充满悲悯的诗人。正如他

在诗中写道："我是世界悲伤的眼睛里／流出来的一颗大眼泪。"（《小僧》）李亚伟让人难忘的诗篇是他的《硬汉》：

> 我们仍在看着太阳
>
> 我们仍在看着月亮
>
> 兴奋于这对冒号！
>
> 我们仍在痛打白天袭击黑夜
>
> 我们这些不安的瓶装烧酒
>
> 这群狂奔的高脚杯！
>
> 我们本来就是
>
> 腰间挂着诗篇的豪猪！
>
> ……

《硬汉》

这首诗的语言直接、硬朗而干脆，显示出男人的果敢和坚定。其中"我们本来就是／腰间挂着诗篇的豪猪！"已成大家广为流传的名句。实际上，这首诗运用了大量的修辞，由于整体节奏十分紧凑，给人一气呵成之感，因此即便诗中拥有类似"我们曾九死一生地／走出了大江东去西江月／走出中文系，用头／用牙齿走进了生活的天井，用头／用气功撞开了爱情的大门"这样一些加工痕迹很重的句子，但并没有影响整首诗的气势。后来李亚伟的诗歌语言都不如这首诗干净、简洁、生动。相反，他的长句子让我感到有些拖沓。

三、诗歌中的性情与表达

我以为诗歌在传达性情方面不外乎两种形式，一种是直接的表达，另一种是委婉的呈现。尽管表达和呈现的最终目的都是袒露内心的真实，但是途径却各不相同。表达的难度在于一语中的，呈现的难度在于有效的遮蔽。在这个问题上，我们不可避免地要遇到一个老问题，就是诗歌的真。说起来很容易，真就是真情、真实、真诚、真理，按照海德格尔的理论，真即美。实际上，在具体的写作中对真的理解和把握远不是这么简单。这是因为诗不是一种简单的情感交流，如何理解真情就是一个问题。这里的误区往往在于我们容易把真情和对真情的表现混为一谈。就真情而言，无非就是符合当下心理事实的情感，就此而言，一个骗子在准备骗人的时候，那一刻他的伪装也是一种真情。这里，我们强调的真实某种程度上更符合法律话语，而对诗歌话语来说意义也许不大。我们不能在阅读诗歌的时候总是在脑子里存留着这样的疑问：事实难道是这样的吗？其实，诗歌的真情关键在于对真情的表达，说白了就是表达的不"假"。当然这不仅仅是语言问题，而且包含了自身性格、气质、志向、艺术功力、天赋等综合问题。

语言的假在于过分修饰、雕琢，性格的假在于没有变化，始终保持同一副面孔，气质的假在于东施效颦。以上这些都是在诗歌中藏不住的，明眼人一眼就会看到。而志向的假却不好说，我们不能因为一个人要做大诗人就认为他可笑。这并没有错，谁不想名垂千古呢？单纯就志向而言，中国人的弱点恰恰在于这种躲躲闪闪，遇到困难就给自己找退路。某种程度上说，中国人的骨子里是缺乏英雄主义和献身精神的。所以，先锋思想就显得更加可贵。至于一个人在年轻时拥有一种豪气，而进入中年后，随着经历的丰富，内心需要发生了变化，这是个人的事，也是正常的事。我们不能一到中年就笑话自己的青年，一到老年就笑话自己的一生。这种人生的自我否定貌似是一种智慧，其实是一种虚弱。所以，志向的真假不能成为诗歌的某种标准，相反，我们要鼓励年轻人有大志向。不过，一个人如何实现自己的志向这是另一个问题。他是靠自己不断地修炼、探索、实践来实现，还是不择手段、投机取巧来实现，关乎的是个人的人格和品德的问题，他不被承认往往是在做人的层面上，而不全在作诗的层面上。未来的诗歌读者不会先读一个诗人的传记，之后才去读他的诗歌。我说的不是一个诗人可以放任自己追名逐利，而是说在对这类问题的看待上我们还拿不出一个可以令人信服的标准。艺术功力和天赋是个奇怪的东西，功力来自积累，而天赋来自天赐。这两种东西缺乏的人是没办法硬装出来的，想作假都做不了。

以上这番话与默默和李亚伟不无关系，我以为默默和李亚伟的率真中既有对自身存在的尊重，又有真情表达上的流畅自然。这体现了两个人在诗歌上的功力和天赋。其中默默在追求性情的直率表达时，还掺杂了对真理的追求，因为在默默的诗里，判断句式随处可见，观点和思想构成了默默诗歌的另一个向度。这表明默默在对真情的表达中含带着批判的成分；在李亚伟的诗歌中，陈述句和祈使句居多，表明李亚伟对真情的表达更追求符合当下实际，并且含带着理想主义的成分。当然，默默和李亚伟的成功还来自性情表达形式的率先性和独特性。这两种特性不能全归于时代的赐予，而必须看到那是诗人自身意识超前和敏锐的成果。时代并没有偏爱谁，现在也是一样。今天，优秀的诗人随时随地都可能诞生。但在这里我想谈到另一个艺术问题，就是艺术的陌生化问题。什克洛夫斯基提出这个形式主义的问题，是基于形式的相对性，而不是绝对性。如果谁认为懂得火星的语言，而写出火星的诗歌，那他恐怕只能在火星上寻找读者了。因此，陌生化必须伴随另一种素质才能成为艺术的典范，那就是语言的感染力。感染力不是媚俗，而是对人类性情的戳穿和渗透。

2004 年 11 月 13 日于苏州养育巷

叙述性写作及其滑翔的轨迹

叙述性写作一度是对过分抒情的矫正与反驳，它增强了语言的柔润性，而不是强度。这种柔润性来自语言对表现领域的广泛触及，它不仅担负起线性时间，也担负起独立或交叉的空间。在我看来，叙述性写作的成就远不是客观化问题，更非对语调的辨认，而是它在描述上更趋灵活和自由。敏锐的诗人已经不再用叙述处理经验和记忆，而是处理声音和色彩，梦和冥想。这一转变表现为叙述对真实性的疏离，对时间和经验的疏离，它呈现那不确切之物，以及不可能之物。陈东东是这方面做得最好的诗人之一。他的《跨世纪》、《下扬州》、《邀请参观》巧妙地运用叙述呈现出他听到的声音，并将自己的感受融入那个声音的世界。但他不仅仅是倾听声音，他是运用声音呈现出虚与实的世界。"寂静大旅馆——格局像一座弃用／的宫殿，老式电梯／卡住过去时代肿痛的咽喉。"（《跨世纪》）这是一个世纪即将消逝的声音，那个曾经过客如云的大旅馆，现在空无一人，那个喧嚣之地因寂静而显得荒凉和悲哀。开头的这几句诗以一种低沉、回缓的音调让我们感受到一种处境的严酷与压抑。但准备迎新的人们和一个在梦中怀旧的人心情是截然不同的。"梦见红色的蒸汽机头时／旅客正完善抵达的礼仪。"在这两句诗里，陈东东巧妙地呈现出两种声音，一种是作为梦者对往事的迷恋，一种是被时间的机车推动着被迫旅行的"旅客"。在此，同时展现出两种声音的不同音质。前者，因带有了个人生命的分量，而显得独立和庄重，后者因参与完善共同的"礼仪"，而显得机械和滑稽。整首诗几乎都是围绕这样一种独立的声音和混杂的声音，庄重的声音和滑稽的声音彼此相互冲撞、诋毁、吞没、辨别而展开的，显示出了陈东东透视现实的独特视角。

　　同样，《途中的牌戏》与《跨世纪》有着异曲同工之妙，基本都是进行曲调式，但《途中的牌戏》更显轻松、活泼，如同小丑的仪仗队。其中"一声汽笛催他们上路／一群时限鸟在他们咽喉里啁啾'开车啦'"，让我几乎忍不住笑出声来。类似的叙述还有"就这样火车／抵达了下一站，有人嚷嚷着'下去／瞅一眼'好像换手气……"（《途中的牌戏》）"谈判接近了夜半消融／一盏按摩灯摩登般魔瞪，多多关照着／夜女郎奶帮上仿佛标志的那粒朱砂痣／'噢呦那的确标志之至！'"（《幽隐街的玉树后庭花》）其中"噢呦那的确标志之至！"是如此形象地传达出南方人特有的话语气息。

当然，陈东东叙述的才华主要在于他对无声事物的声音呈现。如"暗藏在空气的抽屉里抽泣／一股幽香像一股凤钗"（《幽香》）。恐怕古今中外的诗人，只有陈东东能够把幽香描写成"暗藏在抽屉里抽泣的凤钗"，如此大胆、奇特的叙述呈现的已经不再是一般意义上的"幽香"，而是语言本身的幽香。事实上，这首诗也正是在诗歌的层面展开了语言的内在秘密。全诗共五段，依稀展示了语言从装饰性、承负时间、焕发自身想象的活力、置身于生命的体味到无所依傍、凭空呈现的演变轨迹。我不能肯定这就是陈东东为自己诗歌创作规划的语言路线图，但不妨参照这样的轨迹欣赏他的作品，似乎找到了某些路径，尽管沉入其中仍不免是一份"累活儿"。与此相对应，《应邀参观》似乎是一份诗歌语言的"说明书"，其中《导游图》是他对诗歌写作的独语。与其说陈东东是借助爬山来展示写作，不如说他是把写作展示为一次集体爬山。"这不是诗，是累活儿"，深层地揭示出陈东东对自我写作使命的认定，因为他清楚不是每个人都能够真正登顶的，在有人登顶之前，必有"石匠"已经花费苦力凿筑了台阶。这也正是陈东东等一些诗人在语言上大胆探索的价值所在，也是这个时代需要技艺的意义所在。陈东东的贡献在于提供了运用语言呈现声音的叙述范式。

与陈东东不同，车前子较好地实现了画面与叙述的高度对应。他们二人是目前中国诗人中在语言的叙述性方面最富有创造性的诗人，是独立于一切俗套罕见的革新者，也是当前仅有的几位不可模仿的诗人代表。

　　语言表现能力的贫乏是当前诗歌创作面临的主要问题之一。叙述性写作过分纠缠于事件、经验、语调、记忆，使得叙述性写作充满了老气横秋的絮叨，不仅语言承载力日益贫乏，表现力也越来越僵化，提高语言的表现力将是中国现代诗歌逐步走向巅峰不可回避的路径，也就是说，回避或忽视诗歌创作的技术性探索，诗歌将只能在道德和观念的圈套中徘徊。对照历史我暗自揣测，假如没有魏晋山水诗在技术上的探索，李白就不会脱口说出"山随平野尽，江入大荒流"这种具有高度涵盖力的诗句。正如古代诗歌经历了《诗经》、《楚辞》、《汉乐府》、《魏晋山水诗》这一系列过程后最终形成唐诗的巅峰一样，可以肯定，叙述语言的成熟绝不是一个语言学的问题，也不是基于叙述语言谋求自我完善的过程。它必须来自于语言对一切事物的有效担负，即叙述职能的增强。就此而言，我们对叙述性语言的尝试不是做得太技术化了，太片面化了，甚至太极端了，而是远远不够。除了陈东东、车前子以外，余怒从语言学切入，试图建立一种全新的叙述话语，臧棣从事物的内在秩序入手，努力寻找建立全新叙述的结构关系，这都是一些十分必要的探索和实践。有些人对此大加批评，目光未免短浅。对有些诗人来说，精神性可能要大于艺术性，但对有的诗人来说，他的精神性就在于他的艺术性。技艺不仅考验诗人的真诚，更考验诗人的才华。毕竟开拓性的创作不是每个诗人都能做到的。才华不足的诗人可以靠道德、事件、肉体、情调来弥补，做得好也不失为好诗人，但能够为中国诗歌提供语言精粹的人，将是重要的和值得敬佩的诗人。我相信诗人们致力于对语言和形式的探索也必是我们这个时代诗歌所需要的东西，哪怕是失败。

2007 年 1 月 28 日于苏州

一部真正的英雄史诗

　　——读小海的诗剧《大秦帝国》

　　读过小海的诗剧《大秦帝国》，我唯一想说的就是：
"小海写了一部杰作！"当我在 2009 年年末的一天，在
小海的电脑上第一次看到他创作的《大秦帝国》局部时，
我脑海里闪过的最直接的评价就是："小海写了一部杰作！"
当时，全身心沉入创作中的小海，对我的评价将信将疑。
我告诉他："好好地干下去吧，请相信我的审美判断！"

　　如果一句话也可以成为一篇评论的话，我真的想开一
个先河，就说一句："小海写了一部杰作！"这与我和小
海是朋友无关，与我见证了这部作品的完成无关。小海做
了一件诗人们都渴望做而没有做成的事：创作出了真正的
史诗，并用作品把当代诗歌写作带入一个更高的阶段。《大
秦帝国》令我赞叹，也令我哑口无言。所以，批评才会只
有一句："小海写了一部杰作！"

　　实际上，小海近年来的创作是艰难的。可能是工作的
压力一度让他的创作才华处在压抑之中。但这些年的担负
与荒废都成为一种储存和积累。从 2009 年年初，小海随

着工作环境的改善，创造力开始一点点释放，直到年底，达到了爆发的程度，完成了《大秦帝国》这样一部气贯古今、魂动天地的鸿篇巨制。小海用创作证明，他的语言能力、想象力、感受力、对宏大题材的驾驭能力以及深刻的洞察力没有让关心他的朋友失望，没有让他热爱的诗歌失望。从《大秦帝国》中，我们不仅重新看到了创作《田园与村庄》那个纯粹宁静的小海，还看到了一个波澜壮阔、气吞山河的小海。

这是一部杰作，是一部不亚于艾略特《四首四重奏》、不亚于帕斯《太阳石》、不亚于里尔克《杜伊诺哀歌》的杰作，是当代汉语诗歌创作的巅峰。为什么要运用类比的方法评价这部作品？是为了让一贯忽略当代诗歌创作的人注意到，诗歌始终走在文学探索的最前沿。

20 世纪 90 年代，是新诗脱胎换骨实现转型的重要时期。在考察这一时期的作品时，人们过多倾向于对技术转型的关注，而忽略了一个重要的因素，就是长诗的创作。我曾就 20 世纪 90 年代部分成功的长诗进行过批评和关注，但我没有看到过堪称史诗的作品。进入 21 世纪以来，诗歌表面上看越来越朝向无序化，甚至低俗化，实际上诗歌的自我超越力量正在低谷酝酿。就诗歌创作而言，语言和技巧已经不是什么问题，当今并不缺乏写出优秀作品的诗人，但是缺乏写出杰作的诗人。就外部环境而言，国家的复兴以及对苦难的承负已经具备了创作史诗的条件，人们

李德武诗文集（下）

也都关注着谁能够在当下松散而平庸的诗歌写作氛围中脱颖而出。我这样说是想表明，诗剧《大秦帝国》的诞生不是偶然的，小海创作出《大秦帝国》也不是偶然的。

《大秦帝国》是一部英雄史诗，也是一部关于民族精神的交响诗。全诗共分六章，达八百多行。他跳出历史的框定，站在当代的至高点上，以诗人敏锐的目光重新审视一个帝国的兴衰、一个王者开天辟地的野心和气魄，以及交织在帝国兴衰之中的人性真实与命运结局。但小海显然不是试图为一个消失的帝国招魂，他是想通过对历史的反观呼唤并发现人性的光辉，复苏并延传民族的气脉。从这部诗剧的结构上，我们也不难感受到诗人这一意图。其中大秦帝国始于战争，也灭于战争。在序诗里，小海用简练的笔触描绘出了这场战争的不可避免性。

太阳，四散的热力
将男人和女人
置放于地球干流的育婴箱

战争，七国的霸业
地球，太阳烤箱里的
一块香面馍

这几句诗既非对战争的赞美，也非对战争的批判，而是对人性的透视。把战争看作是太阳在"育婴箱"里培育出的"婴儿"，把地球或家园看作是烤箱里的一块"面包片"，不禁令人震撼。由此，小海开始了他和一个充满爱情也充满杀戮、充满智慧也密布阴谋、充满霸气也充满绝望、充满辉煌也充满没落的大秦帝国的通灵与对话。当他在诗中说"神应允的生活／我们不知道／会借助闪电的应允／／真正的神啊／集破立于一身"时，小海甚至超越了善恶标准，呈现出了一个真正王者的存在——他不需要理由，他的存在就是理由。像这样富有智慧的诗句在这首诗中俯拾皆是。比如：

> 太阳在恢复力气
>
> 从一只萤火虫身上汲取力量
>
> 它在寻找一根火石的疑点和破绽
>
> 它被缚住的四肢咯咯作响
>
> 它的旗帜破败令人作呕
>
> 飘忽、阴沉，独往独来
>
> 盛气凌人，向地面抛洒同心圆
>
> 以狐狸的敏捷，挨家挨户叫醒
>
> 三秦子弟

第一章《始皇帝诞生·3》

仅用寥寥数语就写出了始皇生命中涌动着的强烈的征

服欲望以及为此付出的艰辛和努力。他的妙处在于这样的
生命礼赞可以认为是献给胸怀大志始皇帝的，也可以认为
是献给我们当下每一个人的。这是小海这部作品具有史诗
意义的根本所在，既是历史的，也是当下的。

　　第二章《将士一去不复还》，集中抒发了小海对勇武
善战、视死如归将士们的同情与赞美。他们被赞美是因为
他们是盲目的，他们值得赞美是因为他们是卑微的。在这
一章里，小海从不同侧面勾勒了沙场上将士和战马的景象，
就在战马嘶鸣、兵戈相击的厮杀声中，小海突然笔锋一转，
插入了一场皮影戏，不禁让人对一场战争的戏剧性结局与
士兵如皮影一样被操纵的命运产生无限联想。这是小海发
自内心的呼唤，也是小海对无名英雄至深的缅怀：

　　　　一场战役结束

　　　　皮影艺人啊

　　　　你们必须赶着牛车

　　　　带上那一具具头颅

　　　　一只只手臂

　　　　一条条腿

　　　　黏合在一起

　　　　无论多么陌生的兄弟

　　　　在你们还没有成形时

　　　　就得不倦地赶路

别弯腰，别躺下

别披散你们的发鬃

别进入虚无的天空

第二章《将士一去不复还·插曲·皮影艺人》

　　而在第三章《咸阳宫的骊歌》中集中展示了不同人物的咏唱。这是一部人间万象图，爱情与纵欲，忠诚与狡诈，智慧与阴谋，甚至工匠与猫都悉数登台，让人觉得那个消失的帝国就在眼前。什么东西流失了？而什么东西永恒未变？从小海的诗中，我们不仅受到启示，还看到了一种来自语言的艺术美。但在第三章的最后一部分《咸阳宫的合唱》里，小海却将华丽的咏叹转入低沉的合唱，在这里显示出诗人某种深深的忧虑与不容置疑的宣言，让我们看到了诗人内心强烈的爱憎。

危险的黑夜

不要以为

我们都睡去了

正好相反

所有人，包括婴儿

都醒着

捍卫我们的

是先祖们在长眠中

发出的光

第三章《咸阳宫的骊歌·咸阳宫的合唱》

第四章《帝国回音壁》以一种迂回的复调曲式和多点并进的推进方式让已经呈现的宏大历史聚焦在几个点上，仿佛硝烟弥漫的战场突然沉寂下来，震天的厮杀声被乌鸦的鸣叫和风中破旗的呼啦啦声所替代。站在今天，回首当年那一场场征伐，诗人听到的不仅是一个帝国不断颁布法令的威严，也听到了无辜者的哭泣和丧失国土和家园者的悲哀。在这一章里，小海以极大的人性悲悯和历史情怀呈现出了一组惊天动地的悲歌。一个庞大的帝国轰然倒塌之后，长盛不衰的竟是一部《吕氏春秋》，竟是孟姜女哭长城的传说，竟是墓葬里被埋藏千年的陶俑……面对这样的空茫，小海的内心极度哀伤。他甚至找不到一句用来安慰幽灵的话语，找不到一个可以一同与他来倾听幽灵低泣和倾诉的人，所以，他写出了《稻草人之歌》。

一群向北的斑头雁家族说
"认识它吧，不可停留此地"
两只下雪前闲逛的乌鸦说
"瞧，它还活着"

每个稻草人

都先在天空中助跑后再落地

——从地平线上归来

第四章《帝国回音壁·稻草人之歌》

一个无灵之形恰是一个无形之灵，这对集形灵于一体的人来说，是悲悯，还是无奈？是讽刺，还是讴歌？

第五章《秦俑复活》展示出小海对一种真正英雄的渴慕与敬仰。奇妙的是这个英雄却并非属于建立帝国和王权的始皇帝或者手下的将士，而是一名只身挑战帝国的刺客。秦俑复活，复活的不是征服者骨子里的贪婪和残忍，而是人性中不畏强权的忠肝义胆，是不惧生死的大义凛然，是勇担大任的豪侠与壮烈。小海借助荆轲的嘴说出了他对真正英雄的讴歌和赞美。

"我很好！"荆轲说

我就是秦帝国天空中的第一道裂纹

为什么好？在我之后

高渐离将会为我高歌一曲

后世必将失传的《广陵散》

第五章《秦俑复活·1》

值得我们注意的是,小海这样的视角绝非是出于对"刺客"这一词的偏爱和钟情,实际上,他呈现出的是一种人性自身相互对抗和冲突的力量，是一种不甘屈辱、选择反抗的本性。这样的认识我们从历史中也可以得到印证。当秦俑的强大兵阵在大地下沉寂千年的时候，后人们却世代争相传颂"风萧萧兮易水寒，壮士一去兮不复还"的豪迈之歌。

第六章《秦俑颂》以冷静的语调和深深的情感呈现出这部诗剧的灵魂。很显然，小海没有把目光盯在西安临潼出土的兵马俑身上，而是华夏大地生生不息的儿女身上。这是他用屈原的辞做题注的原因。同时，他想探究战争的本真意义，实际上，他面对月光和满天星斗却依旧迷惑。这是个宿命，也是个秘密。如他诗中所言："明月，你说出的秘密／就是我们华夏民族的身世。"（第六章《秦俑颂》）这是一个怎样的秘密？其实小海已经告诉了我们，就算战争让"黄河日夜押解着死尸东去"，那些英雄也从未离开我们，甚至片刻都没有离开。他们依旧层出不穷，忠勇无畏，出自千家万户，默默地待命，随时准备"出征"。他们身世卑微，却负有强国之任；他们朴素厚道，却有顶天立地大丈夫之豪气；他们纯净如水，却有摧枯拉朽、荡涤污浊之势力。正是他们的存在，中华民族才坚不可摧，就像黄河上的波浪，奔腾不息。

就艺术上而言，只有诗剧的形式才能承载起这样大气磅礴的主题。她更集中地把我们带入二千多年来，中华民族自强不息、强势不衰的精神主流之中，让我们透过高度凝练的诗句呼吸到贯通古今的英雄气息，进一步发现来自太阳和月亮在华夏民族的血脉里播种的光明，同时也让我们反思战争和人性中不可避免的缺陷。在诗的语言上，小海展现出了他独有的天分，除了简练以外，还充满了想象上的飞跃与智慧的灵动，真实而又新奇，纯粹而又厚重，堪称句句珠玑，值得我们凝神玩味。在表现上，他打破了历史人物和事件的限制，而将抒情和叙事有机地融合在一起，并以一气呵成之势贯穿始终，显示出了小海极强的驾驭能力和创造欲望，使得该部作品从形式到内涵都近乎完美。我为小海写出这样的作品而高兴，为中国当代诗歌具有这样的作品而高兴，所以才主动要为小海写评。我只是想进一步佐证最初的判断："小海写了一部杰作，这是一部真正的英雄史诗！"

2010 年 1 月 6 日于苏州

天使的歌唱

请不要让那些灯从心灵的视野里

消失，有一天目光中的水分也会抽干

变得暗淡，有一天我也会倒在那里

像曾经写下的：我热爱一切的发光

更向往透彻和谐的黑暗，与尘埃

麦可：《黄昏诗章》

一

当"诗人之死"更多的是作为一种深层意识，而不是作为现象进入到世界性的交谈之中时，它所触发的是对"诗人之生"的思考，而不是对死者的同情。终止的心跳仅仅意味着血液在肉体里循环的停止，而诗人的呼吸却在他的作品中依旧存在，并使每个词都富有生命。麦可的死和他之前的几位自杀者不同，他不是"受困于语言的压力"，或者"出于对语言的捍卫"而自戕的诗人，不，他不是把死凌驾于爱和创造之上的人。虽然他也曾试图用"自杀"这一超语言的行为来表达对诗歌的最后热爱，可他并没有放纵对生命的健康把握。这主要来自于他对自身责任的清醒认识，这里谈到的责任并不是社会化的义务，而是他对诗歌精神的建设。

转型期的汉诗写作正处于一种盲目和混乱状态之中，审美标准的缺乏和诗人自身精神的空虚导致了今天诗歌写作的浮躁与华丽。麦可以他"大地赤子"的情怀和一个诗人本能的良知与敏感深深意识到今日诗歌精神建设的重要性。正像他在诗论《燕翎手札》中表现出的焦虑那样："是到了该唤回诗歌精神的时候了。"

他并不赞同罗兰·巴特尔所倡导的"风格操作化"的写作方式，他甚至明确反对在中国的诗歌中泛后现代化的倾向。这实际上表明他是精神本体论者，而不是语言本体论者。语言的必要性是建立在精神的需要之上的。在写作中，语言的规则以及语言的合法性不应、也不可能成为局限精神自由的障碍。这使他几乎不曾对自己的精神取向（即向着神性的不懈叩问与追寻）作过置疑，相反，他却态度鲜明地反对后现代主义和文本式写作。他努力坚守的是诗的生命感的存在，是能够抵御时间消磨的持续的活力和感动，是没有亵渎、怀疑和玷污的诗的神圣性。

诗人的悲哀并不在于持怎样的审美态度，而在于缺少自己的见解和声音。中国现代诗歌的痼疾是集体写作意识。

广泛化的摹仿与抄袭不是突出了部分诗人的创造成就，而是迅速将其个性化的品质湮没在大众化的表达之中。麦可是一位具有鲜明个性的诗人，他始终极其敏感地关注着自己的写作和他人的写作，他的自觉使得他无论在精神层面还是语言形式，都保持着独立性。但麦可并不是那种"唯我独尊"的诗人，他能容纳异己，并对有成就的诗人怀有敬意。尤其面对像里尔克、曼德尔施塔姆等艺术大师，他更表现出极度的虔诚与敬仰。他称自己是跪在这些大师面前写作的人，这样的谦恭不是每个人都有的。当我从遗作中读到这样的话时，我被深深地震撼了，是他对待艺术的热爱让我感动，是他的真诚与奉献精神让我感动，是他在高尚与伟大面前隐去"自尊"的信徒般的执着与迷恋让我感动。正是这样一些大师的精神形象，而不是他们诗歌中的只言片语成为他精神的偶像。他在诗中始终贯穿的向上的审美趣味和崇高的思想意识正是基于他对这些大师的崇敬与信仰。

二

布罗茨基在论曼德尔施塔姆时曾说："写诗也是一种死亡练习。但除了纯语言的需求之外，促使一个人写作的动机并不全然是关于他易腐的肉体的考虑，而是这样一种行动，他欲将他的世界，即他个人的文明，他自己的非语义学的统一体中某些特定的东西留存下来。"麦可非常敬佩曼德尔施塔姆。他曾在《雷雨:一出戏剧的落幕》中写到"我就是六十年前的曼德尔施塔姆",是曼氏面对苦难的姿态深深地感染了麦可,使得他面对悲剧性的生活,甚至面对死亡依然表现出卓然不群的风范。这使我想起马拉美在论魏尔伦时说的那句话,在一个把诗人排挤到社会边缘的时代,"以这样一种卓然不群、傲岸独立的态度来承担一切痛苦,这原是诗人的唯一态度"。

从这点来看,麦可和先锋派诗人不同的是,他并不是一个欧美 19、20 世纪美学孕育的产儿,虽然他也经受过这些美学观念的熏染,但他直接承继的是那些悲剧性大师的生存态度。如曼德尔施塔姆、茨维塔耶娃、凡·高等。对他来说,这些大师的作品令他着迷,而这些大师硬朗的人格力量和宽阔的内心世界更让他钦羡。以致他感受到死亡临近的同时,也感受到这些大师的接近。从他后期的作品中不难看到一个又一个大师的影子。如《在异乡的路上》(献给兰波:1995 年 7 月 11 日)、《约会:茨维塔耶娃》(1996 年 5 月 14 日)、《想起苹果和戴帽子的塞尚》(1996 年 6 月 20 日)、《精灵之舞》(献给邓肯:1996 年 6 月 25 日)、《哀歌:献给布罗茨基》1996 年 11 月 3 日)等。因此,可以肯定地说,麦可的美学根基不是建立在语言形式之上的,而是建立在"存在"形式之上的。他所建立的不是一个由词语砌筑的殿堂,而是由"生命的原生态",由心灵构成的"灵魂"的雕塑。他要呈献给我们的不是一个割舍与生命联系的"纯粹的形式",而是"原本就属于神性的"、"自由飘飞的灵魂"和对于神秘世界的感知与对话。说白了,麦可不是那种设法为词语寻找生命的诗人,而是将生命语言化的诗人。因此,这注定了他无法靠墨水写作,而必须蘸着自己的血液写作。

三

一个诗人的生存态度同时也是他的审美态度。它的核心内容与道德无关,甚至与思想无关。审美态度表现为一个诗人的主观性和世界诸实在的隐约觉醒,是一种是生活高于自私兴趣和野心之上,高于只考虑自我的思想、苦恼和迷恋等习惯之上的灵魂的满足。麦可的审美态度是鲜明的,那就是诚实、向上和博大。诚实在写作中表现在对内心感受和对生存体验的尊重,以及对语言矫饰与夸张上的回避。他的语言并不复杂,也不晦涩。他的语言具有细致、简明和朴素的特点。我们可以直接透过语言表面的遮蔽而看到内在的精神。那些充满动感的词语仿佛是他脱口而出的,甚至带着他的呼吸和心跳。他虽然只有 25 岁,但他并没有这个年龄的诗人容易犯的毛病——激情的放纵与浮躁,词语的空泛与华丽。我们有理由相信,这是麦可对于"真"的实现与抵达。像《九三年最后的诗篇》、《我不能说出幸福的来历》、《抒情的年代是一只废弃多年的水桶》、《暗道》等。而向上则表现在对崇高精神的追求以及对理想的期待，表现在对人格和人格所焕发出的无限动力的肯定，表现在对进步、信仰和健康人性的赞美。像长诗《黑铁》、《彗星》、《月光》、《黑夜，我的思绪随风漫游》、《星宿海》等。而博大在写作中则表现在他对生命终极意义的感知与探寻，表现在对一切哭乐悲欢的自如吐纳，尤其表现在对于死亡之境的深入与超出。像《辽阔》、《空屋》、《碑》、《音乐：一路陪伴》、《老农》等。他通过拓展心灵的包容来拓展语言的包容。他并不穷尽于语言的表达，而是穷尽于心灵的感受。把写作的单一劳动扩大为精神的修炼和人格的完善。写作的准则不是语言本身的约束力，而是心灵的震颤产生的强与弱的波动。在麦可那里，语言的操作实际上是对自己灵魂的放逐，叩问与觉醒。词与物的关系、词与历史的关系都反映在内部世界与外部世界的契合之中。如果说罗兰·巴特尔所说的"风格的操作"需要的是一种加工式的劳动的话，那么，精神的修炼需要的则是一种投入式的生存体验和对于贯穿一生的苦难的承负。

正是在接纳与肯定中，我们看到了麦可诗歌中扎实而厚重的精神实质。这和时下的一些青年诗人灵魂轻浮与盲目的写作形成鲜明的对比。他提醒我们中国目前诗歌欠缺的并不是语言的匮乏和陈腐，而是精神的平庸和人格的丧失。汉语诗歌的成熟需要的不仅是"知识分子的学识"，

"工匠的技艺"，最主要的是对于中华民族优秀精神的持续挖掘与张扬，是对人类文明的永恒引领与净化。

四

令我们惊讶的是麦可对死亡的预感。这种死亡意识不是形而上的死亡，也不是关于生命乏味的变相解释，而是一种真正意义的终结。从作品中可以看到死亡的阴影不是偶然出现在他的心头，而是长期笼罩着他，以至于他的每思每想都透视出和死亡的遭遇，甚至生活中的一些偶然事件也无不是以死亡的暗示被他感知和觉悟。在很多诗里他写下了当时的预感。"一切都才刚刚揭幕，又面临结束"（《夕阳的歌》），"也许期待的那次最深刻的睡眠将会悄悄到来"（《黄昏诗章》）。最具有神谕性的是他在《1996第二号：失重的主题》叙述的那样，一只暖瓶从他手中脱落，破碎使他想到"流星的坠落"，而在暖瓶破碎之前他正在阅读《达利传记》，"在第25页上我用钢笔划上两条细线，钢笔水一瞬间变干（不可思议）"而他告别这个世界时恰恰只有25岁。值得我们关注的并不是这些巧合的事件，而是麦可面对死亡的态度，是他在死亡面前表现出的强大的意志力与信仰。在他留下的作品中，我们找不到一首绝望的哀叹，相反他把对于死亡的体验看作是自己生命中重要的内容。他在《黑铁》一诗中写道：

"你将在活着的时候体验死亡，在死亡的时候，领悟快乐。"也就是说他一直从死亡的角度来探索生命的有限与无限、美与丑、意义与无意义。显然他的目的不是渲染死亡或黑暗，相反他一直寻找并创造的是"美丽的家园"、"干净的雪野"和"满天的星光"。正是这些闪烁光芒的幻想与期待使得他能够正视死亡并战胜死亡。

在麦可眼里，死亡不再是一个令人恐怖的词汇。当他带着审美的目光和平静的心态面对死亡时，他看到了生命的无限与宽广，看到了灵魂的高远与纯洁。在《星宿海》中，面对茫茫黑暗，他思索并寻找着靠近天堂的圣地，那就是"星子"。高悬在黑暗之上的星子是唯一能够将灵魂收留的干净地。因为是这星子垂直光的照耀，他才能够超越黑暗而上升，并能看到黑暗中一切发光体和美的存在。至此，他的内心已不单单是对于死亡的揭示与抵抗，他已经博大到包容死亡的地步。这不是凭借思想的深度可以抵达的心灵的开阔，只有真正意识到生命与时间的联系面临中断时，才会对永恒有如此的期待与认定。这是诗性的认定，同时也是宗教的认定，人类文明的认定。无疑，麦可留给我们的文字将不会被当作单纯的文本阅读。那是一笔词义所无法包容与阐释的精神财富，那是一行"对同伴的行走具有照亮意义"的闪光的足迹，那是被里尔克称之为"天使的歌唱"。

1996 年 12 月于哈尔滨

诗在哈尔滨

　　我不知道诗歌的兴衰多大程度上取决于地域性，或者一个诗人的写作多大程度上受地域性影响，探究这些也不是我写作此文的意图。说诗在哈尔滨并不是强调哈尔滨诗歌的中心地位或重要地位，而仅仅是基于以下的事实：1．在我了解的诗人中，不存在以地域性特征标榜自己诗歌写作的现象，即所谓的"北方派"、"黑土诗"、"冰城诗歌"等等。2．哈尔滨的诗人也少有热衷于流派运动的，诗人之间除了友情上的亲密交往之外，在写作上基本保持着以个人写作为基础的独立发展格局。3．诗人的集中出场与其说要展现哈尔滨的诗歌写作阵容和实力，不如说在比较中呈现个人之间的写作差别更为合适。因为，这里的集结并不是一种"武装总动员"，也不含有任何"对外作战"或"较量"的动机。那么，我们将在此面对个体以及个体之间的差异，在这些差异中感受写作的可能性和丰富性，感受审美趣味的多样性，感受人与人之间的不同。

张曙光

　　一个富有激情，却又自制力极强的诗人。他不是采取心灵扭曲的形式来实现抒情上的变化，而是从语言规约中限制情感的滥觞。体现这一规约的有两点，一个是语言表现上的叙述性，一个是语言肌质上的经验性。叙述性对情感的制约在于它让当事人克服了"陷入其中的盲目和冲动"，而让自己在事后重新审视。显然，能够被叙述的东西一定是让人刻骨铭心的东西，这种情感必是心灵的内在珍藏，而不是外在的张扬。这构成了张曙光的诗歌语言态度之一。值得一提的是，强调自身的修炼、不事张扬、耿直且内省一直是张曙光为人的根本，所以，在张曙光身上可以这样说，作为语言的尺度也就是他作为人的尺度。而语言肌质上的经验性首先是他对主观幻想、意象上的人工暴力以及泛情绪化和过分修辞的不信赖与回避。自 20 世纪 80 年代末期，张曙光便一直默默地从事着汉语诗歌语言的净化工作。他对经验性的苛刻强调是他要在写作的喧嚣与浮躁之外，建立一种"唯我独有"和"可以考证"的坚实的语言根基。他对汉语诗歌的贡献直到 90 年代中期才逐渐被人们发现。当我们醒悟要克服审美上的欧化意识和语言上的外来语痕迹的时候，我们看到了张曙光的价值，于是"叙述"与"经验"成了诗学上两个重要的术语。在审美上，我们也不再一味地迷恋形式上的新奇、怪诞，而是更为重视美的客观性和内在真实性。当然，在写作上，张曙光并不局限于此或止步于此，他思考和实践的范畴是极其宽泛的，限于篇幅，本文只能简要地谈一些写作特征，而不能对张曙光作全面的分析与描述。同样，这也是我谈论以下每位诗人不得已需遵守的原则。

李琦

天性的多情和丰富的想象力构成了李琦浪漫的诗人气质。在她的诗歌中，情感细腻却不失心地的开阔，想象纷呈却不失冷静的观察。无论面对自身生活的经历，还是对他人与事物的亲近，李琦总能让我们感受到她无所不在的爱心和影子一样想伴随的率真态度，甚至是一种做人的良知。尽管诗歌浪潮风起云涌，李琦始终恪守着自己的审美原则不为所动。她不试图让自己成为一种新诗学的实践者或创造者，也不试图充当某种美学流派的领袖。与此相反，李琦的目光总是内视的。她更倾向于对人性的辨认和剖析，倾向于建立适合自己灵魂飞翔的自由天地。从刊载在《中国诗人》（2000 年冬之卷）和《诗林》（2001 年 1 月）作品来看，李琦的诗越来越从容、自然。语言流畅、干净而又简约，体现出一种洗尽铅华后的质朴和平易。相对于先锋诗人来说，李琦是一个传统思想浓厚的诗人，推动她创作的动因并不是欧洲的现代思潮或后现代思潮，而是中国的古典文化意识。她思考事物的方式、精神取向、语言表述形式以及行为自律原则无不带有中国传统思想的烙印，是典型的中国文人。其骨子里既有儒家倡导的"温文尔雅"、"以德养文"的思想精髓，也有道家超脱功利、灵魂自娱的本能体现。

文乾义

　　文乾义把他对待事物的责任感和体察细微存在的认真态度运用到了诗歌之中。他惯于在熟视无睹的事情面前发现诗性，譬如《这条街》："这条街一直朝前走／霓虹灯和音乐在远处"，按照相对运动的规律来判断，一般是人向前走，街道和景物向后退。但在文乾义的眼里街道是不断向前移动的，这暗示人生旅途的无穷性。但诗的线索并未到此终止，而是随着诗人走动不断地延伸。其中"这条街一直沿着我的目光走"和"这条街一直走在我的身旁"两句中的主语"这条街"已经不再是一个城市建设中的某种设置了，而是和"我"在不同时刻有着不同对应关系的另一种生命存在。显然不会有真正走动的街道，街道的走动其实是文乾义对自己思想重负的一种转嫁或调和，是对内心某种忧患的排解。这些深层的隐秘可以从行走中突然出现的一个词来破译，这个词就是"废墟"。荷尔德林看到人类自我堕落和毁灭的现实，于是他让自己行走在追求古希腊庄严之美的"还乡"路上。理想而浪漫的荷尔德林是幸福的，因为他一直没有失去自己的目标。而文乾义内心似乎充满了疑惑和不安，因为他不仅看到人生的尽头是被"另一种生活"抛弃的废墟，同时也看到了自己也将被抛弃的结局。而这些矛盾、复杂的心理活动都是在不动声色的平静中，通过走动这一自然行为展现出来的，足见文乾义语言上的简洁与厚重的功力。《我我我》则通过语言的同音异义，在对主体"我"的追问与反思和对马的驾驭之间作了巧妙的过渡和衔接，形成了语义的相互补充和映衬。读来顿觉文乾义朴拙中蕴藏着幽默和智慧。

冯晏

冯晏是一个善于处理随机事件的诗人，这反映了她过人的聪明。她在写作中更多的不是把握一种情绪，而是发现写作的线索以及由这一线索引发出来的诸多关系。这是她与众不同的所在。譬如"是玻璃的阻隔让我发现花儿的枝叶／正在慢慢地向室外延伸"（《方向》），花的枝叶向室外延伸这本是一个平常的事件，它的本质是由于植物的趋光性，但冯晏却发现其原因在于玻璃的阻隔。显然这是一个随机的发现，她的诗意并不在于"玻璃"一词所拥有的隐喻，也不在于"阻隔"这一运动效果，而是在花和玻璃之间建立了一种关系（本不该有的关系），更有意味的是由花与玻璃的关系引出我与花的关系、花与水的关系、水与肌肤的关系以至这种关系自然地辐射到生活的表层和生命的深处，并通过对事物间关系的建立，最终实现对紊乱秩序（外在的和内心的）的梳理和完善。连接这些关系的不单单是直觉，还有理性思考。这是冯晏写作的一个新迹象，即语言的思辨性。正是这种思考的深度才使得冯晏的诗歌表现出某种非女性化的特征，使得她的诗歌语言拥有了一种硬朗的肌质和触及层面的宽阔。

桑克

丰富的学识、厚重的语言功底、锐利的探索锋芒和一颗充满浪漫情怀与历史责任感的心灵使得桑克在当今的诗坛上格外耀眼。他对象征主义和意象主义的回避与对浪漫主义的倡导反映了桑克更重视诗的人性要素，而不是修辞的要素。但是，基于汉语诗歌语言的粗糙和薄弱，桑克敏锐地意识到提升汉语言在当代诗歌中的成熟性和活力已经成了必须正视的技术问题。诗歌语言的成熟性并不是体现在语言稳定、普及而持久的交流，恰恰相反，而是语言的个性化和无所不能的灵活性。这个时代的诗歌语言不成熟在于语言模式化、雷同的东西太多。为此，桑克是朝着提纯个性话语的方向努力的。我们注意到他提倡的所谓技术主义实际上是给自己的语言建立一种原则和尺度，譬如：他用日常讲话的语气写作，包括他的语调和语速都体现了桑克本人的特征。接触过桑克的人都会记得他说话时语速较快，语调短促、低沉，但有时却含有活泼的顽皮。不仅如此，他还自觉不自觉地在他的诗歌语言中纳入了自己诸多语言习惯，譬如方言、口头语、民间俗语等，包括语句的停顿、语气的轻重都越来越桑克化。桑克倡导浪漫主义并不是强调单纯的抒情，而是更尊重人富有理想和幻想以及人归结为情感的动物这些人本事实。在他的诗中，我们看不到积极浪漫主义对大自然的纵情歌唱，也看不到消极浪漫主义对世界的抱怨和沮丧，而是对生活经验的情感化处理。正是这种情感化处理，使得他无论是叙述已经经历的事件，还是当下的感悟与发现，都让诗歌语言体现出"发生中"的本真情态。这是桑克的诗让人们感到亲切、真实的原因所在。

李德武

由于我和此人的特殊关系，对他的诗我将回避谈论。

钢克

钢克是一位严肃、认真的诗人。他诗歌理论功底深厚，具有极高的艺术鉴赏力。钢克主体上属于玄言写作，他的玄言诗歌目前国内无人能与之匹敌。尽管钢克不只写玄言诗歌，也有压抑、死亡中的愤怒发泄，如:《噩田》(1991)，还有刻骨铭心的爱情表白，如:《铁之石》(1992~1993)，甚至带有唯美倾向的《阿丽亚娜》(1990~1991)，但是，我认为钢克的价值及风格仍然体现在他的玄言诗歌中。所谓玄言诗歌，就是以一定的理性思想为根基，以揭示天地万物存在的奥秘为目的的诗歌作品。在魏晋时代，以竹林七贤为代表的文人将诗歌的理性主义写作推向了顶峰。我不知钢克是否立志要将这一传统在现代的汉诗写作中发扬光大，但我看到他的诗歌已经为我们开辟了一个新的玄言天地。作为 20 世纪的中国诗人，他并未像魏晋时期的某些文人那样一味地"清谈"世事，把谈玄当作超脱尘世的一种手段，而是触及生活的每一个角落；他也没钻入"本"与"末"的哲学胡同玩一些本体论的游戏，而更注重揭示生存中的悖论和不确定性。他善于形而上的精思，对现象归纳和提炼准确得令人瞠目结舌。他从不死板地推演某种逻辑，他的判断总是凭空出现，随机、自然，但他的见解却深奥得让我们回味无穷。玄言诗歌的写作难度在于不经意中说出至理，而没有任何说教气。诗思即能纵横于天地万物之间，又不被万物所缚；既保持深层的理性判断，又不为理性所缚，此为玄言写作中的大家。钢克做到了。在钢克的身上，已经体现出转型期诗人对新思想、新观念的谨慎接纳和对传统的果敢弘扬。他的开放性和包容性使他能够站在真理的高度，而不是狭隘的民族情感的角度完善他的玄言写作。

王雪莹

王雪莹的诗如她的名字一样清纯、宁静、高洁。她并不试图让自己的诗变得复杂，而是努力趋向直率和简洁。抒情和内心表达是她诗歌语言的两大特点。尽管王雪莹的写作题材比较宽泛，但是最能反映她诗歌特色的还是她的爱情诗。我以为爱情不过是王雪莹借以表达自己艺术理想的载体，这和有的诗人愿意写城市生活，有的诗人愿意写幻象一样，王雪莹更倾心通过爱情建立自己和世界的交流。但她并没有让自己陷入爱的迷醉，而是在爱情中纳入了理性和经验的成分。这些成分让她在对爱情的选择上不是倒向功利判断，而是在对爱情的感受中倒向了审美判断。决定这一判断的尺度就是真爱与完美。她在爱情中保持足够的清醒是为了遏制并拒绝低俗、晦暗和廉价的情感进入心灵，而把生命的空间留给阳光、留给高尚的美和坦荡的生活，同时也是为了让自己不受控于欲望，而受控于精神。此刻，爱情在王雪莹心中已经不仅仅是一种情感的存在，更是精神的存在，正是这生命内在的精神世界使王雪莹能够经常超脱现实的困束，实现生命的自为与自足。

但这也并不是说王雪莹正在将自己打造成"圣女"或"天使"，她的本真与质朴就在于尊重自己的心性，而不是违背心性。于是，我们也常常看到她欲爱不能的困惑与愁苦，"飞蛾扑火"的大悲与大喜，甚至她的胆怯与脆弱、向往与敬畏等等。诗中的王雪莹和生活中的王雪莹并无差别，宽容随和却秉守严格的界限，自然朴素而不失高贵气质。无论是她的人还是她的诗，总是努力带给我们健康、向上的气息和亲切、美好的感受。

宋迪非

宋迪非是一名城市隐士。他怀着修行的愿望，在喧嚣的人群和泛滥的物质之外行走。他独自居住在一间狭小的屋子里，读书、写诗、画画，过着他独有的那份干净的日子。我敬佩他的定力——在现实面前表现出的独有的精神性。他不急功近利，也不草率地写作。心灵不开阔时，他宁可等待，而决不让自己糟糕的情绪破坏他与诗的那份协和美。诗歌对于宋迪非不是可有可无的，那是他的宗教，他全部生命的归属与寄托。他选择隐士的生活，就是为了提纯精神，拒绝被世俗生活同化，以便达到心灵在美的空间里自由地徜徉。

宋迪非的诗像他人一样，简明、纯粹，诗中总是透示出一种轻灵、澄明的气息。在他的诗里，你感受不到情绪的激烈对抗，也感受不到语言的生涩与断裂，更感受不到现象和经验的堆积，作为心灵的呼吸，他的诗从不在内心与语言之间人为地制造遮蔽或伪饰，而是选择最直接的方式展示心灵存在的状态。在宋迪非看来，心灵的存在是另一种事实，即一种神秘的、独特的存在。相对于外在的生活，宋迪非相信内在的事实更真实，也更值得尊重。是的，他保持着心灵的敏锐，并依靠这样的敏锐感受着事物不为人们所知的存在形式。当他在诗里不假思索地说出心灵所感时，我们看到他的表达是多么自然而本真。同时他心境的平和、开阔以及对艺术的虔诚无不显示出难得与可贵。面对诗歌，宋迪非只有一个目的，那就是运用简约的手段和朴素的语言说出事物不可说出的部分，实现对美的抵达，对崇高精神的抵达。

李英杰

有两种东西与李英杰的一生纠缠不清，一个是爱情，一个是酒精。这个狄兰·托马斯式的诗人从不知道怜惜自己的生命。他要么是在痛苦中孤独地豪饮，要么是在投入中爱得疯狂。他总是让自己的情感充分燃烧之后才开始写作。他既是女神与诗神虔诚的崇拜者，同时也是一个情种。诗歌是这二者在李英杰身上冲突后撞击出的火焰，是最纯粹的魂灵。他对崇高美的向往和期待，他对爱情的痴迷和歌唱以及他对自己痛苦心灵的清醒面对构成了李英杰独有的诗歌内涵。是的，他的诗是不加遮饰的心灵袒露，他传达给我们的绝不仅仅是一种声音，而是可以触摸到热度的血液的涌流，是有力的心跳。尽管生活常不如意，但他并不依赖诗歌的拯救。事实上，诗歌只能使他在燃烧中毁灭，一次次陷入瞬间或缓慢的煎熬，直到最后的热情化作灰烬。需要指出的是这种毁灭带给他的是美轮美奂的满足。他就像一个扑火的飞蛾，从一个火堆里挣扎出来，养好残破的翅膀再飞向另一个火堆。李英杰的诗在表现上是浪漫主义和意象主义的有机结合，在结构上他喜欢运用十四行诗的形式，其短促而鲜明的节奏变化正好映衬出他易于激动的情感波澜。他正在毫无悔意地用自己的生命给这个日益冷酷的世界不断地奉献着激情，奉献着纯粹的人性。

何拜伦

何拜伦是一个具有开拓性的诗人。在诗歌写作上，他从不满足或依赖已有的观念和形式，而是在表现上更为自由和不羁。作为后现代诗歌写作的代表，他的价值也许并不在于诗歌的完美性，而是表现方式的大胆尝试。一方面他以消解权力话语为手段，让自己的写作在离经叛道的路上无所羁绊，另一方面面对生活破碎的现实，他沉迷于写作的游戏之中，以此享受语言带来的狂欢。早期的何拜伦或许并不试图通过写作让自己和冲突的现实实现和解，而是激化、突现冲突的尖锐性，因此，他的语言总是隐含着一种变革的暴力。他的诗歌美学是建立在审丑基础上的，这使得他的诗让那些习惯审美的人感觉到不舒服。事实上，何拜伦在揭示人性上表现出了少有的直率和真诚，他的诗歌语言是大胆的，也是深刻的。何拜伦贡献给诗歌的是让许多不可能用诗表现的东西有了表现的可能性，他对形式的开拓，对语言活力的激发，甚至他那种怀疑一切的姿态都是这个时代的诗歌写作最最需要的。只是，已经停笔六年的何拜伦在总经理身份之外，是不是能够重新找回作为诗人的思想和意识是令我担忧的事情，也许不只是担忧，还有惋惜。

需要说明的是哈尔滨的诗人绝不仅仅是以上这些，还有许多优秀的诗人因种种原因未能在此展示，如朱永良、刘禹、潘洗尘、韩兴贵等。哈尔滨除了构成我们居住的背景外，尽管没有在彼此的写作中形成统一的观念，但这里的写作确实形成了一定的风气。相对于南方的一些城市来说，这里的诗歌风气可能有些沉闷、静寂，但却是严肃而稳重的。在这里诗人们看重的仍然是人格的修炼和艺术上的个性呈现。也许这些优点同时恰恰是诗歌发展的潜在障碍，正如每个诗人的优点同时也是他的局限一样。我以为，无论是哪个诗人，还是这片地域的诗歌状况都不存在值得骄傲的资本。写作是一项没有穷尽的事业，检验诗人艺术生命力强弱的标准就是看他是否具备持续不断的创造力。谁试图在写作上超越别人那是瞎扯，因为严格地说，这个世界上不存在两个性质和条件完全相同的写作。只有立足超越自己的人，才会有不断的进步。当然，诗歌从来不是按照人们期待的样子发展，诗歌将按照它可能的样子去发展。因此，每位诗人未来将如何发展那是他们自己的事。大浪淘沙，谁能够最后作为金子留存下来，这将取决于读者和时间的裁定。对此，我们都将拭目以待。

2001 年 8 月

后现代：尝试或遭遇

——何拜伦诗歌写作现象与分析

否定和回避谈论后现代从来不是我的态度，尽管我承认中国远远没有进入到严格意义上的后现代社会，但是后现代的生活特征和美学特征却在各个领域里不容回避。在中国当代诗歌创作中，我思考后现代问题是基于这样两点认识：1.我们更多接受的是后现代的美学原则或艺术主张，并限于在方法论的范畴内使用这一词汇，而不是试图印证工业时代与后工业时代，甚至信息时代之间意识形态主流的嬗变。2.佐证这些美学原则和艺术主张的客观存在不是普遍性的工业模式和社会背景，而是艺术家们个人的生存遭遇。我对自 1987 年就高举后现代旗帜的何拜伦诗歌写作的关注，以及对他最近出版的以"后现代主义作品"著称的《何拜伦诗集》的阅读正是在这样的前提下展开的。

一、关于几种写作方式的辨析

我和何拜伦同住在一座城市，很早就断断续续地来往。但我并不想借助对他生活的了解，在诗歌批评上作艺术还原。我更愿意让自己的批评话语迷恋于对文本本身的阅读。因此，我在谈论何拜伦的某些写作现象时，依据的更多的将是我眼前的这本《何拜伦诗集》。这部诗集收录了何拜伦1995年以前不同时段的部分代表作品，集中反映了何拜伦诗歌写作的发展脉络和风格走向。由于何拜伦已经停笔六年之久，因此，发现它的价值和不足便成了一个并非我与何拜伦交谈的话题，而不由自主地纳入了某种历史的意图。是的，何拜伦对诗歌创作的探索和尝试是不应该忽略的，因为就后现代诗歌而言，眼下某些诗人努力尝试的问题在六年前何拜伦那里已经解决得很好了。现在，我们就看看何拜伦带给我们哪些实验成果？

（一）对权力话语的消解

谈到消解，也许我们不该把视野局限于后现代狭小的空间内。欧洲的讽喻小说和中国古代的打油诗都是消解的典型范例。20世纪中期，兴起于绘画界的政治波普将对一般权力或权威的嘲弄发展到对政治的变相反抗。在文学界，消解成了一些没有影响的诗人和作家同那些占据着主导地位的现代派大师们争夺话语空间的一种有效的手段。尽管这种消解含带着颠覆的暴力，但却迫使某种强权放弃对艺术主流的把持和统治，从而把宽松和自由的氛围还给更多的创作者。发展开来，消解成了人们反抗、摧毁一切压迫势力（包括政治的、宗教的、传统的和习惯的势力）富有成效的策略。它的优点是避重就轻，在玩笑中让权力自行销毁，而自己却用不着"流血"甚至牺牲。我认为，消解是两种势力相差悬殊，而弱小的一方为了获得一点轻松的呼吸而采取的不得已的手段，"颠覆"更多的时候并不能真正撼动什么（何拜伦把它叫作秀才造反），那不过是被压抑的一方狡黠地掀起窗帘的一角，自鸣得意朝外一望而已。

　　何拜伦显然不是那种"认同生活"（米兰·昆德拉称之为媚俗）的人，但他思想上的离经叛道在强大的现实面前显得那样的虚弱无力。于是，我们看到在他抵制的手中握着一样武器，那就是消解。用这把刀，他剥去了政治庄严而伟大的外衣；用这把刀，他也割掉了拖在爱情后面多余的"忠实"的尾巴，从而揭示出"生理需要"的迫切性和真实性；他还利用这把刀，把一直笼罩在他生命深处的"家长制"（母亲的粗暴和威严）割裂得破碎不堪，并借助流产这一事实暗示出父母是最残酷的杀人者。但消解并不意味着揭示了真理，消解是对真理的逃避和无奈。敏锐的何拜伦意识到这一点，因此，他才没有在消解的同时自己板起面孔充当智者或另一种权威。他在将那些严肃而重要的东西取消其严肃性和重要性之后，又同时取消了自己消解的严肃性。他的机敏让我不得不想这个世界也许并无真理，而仅仅是一些为寻求真理自行设计的种种计谋而已。因此，活得明白便不再是一个首要的问题，而活得如意便是第一位的。如意，并不是让自己如他人的意，而是如自己的意，也就是让生活成为自己的同谋。于是，我们看到何拜伦有意让自己疏远重大的意义和崇高的目的，回到话语中，回到一个词在预设的语境里可能有的理解中，从而把玩"说"的快乐。我这样说的理由是何拜伦并没有让自己停留在对"国家的发展"、"爱情的本质"、"生命的意义和无意义"等社会问题、伦理问题以及哲学问题的理性思考上，尽管他不时地在诗中使用阐释性语言说话。与其说他关注这些问题，不如说他更关注将这些问题放在不同的语境下，以期待获取一种全新的表现方式更符合他的本意。至此，我想从最初的功用角度理解消解的意义已经不够，在这里，消解不再是武器，而是一种密码，通过它，可以解除事物固有的封锁和链接，即事物与事物之间内在的约束关系，让无出路的事物在预设的语境中获得新生。尽管这种新生不过停留在词语的能指和所指上，但没人能否认，词语的新生不是说者心灵解放的结果。在这方面，何拜伦将政治话语、性、广播媒体话语、商业广告话语有机地融合，通过语境的叠加，或强行切入而创造了一种与众不同的话语效果。具有代表性的作品包括组诗《红》（1988）、组诗《与叶芝交欢》（1993）。其中尤其以《国家下面的情人们》、《杀念》、《山谷里的养老院》、《诗人论洞》、《归当其时》、《逃避致死》以及《广场与进军》为佳。

（二）本文的互本文性

如果说消解是何拜伦对罗兰·巴特"本文快乐"说的尝试，那么，在诗中引用、转述或穿插他人的话语则是何拜伦对克里丝蒂娃本文的"互本文性"的实践。在此，我不得不搬出这些后现代的理论家和他们的言论，并在我们自己的创作中一一获得印证。毫无疑问，谈论虚无我们将首先想到中国的老子和庄子，而谈到以语言为本体的后现代诗学和后现代美学，我们只能谈到列维·施特劳斯、米歇尔·福柯、雅克·德里达……而如果谁忽略了这些，谁便忽略了后现代诗学和美学的源泉。不管中国作家坚持本土写作也好，还是对现代和后现代的艺术理论进行试验也好，我们都不能否认西方的美学带给我们心灵的开启和视野的开阔。在美学和艺术的问题上，我以为不存在东方资源和西方资源的权属问题，而只存在着人类资源的共享问题，假如我们认同美与艺术不是某个政府的意识形态附庸或个人实现野心的筹码的话。接受西方美学和接受日本鬼子发给汉奸的赏钱是两种天壤之别的事情，在此，我们过于自尊只能暴露出我们心胸的狭隘。且不说网络时代正在实现文化与艺术成果的世界性共享，庞德和他的意象主义伙伴们从中国的古典诗歌中受到启发，并借鉴运用，创立了影响整个欧美的意象主义流派,并将这一辉煌记在了英、美诗歌史中，而一贯自负的英国佬和美国佬们却没有感到是一种耻辱，这对我们难道不是最好的教材吗？现在不应该再为"要"和"不要"的问题去争论，而是应该探讨"要什么"和"如何要"的时候了。接受、吸收西方美学和艺术观念并不仅仅意味着审美视角和方式的改变，更主要的是让这种美学和我们自己的行为密切结合起来。这种接受最终不是归结为对一种既有观念的尝试，而是对自身生命真实的发现和自证，是对适合自己内心世界存在原则的找寻和建立。说白了，西方的美学提供给我们的仅仅是一种实践的动机或理由。当我们在实践中获得足够的经验和思考后，我们不是要归附它，而是超越它（这一思路也许和日本战后经济复兴的思路不谋而合，据有关资料讲，日本战后为了快速修复瘫痪的工业，采取了三步走的原则：第一步，大量地引用外国的技术和设备；第二步，在引进先进的设备同时，研究和开发自己的替代产品；第三步，生产最先进的产品向外国输出。正是这一思路让战后千疮百孔的日本到了20世纪80年代便跻身世界发达国家的前列）。基于此，我们在艺术创作中不断地总结自己比创作本身可能显得尤为重要，因为，你自己的写作不能为自己的美学理想提供足够的证据和独到经验的话，那么，这种写作很可能不会有什么艺术价值。

这样说来，何拜伦的实践无疑是一种冒险的行为，因为最初尝试的人给后人提供的很可能是失败的经验。何拜伦也许更清楚这一切，但那时，他没有让自己逃避在文字中拓荒。如他诗中所言：

冒险就是这些涂满符咒的纸片　如此苍白

而显神秘　如此脆薄而负载生命

部分

落上我们的肩头

部分攥在我们的手心

造物主只以几个笔画便完成人的全部动作

此生的行走略向深渊偏了一下

《他在唱歌，我们在听》（1990），《何拜

伦诗集》，第117页

那么，何谓"互本文性"？王一川教授在《语言乌托邦》一书中对此作了明确的阐述，他说："所谓'互本文性'，就是指本文的'互本文'特性。'互本文'是说本文是由它以前的本文遗迹或记忆形成的。克里丝蒂娃指出，每个本文的外形都是用马赛克般的引文拼嵌起来的图案，每个本文都是对其他本文的吸收和转化。但'互本文'决不能被误解为摘抄、剪贴或仿效的编辑过程，而是说，从本文之网中抽出的语义成分总是超越此本文而指向其他先前本文。这些本文把现在的话语植入它自身不可分割的更大的社会历史本文之中。用隐喻来说，'互本文'就像将原有的文字刮去再度使用的羊皮纸，在新墨痕的字里行间还能瞥见先在本文的未擦净痕迹。"[①]根据这样的定义，我想"互本文性"的提出对写作观念的更新至少有以下几个方面：

1. 作为纯粹独创性的作品是不存在的，一部作品的光荣应该由与之相关的前人、作者和读者共同创作和分享。这里与其说强调的是本文建立所必需的若干要素，不如说更为重视话语权力的分布和尊重其合法身份更为准确。它让那些喜欢在前人作品或思想面前大放厥词或叫嚣自我中心主义的人不得不有所收敛。如果他一意孤行，那么他可能犯的错误不是狂妄，而是无知。

2. 承认"互本文"就是要让自己的思想片断纳入到"社会历史本文"的流动之中，这等于说从有人类文化起人类归结为在做同一篇文章。这一观念进一步把"本文"和人类生存联系起来，将"本文"对话语的找寻上升到对人类生存秩序的探索。正如克里斯蒂娃对"本文"下的定义一样，她说："我们将本文确定为一种超语言学机器。它为一种以直接信息为目的的交际话语与先在的或共时的言谈建立关系，以此重新分布语言秩序。"[2]我以为对语言秩序的找寻就是对人类生存秩序的理想性实现。（王一川称之为语言乌托邦）

3. 强调互本文性并不是要抹杀作品的个性价值，而是让"个性的言谈"在更为久远的时空内回荡。显然，这里的互本文不仅仅指引经据典，更主要的是作者在对历史话语的理解中发现新的话语机缘，并将其重述。它完成的是语境的历史衔接和跨越，是对光荣与传统的延续。

以上归纳的这些观点，将成为我审视何拜伦对"互本文性"实践成败的尺度。

（1）本文的互为映衬

本文的"互为映衬"是指本文之间意义的相互衍生、补充或折射，是本文空间的延展。何拜伦在组诗《与叶芝交欢》（1993）中集中体现了这一意图。在这组诗里，"叶芝"这个词指涉的远不止是一名诗人，而是一种交谈的方向和空间。何拜伦将一个已然死亡的"叶芝"重新拉入对话者的行列，并将"叶芝"未能穷尽的表达进一步延续。

也没有勉强的欢乐，而是整体汇入了整体，因为安琪儿的交欢是一道强烈的光焰——那里，一刹那间仿佛消失了，燃尽了两个人。

叶芝：《超自然的爱》

印在组诗前面的这一段引文似乎不能作为一种独立的成分来看待。因为当读完这组诗的时候，我们才发现要想全面领略这组诗的话语内涵，叶芝的引文是不可或缺的。叶芝在这段引文里表达的是一种对爱情的幻象，即超出肉体欢乐的局限，在真爱中对无限欢娱的梦想与期待。但在何拜伦的眼里，这段文字无疑引起了他对爱情神圣性的反向思考或新的发现。这样《新时期的美与爱情》和《归当其时》便与叶芝《超自然的歌》构成了相互依附、滋生的内在连带关系。换句话说，正是叶芝对爱情火焰般的热烈和灵魂透明之美的极致性想象，给何拜伦从肉体欲望角度谈论爱情提供了前提。仿佛叶芝的崇高早已给何拜伦的"堕落"预先设定了理由。

……

啊，我们需要纯洁的爱情！

没有又该如何？请给我找一个妓女！

何拜伦：《新时期的美与爱情》，《何拜伦

诗集》，第 176 页

不管这一话题是关于人性的，还是关于爱情崇高性的，抑或是一个不容讨论的客观事实，从叶芝的《超自然的爱》到何拜伦的《新时期的美与爱情》，事情的演变遵循的是二维背反的原则。就艺术创作而言，这种古老而机械的对应论并无多大魅力。我甚至以为这是思维中最省事、最投机取巧的一种。但在《新时期的美与爱情》中，叶芝本文的延续性实现了。这种实现并不是依靠阅读理解中的共鸣，而是依靠境遇的变迁，人类生存心态的异化而实现的。这是何拜伦的成功之处，他让自己的本文即保持了 20 世纪中期英国人叶芝通过幻象阐释生命的崇高与严肃，又自然地表现出 20 世纪末一个中国北方的青年所面临的生存现实和对堕落的需要。就这样，人类生存和发展的某些线索在叶芝和何拜伦建立的本文中得到了呈现。这是艺术的呈现，但又何尝不是历史的呈现？相反，假如何拜伦不是站在自己的角度说话，而试图与叶芝并肩歌唱，那将是徒劳的。因为在叶芝之后，谁也别想做第二个叶芝。何拜伦的机智在于他在叶芝毫无戒备中悄悄转到了叶芝的背面，让叶芝成了何拜伦的化身，或者让何拜伦成了叶芝的化身，于是，在何拜伦的诗句中隐隐地回旋着叶芝的声音。如："无人能梦到美像梦一样消逝了。"这既像何拜伦在和叶芝交谈，又像是叶芝在回答自己的疑问。因为叶芝曾在诗中发出过"谁梦到过美消逝了，像一场梦？"

老人已将诺言背弃，而双手紧握着
悲哀的喇叭，身后的草地发出暗绿的曲调。

黑暗异常促使他们突然翻身而起，看看那发冷的
床铺是否干净，肮脏的枕头是否摆正？
何拜伦：《新时期的美与爱情》，《何拜伦
诗集》，第 176 页

而在这里，已成为老人的叶芝，被何拜伦拉入预设的情境中，此时，他不是作为一名对话者而存在，而是

李德武诗文集（下）

作为一名见多识广的在场证人而存在。我想，把这一话语暴力看作是对叶芝崇高美的颠覆未必合适，积极的理解应该是，何拜伦借助叶芝这一化身，展现了人性裂变的某些事实。

（2）本文的互为侵扰

本文的互为侵扰指的是在一个本文中不时闪现出其他本文的影子或话语片断，让此本文不能形成稳定的观念和清晰的线索，那些侵入本文的其他本文的影子或话语片断，总是在你刚刚获得一些系统的想法与感受时将你引向歧途，从而导致本文意义的断裂、分歧或悬置。例如《广场与进军》。

这个题目首先让我想到米兰·昆德拉在小说《生命中不能承受之轻》的第六章《伟大的进军》。不管何拜伦在这首诗里写了什么，我都无法把这二者截然分开。我不知道何拜伦是否有意借用昆德拉的话语形式，总之，昆德拉《伟大的进军》在这首诗里成了一个潜在的干扰，尤其结尾一段有这样的句子：

> 我们登高远眺的晕眩并非来自
> 大脑；而地上的玫瑰使一次来自脑后的打击
> 终究可以承受。一个无法结束的进军早已使
> 我们昏厥
> 何拜伦：《广场与进军》，《何拜伦诗集》，

其中"我们登高远眺的晕眩"正是昆德拉笔下女主人公特丽莎因为一味追求"上进"而表现出的症候，而"来自脑后的打击"正是弗兰茨教授在向柬埔寨进军途中受到致命伤的方式。在这首诗里，没有一个连续的话题，只是一些话语的碎片或思想的片断相互悬浮着，在游离中摩擦、碰撞，甚至诋毁。类似地我们可以列举出这样一些名词：荷马—轻歌剧—男女混合二重唱—真理—老人—广场—纪念碑—心—洋务运动—春药—芭蕾—大腿—高级轿车—轮胎—阿基里斯……这些分属不同类别的名词在这首诗里究竟起到什么作用呢？我无法将其理清，除了感到一种话语的强制以外，就是表达上的混乱。本文没有中心话语，也没有语义指向的重心，本文真的像一座游人穿梭的广场或粉面登场的舞台，话语片断在瞬间的闪现或表演后即告无效，有时是不得不退场，而让位于另一个话语片断。这种混乱的语序和语义指向的盲目性却是在一个伟大而严肃的"进军"中出现的，这实质上揭示出了进军的荒谬性。是的，我感到何拜伦不是在用心灵写这首诗，而是真的如克里斯蒂娃所说的那样，他的大脑成一个"超语言的机器"，他为话语交谈所建立的新的关系实际上是对混乱的现实生活的暗示。本文之间的侵扰反映了现实生活中权力与权力、利益与利益、欲望与欲望之间的相互排挤、侵吞和争斗。

（3）可疑的本文

> 我们年轻的时候
> 堕胎　筋疲力尽
>
> 深渊　骑虎
> 迷惘的一代
>
> 横祸　丙酮　各取应得
> 饥饿的狼群
>
> 靠借债过活的人们
> 女青年们　情侣们　情妇
>
> 斗争　殊死的斗争
> 垂死
>
> 剧痛与狂喜
> 红色的杀意
>
> 何拜伦:《入射角和一次演讲的关键词之一》,
> 　　　　　《何拜伦诗集》, 第219页

如果我们不看作者自己写在这组诗前面的说明, 恐

怕没有人会相信构成这组诗的词语竟然全是一些电影名。我称这组诗为可疑的本文是因为它既让我接受，又让我不能接受。能够接受的理由是去掉了书名号的电影名字已经不再仅仅指代一部影片，而是携带着一定蕴意的词语片断，加上两行一段的规整排列，这些词语片断的确具有诗化效果。这种不含语气的停顿、断裂和跳跃都造成了阅读中理解与想象的推进。奇异的不是这些词语片断在本文中形成的全新的语境，而是何拜伦竟然运用如此"机械"的极端手段将传统写作与自我个性价值进行彻底的解构。这首诗让我看到了何拜伦行为上对一切"写作章法"的反叛或抵触。他表面上故作"拙劣"，因为"摘编"是最没有才华又渴慕名誉的诗人常用的"良策"，实际上，在这组诗里深藏着何拜伦的经验与机智。他对词语片断的组合巧妙到堪称狡猾的地步。尽管我能理解何拜伦这种写作的内心需要，但这并不能说我就赞成这一写作方式，因为这种写作方式让我对写作产生了深深的忧虑。

本文的"互本文性"一度被一些诗人认为是对他人话语的随便摘用和占有，有的干脆拿起剪刀做起"名句选编"的工作。这是对"互本文性"的极大误解。《入射角和一次演讲的关键词》（1995）让我不能接受的也正是"名句选编"这一症结。这组诗既没有把我带入对乌利希·格雷戈尔《世界电影史·附录六》的理解中，也没有让我听到何拜伦个人的声音。说白了，何拜伦并没有让自己融入交谈之中，我看到的只是他对一些词句的好奇和欣赏，并将它们摘编下来，偶尔加入一些不连贯的语调（不知属于谁的语调），在段落之间留下大量剪辑的痕迹。不管是出于"游戏"，还是其他的什么目的，这种写作态度和方式都是和本文"互本文性"的宗旨相背离的。它的危害也许并不在于它的不严肃性，而是助长了那些缺少创造力的人们抄袭的恶习。诗歌艺术作为一门古老的"手艺"，将永远把创作的独到性和个人真诚的劳动视为光荣。另外，《广播找人》和《附录：一份药品使用说明书：精神共同体》原则上说，并不能算作是"互文"，因为，何拜伦在这里借用的只是一种"本文的外在模式"，而且是一种简单的对应装配，这些尝试的艺术价值也是极其有限的。

（三）写作的游戏性

可以从两个方面来理解写作的游戏性，一个是对"文以载道"和写作意义的背弃，一个是强调在严格的规则下写作。我曾在1998年5月写的《后现代主义和我们的处境》一文中谈到过写作的游戏性，在那篇文章中我谈道："当我们发现诗人的精神并不能大于衣、食、住、行，并不能大于地震、流行病、战争和经济危机时，我们有理由放弃一切形而上的意义来界定诗人和诗歌，从而在游戏的层面上把握写作。承认今天写作的游戏性首先是基于对语言的解放。传统的诗歌观念使诗的语言背负着政治和道德的重任，背负着

'救世'的重任，看上去像一名贞节牌坊下的寡妇克制自己的欲望，而服务于某种观念。今天的写作是建立在语言的合法性之上的，是建立在词与词平等的前提下的。诗不再是某些词的'禁地'，语言的解放就是使诗歌不断扩大它对词语接纳与容留的空间，建立无'中心词'或'关键词'的宽松的文本环境。"③可见，彻底抛弃写作的社会意义、文化意义，甚至人文、历史的意义，而让写作停留在话语和形式的瞬间游戏中，这实际上是一种非功利审美思想的体现。从何拜伦的诗集中可以看出，何拜伦的写作并不全然是游戏性的，只是在某些诗歌的写作中流露出了鲜明的游戏迹象。譬如《纯洁性》、《献给崔健的短歌（四）：为爱而战》、《献给阿德勒的比目鱼》等。这些诗写作的游戏性体现在何拜伦对一种新形式的把玩和尝试。我们除了从中感受到何拜伦兴趣的多样性外，不能对此深究。另外，写作的游戏性决不意味着写作的散漫、混乱和无序，相反，游戏的另一个标志就在于规则的严密性。强调写作的游戏性就是要从写作本身来规约写作。一个自觉的诗人应该确立自己的审美原则、话语形式和精神气质，写作就是对这些规约的遵从和实践。组诗《以零为分母》则体现了何拜伦有意识的审美尝试。尽管他后面对创作原旨的告白让我在阅读中觉得不舒服，但却毫不掩饰地表明了他写作的游戏意图。我觉得这些尝试是积极的，它的价值在于丰富了个人的审美经验和创作经验。

二、无法回避的话语遭逢

"狂欢之诗……伪装的结构……此在的分裂之歌"，这是印在《何拜伦诗集》封面上方的一行文字。这行广告性的文字让每一个读这部诗集的人都无法回避。在未读诗歌之前，先被动地接受一种观念的引导，说实话，这是我不愿看到的。不过，既然诗人对自己的写作有了这样的定位，那么，我们就有必要对此一一进行考证，以便检验作者创作的本真意图和作品实际呈现效果之间的差距究竟有多大。

（一）狂欢的美学意义与狂欢之诗

谈到狂欢，我们自然要谈到巴赫金，因为这个词的美学意义是他深入挖掘出的。伊哈布·哈桑在《后现代景观中的多元论》一文中说："狂欢，这个词自然是巴赫金的创造，它丰富地涵盖了不确定性、支离破碎性、非原则化、无我性、反讽、种类混杂等等。"④但显然，狂欢这个词不是巴赫金的创造，它自古就有，巴赫金发现的是这个词超出日常的所指而携带的美学意义。（何拜伦在《以零做分母》后记中说"狂欢这个词是由 M·M·巴克汀创造"，M·M·巴克汀就是巴赫金。何拜论说 M·M·巴克汀是美国人，看来他的记忆有错。）⑤实际上，对狂欢的美学思考并不是始于巴赫金，因为康德早就给狂欢下过定义，狂欢就是："期待突然以空无所得而化解，便引发出笑。"⑥
斯宾塞也有类似的结论：笑标志努力归于空无所得。但这
些思考仅仅限于形式上的，巴赫金在此基础上将这一美学
意义进一步丰富。他说："所有这些都是形式上的定义，
此外，它们还都忽略笑中欢乐、快活的因素，这种因素存
在于一切生动和真诚的笑里。问题在于化解期待或努力的
这个'空无所得'之'得'，在笑看来是某种欢乐的、正
面的、快活的事，能摆脱期待的恼人的严肃性、郑重其事
和关系重大之感，能摆脱面临情势的严肃性和郑重性（一
切原来全是瞎扯，不值一提）。笑的消极的一端（因素）
恰恰是反对期待，反对努力的；它们在笑看来先已就是官
方的东西，无聊的东西，做作的东西。笑要消解这种努力
期待的严肃性，这是对严肃性欢乐地摆脱。此外，笑就它
的本性来说就具有深刻的非官方性质；笑与任何现实的官
方的严肃性相对立，从而造成亲昵的节庆人群。"⑦值得
指出的是，巴赫金这一结论的得出并不是局限于对小说的
研究，在对拉伯雷和果戈理等小说家们的作品研究以外，
他还分析了但丁的《神曲》、马雅可夫斯基的《放开喉咙
歌唱》等诗人的作品。伊哈布·哈桑把巴赫金狂欢的理论
说成是对后现代的指涉未免有些牵强，但他对狂欢话语特
征的概括却是一个新的发现。他说："狂欢在更深一层意
味着'一符多音'——语言离心力、事物欢悦的相互依存
性、透视和行为、参与生活的狂乱、笑的内在性。"⑧这里，

我们看到两种理论的不同，巴赫金是把狂欢当作"笑的理论"来研究的，而伊哈布·哈桑无疑纳入了语言学、结构主义、解构主义，甚至行为主义的研究成分。在方法上，巴赫金是建立在本质的系统分析之上的，伊哈布·哈桑是建立在现象的特征归纳之上的。巴赫金的理论带给我们对狂欢内涵的认知与领悟，而伊哈布·哈桑的理论却将我们引向实现狂欢的方法和途径。我之所以要对二者的理论加以比较，是因为它关乎我们在怎样的尺度下评价所谓后现代的"狂欢之诗"的问题。毋庸讳言，在我审视何拜伦诗歌中狂欢性的时候，我将更信赖巴赫金的理论。

按照巴赫金的理论，何拜伦的一部分作品当属"狂欢之诗"的范畴。譬如《国家下面的情人们》，把国家这样重大而严肃的话题和情人放在一起谈论，显然是"非官方性质"的笑谈，并且是"对严肃性欢乐地摆脱"。这些狂欢的作品集中反映了何拜伦对权力话语的消解意图。另外，他写作的游戏态度构成了他狂欢的第二个理由。游戏归结为写作虚无主义。这正好符合康德的"空无所得"和巴赫金"一切原来全是瞎扯，不值一提"的玩笑理论。由于前面已经对何拜伦写作的消解性和游戏性做了研究，在此，不再进一步举例和分析。

（二）伪装的结构与伪装的姿态

首先我得承认我不知道何拜伦所说的"伪装的结构"

指的是什么。如果这个说法属于结构主义理论范畴，那么从语言构成成分开始并波及系统论应用的结构主义理论始终把结构看作是客观事物依存关系的对应存在，为此，我们只能发现结构，而不能伪装结构。这里，不管"伪装"这个词指的是"遮掩真相"还是暗示"本身就是假的"，在结构主义的理论下，"伪装的结构"都让人难以理解。既然不能把客观现实存在的对应性说成是"伪装出来的"或"假的"，那么，就只能在"说的事实本身就是假的"这一层面来理解"伪装"的本意。这让我想到英国新批评的主将Ｉ·Ａ·瑞恰慈的"非指陈性伪陈述"理论。瑞恰慈从文学语言的特点分析入手，提出文学语言的特点在于虚构性，作用在于激发人们的感情。他在1932年发表的《意义之意义》中指出："要判明我们对语言的用途是符号式的还是感情式的，最好的实验方法是问一下'在通常的严格科学意义上这是真的还是假的？'如果答案是与此相干的，既符号式的，如果不相干就是感情性的。"[9]在此基础上，他进一步对科学语言和诗歌语言做了区分，认为科学语言是"指称性"的，诗歌语言是"感情性"的。他说："一个陈述的目的可以是它所引起的指称，不管是正确的指称还是错误的指称。这是语言的科学用途。但一个陈述的目的也可以是用它所指称的东西产生一种感情或态度。"[10]由此，瑞恰慈认为诗的语言"其真理性主要是一种态度的可接受性，发表真实的陈述不是诗人的事[11]。"可见，如果何拜伦所说的"伪装"符合瑞恰慈理论的话，那么，真正伪装的不是结构，而是姿态。如果这样的判断不错的话，我们可以想象一下在这部集子里他的玩世不恭、堕落、叛逆、对爱情的戏谑可能都是"装出来的姿态"，即主体的不在场。如果不是从道德上批判，这些问题不值得我在意，假如诗歌语言本身让我感动的话。在这个问题上，我唯一想对何拜伦提出批评的是在早期的诗歌中由于过分强调观念性（这是每一个青年诗人为了引起别人重视而犯的通病），诗歌中伪装的姿态鲜明，而话语本身应有的艺术魅力却显不足。这也许是他自己谈论的"观念大于艺术"⑫的表现吧。

（三）此在分裂与人性分裂

何拜伦称自己的作品是"此在的分裂之歌"，那么何谓"此在的分裂"？（这些来自观念的话语总是强制地把我的思维引向理性辨析，而不是对本文的自由阅读。现在看来，这种诗歌之外的说明对于阅读的牵制是多么糟糕。）毫无疑问，此在的分裂主要指的是主体的分裂，而主体的分裂又集中表现为人性的分裂或精神分裂。这便让我们自然想到弗洛伊德和拉康的精神分析学说和美学心理学。（何拜伦触及的美学领域是如此的宽泛让我感到惊讶。）弗洛伊德的潜意识说推动了"自动写作"的发展，于是"呓语"和"白日梦"一度成了作家努力追求的写作效果。显然，何拜伦诗中的理性痕迹表明他的"分裂"并不是弗洛伊德"病房"中的案例。和弗洛伊德后期主张无意识先于语言不同，J·拉康"断言无意识像语言那样构成，他是语言的产物。"⑬同时，拉康认为无意识内部充满了异己、陌生、神秘甚至颠覆的力量，因此，他看到了无意识中碎片性、无中心性和非科学性。从而便有了"主体"与"他者"关系的学说。拉康的贡献在于看到在写作中主体的双重身份存在，即"说话主体"和"被说主体"在无意中表现出的不一致或分裂的形态，而对"他者"和"他者话语"的阐述揭示了构成无意识的内在矛盾、冲突和依存现实。从何拜伦诗歌中话语的多变性似乎可以认定在"此在分裂"这个问题上，他是拉康理论的实践者或信徒，但是，拉康的研究是以"无意识"为前提的，何拜伦鲜明的理性思考多少显得与拉康的理论有些距离。可以肯定地说，何拜伦是一个有着多重人格的人，对待艺术，一方面他对诗歌怀着崇高的敬仰，那份虔诚不亚于一名宗教的忠实信徒，另一方面，他又对艺术中的严肃性不屑一顾，甚至大加消解。在爱情方面，他是一个富有热情和责任感的男人，但同时又表现出一副游戏人生或认同堕落的姿态。在伦理上，他既是一个仇恨母亲的粗暴，并萌生"杀母"之念的逆子，又是一个有着对父母感恩，寻求回报的"孝顺"儿子（他将这部诗集献给他的父亲可说明这一点）。还不只这些，在写作中，他的话语形式变幻不定。有时是一种纯粹的浪漫抒情，有时却是严密的理性阐释；有时诗句短小得只有几行，有时冗长得不加停顿和断裂；有时主观到他谈论别人只能"闭嘴"，有时客观到没有一点自己的痕迹……何拜伦的变化和复杂体现了他主体精神的多重性，我更愿意将这些多重的人格归结为何拜伦生存境遇和现实的逼迫，而不想抽空他个性的成分以及自身生存的需要，而在美学上划归到拉康的理论之下。从这点来说，我看到的不是何拜伦的"此在分裂"，倒是他心灵对生存的敏锐触及和对现实的广泛揭示，其间交织的是他个人经验和知识与现实的智性冲突，而不仅仅是"无意识"中的"他者欲望"对审美的支配。当然，他的这些变化和复杂也含有一个青年诗人审美兴趣不够相对稳定、缺少缜密而系统的艺术理念、精神气质不够纯粹等弱点。尝试固然重要，但一名诗人不是秉持个人的写作原则，在审美中确定自己的取舍，什么方式都想尝试，那么，他将因为对他人风格的迷恋而最终找不到属于自己的风格。

三、尝试：从因循到扬弃

据我所知，中国当代诗人中敢于称自己的写作是后现代的人并不多。多数所谓"后现代的作品"仅仅表现出了后现代的某些审美迹象。在对待人性的态度上，我们刚刚做到一点坦诚，但仍有伪饰和矫情的成分。何拜伦敢于将自己的作品定义为"后现代主义作品"，这缘于他的率真和自信。如果不是非要把何拜伦的作品拿来和"嚎叫"的金斯堡相比，或者和稳健而机制的勃莱相比，我们没有理由怀疑他作品的名副其实问题。他抒情的直接、坦率、自我暴露和辱骂体现了后现代反崇高的精神本质。在语言上，他有效地运用大众化的口语交谈实现了对政治、性的隐喻表达。而他对权力话语的消解和互本文性的运用都是极其成功的。虽然不能对他创作实践的价值做出明确的估定，但是，他对汉语诗歌创作的丰富和对语言表现力的开拓都是不容忽视的。同时，他的尝试给我们接受、消化、发展后现代的理论提供了生动的范例和有益的经验。遗憾的是，在他创作逐渐摆脱既定观念，形成自己语言风格的时候却停笔不写了。如《安乐村晨歌》（1993）、《今日的准则、赞颂和行动》（1989~1993），对语言的运用已经达到了高度凝练、准确，并浑然天成。

不在生活的表层做巢，临近
一个转变时，作为一个多年的失业者
或自由职业者，珍惜或把玩所及之处的
每一朵花，直至无声和幼小的部位
由表及里却也奇异而美妙
今日的赞颂：爱和生命，还有
它们相互折射的光芒

那无法明确之处，性群盈盈而笑它们的在上
相形之下，我的心过于灵活
我的手脚萌生于天上，在地上生长
何拜伦：《今日的准则、赞颂和行动》(1989~
1993)，《何拜伦诗集》，第 203 页

　　这里，我们看到何拜伦从对外在生活的抵制、消解，
转向了对自我内心的审视和精神需求的定位。此时，他不
是以一个"超语言的机器"身份说话，而是在用自己的心
灵说话。或者说，他不是在努力给某个词寻找居所，而是
思考给自己的心灵找个居所。从中我看到了何拜伦对"完
整的自我"和"精神一致性"的需要。这是他心性的成熟
和对生命体认的深刻。毕竟，在强大的现实面前，青春期
的冲动和一个青年玩世不恭的笑闹是暂时的和软弱无力的。
即便是把这种激情建立在"对抗"和"颠覆"之上，那么，
由于心灵不可避免地受制于被对抗、被颠覆的一方，想要
在写作中实现精神的自为也是不可能的。为此，何拜伦试
图与生活和解，让自己停止激动的表白和充满疑惑的质问，
而静下心来，倾听生活深处的声音：

　　安乐村，有一个人正注视你从夜里醒来
　　看你如何由灰蓝逐渐变得苍白

安乐村，有一个人正将目光从那片尚未耕种的

农田上，移到一棵树下残存的小小冬天

安乐村，有一个人始终聆听着高压线

那雨水似的声音浇熄了的几多虫鸣何时回响

安乐村，有一个人突然听到买食品的吆喝声

最先打破了寂静，接着是几辆小四轮拖拉机的

轰鸣

安乐村，你入睡时，一个灵魂睁开了眼睛

而此时此刻，又有多少肉体尚未得到他们应

有的睡眠

何拜伦：《安乐村晨歌》（1993），《何拜

伦诗集》，第 209 页

　　在这里，我感受到了一种心灵的开阔和敏锐，这是生命与外部世界的"互为觉他"和尊重，而不是"排他"和自恋。另外，在这首诗里体现了何拜伦高超的叙述能力，语言的简洁、准确和表现力堪称叙述性诗歌中的典范。其中"安乐村"在每一段开头的重复出现有效地将视点固定，而变幻的事物和场景生动形象地表现出诗人内心的活动，并自然地实现了语境的流动，语言中"静"与"动"正是

"睡眠"和"醒来"的暗示，在指意上相互映衬，韵味无穷。面对这样的诗歌，我们再去搬弄西方的理论，该是多么的可笑。因为，在这首诗里，我们除了感受到诗人内心与外部世界融洽的交谈之外，已经看不到观念的影子了。为此，我要说，对后现代理论最好的尝试不是因循，而应该是摆脱，甚至扬弃。

我想，何拜伦引发的应该是我们对中国后现代诗歌创作的整体思考。所以，我才没有把《何拜伦诗集》当作何拜伦自己的一份私有财富来看待，也没有把对这部诗集的评论单纯地看成是对何拜伦自己创作成败的辨析。无疑，没有因循，就不可能有真正的扬弃，问题是，我们后一代的诗人要不要从前代人的身上吸取教训，以便让自己少走弯路？但愿《何拜伦诗集》能够给投身后现代诗歌写作的诗人们以更多的警示。

2001 年 5 月于哈尔滨

注:

① 王一川：《语言乌托邦》，云南人民出版社，1995 版，第 249 页。

② 克里斯蒂娃：《小说本文》，海牙，1970 年版，第 12 页。
转引自王一川：《语言乌托邦》，云南人民出版社，1995 年版，第 248 页。

③载于《东北亚诗刊》1999年特辑总第11期。

④伊哈布·哈桑：《后现代景观中的多元论》，王岳川译，载于王岳川、尚水编《后现代主义文化与美学》，北京大学出版社，第129页。

⑤在这篇文章写作之前，何拜伦从北京返哈。在何拜伦、钢克、马永波等一些朋友的聚会上，我曾问过他巴克汀是不是巴赫金，他当时未做肯定，只是说巴克汀是一个美国人。由于他关于"狂欢"一词发明者的结论出自伊哈布·哈桑之口，我便在《后现代景观中的多元论》一文中证实巴克汀就是巴赫金。显然，巴赫金不是美国人。

⑥⑦巴赫金：《文本、对话与人文·笑的理论问题》，河北教育出版社，1998年版，第60页。

⑧伊哈布·哈桑：《后现代景观中的多元论》，王岳川译，载于王岳川、尚水编《后现代主义文化与美学》，北京大学出版社，第129页。

⑨⑩⑪转引自方珊：《形式主义文论》，山东教育出版社，1999年版，第161~162页。

⑫2001年5月，在何拜伦、钢克、马永波和本人等一些朋友的聚会上，何拜伦针对当前一些青年诗人的写作说出这样的话。

⑬王一川：《语言乌托邦》，云南人民出版社，1995版，第65页。

奥地利之心

　　在欧洲的当代文学史中，奥地利的作家、诗人虽然不多，但是却有着重要的影响。我们熟悉的比如卡夫卡、特拉克尔、里尔克、茨威格、穆齐尔等，除了他们文学上的成就举世瞩目以外，还有一个现象令我关注，就是天妒有才人，大师如流星闪过。其中卡夫卡 41 岁正值中年病逝，特拉克尔则在青春洋溢的 27 岁便匆匆告别了世界，里尔克死时也仅有 51 岁。还有，他们的死亡多为非正常死亡，具有传奇色彩。特拉克尔是死于注射可卡因，里尔克死于玫瑰刺破手后感染，而茨威格则死于自杀。联想到音乐神童莫扎特的早亡，让人不禁对奥地利艺术家命运多舛产生某种宿命性的推断。也许，艺术家在奥地利就意味着一种献身和牺牲？我权且把他们称为奥地利之心，正如维也纳传递出的无穷美妙音乐一样，这些奥地利之心同样令世界震撼、敬慕和钦佩。

感受之心——卡夫卡

　　我本来打算写一篇长一点的文章来谈一谈我对卡夫卡的感受，可是下笔之前，我去泡了一杯茶，再次坐下来的时候，我觉得这样做毫无意义。卡夫卡的作品在语言上足够的精练、准确，尽管他在给密伦娜的情书中多少有一点絮叨和不厌其烦，但这并不影响他作品强大的感染力。他以其细腻、丰富、深刻的感受，呈现了一个时代生存的现实，这份荣誉不仅属于他的祖国奥地利，也属于世界上所有的人。仿佛他生来就是为了成就一颗孩子般敏感、脆弱、多疑的心，以此完成他对生活真相的投映。的确，他有一颗孩子之心，他感受孤独、恐惧、困厄的方式以及他内心始终不愿放弃的梦想和意志都让我感到十分可爱。以下是我对卡夫卡的理解：

　　1.有很多条路可以到达城堡，卡夫卡尝试了各种路径，但最终返了回来。不是城堡不可抵达，是卡夫卡不让自己抵达。因为，他越是接近它，就越加感到绝望。

　　2.他太想做一名有自由、有尊严的人，结果，他成了一条虫子。这不是说他不可能做一个有自由、有尊严的人，而是说努力成了他真正丧失自由和尊严的原因。

　　3.他在他的心目中足够的小，因为，他让自己服务于人类的良心。

4. 他不是第一个意识到生活荒诞的人，但却是第一个准确揭示生活荒诞的人。

5. 地洞与其说是卡夫卡为自己建造的家园，不如说是他用来作战的掩体——他打入死亡的内部，以至于死亡对他无能为力。

6. 我们不能倾听卡夫卡，因为他从来不让自己的嘴发出声音，我们必须拥抱他，从而感受到他生命的"颤抖和心跳"。

7. 绝望从来不是卡夫卡最终的目的，绝望是他用来探测人生之海深度的一把尺子。

8. 当他用绝望的目光注视世界的时候，也正是他命令自己不在任何绝望面前低头和退缩的时候。

9. 当他努力把自己向上提升的时候，他总是下降、下降，直到最底层。这是为什么卡夫卡的困惑成为人类普遍困惑的原因。

10. 所谓服务人类的良心，是指卡夫卡从不回避承受苦难。正如他自己所说："我们大家并非共有一个身躯，却共有一个成长过程，它引导我们经历一切痛楚，不论是用这种形式和那种形式。就像孩子成长中经历生命的一切阶段，直至成为白发老人，直至死亡……我们同样在成长中经历这个世界的一切苦难（这同人类的关系并不比同我们自己的关系浅）。"（《卡夫卡随笔集》第23页）

11. 理解卡夫卡意味着你必须理解自己的生活。

忧郁之心——特拉克尔

　　2005 年的 8 月，我在一个台风袭击苏州的时刻读特拉克尔的诗，伴着台风强烈的嘶鸣和雨点对窗子的打击一首一首地读。我突然感到特拉克尔的诗中隐藏着风暴，他试图将那风暴征服，甚至逃脱，可是他的努力使他被风暴裹挟得更紧，直到他年轻的心因承受不住这份压力而破裂、停止跳动。那一刻我放下他的诗，深吸了一口气默默地说：特拉克尔，你是奥地利的忧郁。

　　请允许我摘录一些他的诗句，从中感受他是如何以一颗忧郁之心来体察美的。

　　　　黑暗的旷野仿佛虚空，

　　　　散布村庄、沼泽、池塘，

　　　　某物在你面前化作一朵火。

　　　　一道冰冷亮光无声地掠过村路。

　　　　人们在天边预感到了骚动，

　　　　野鸟群的流浪

　　　　飘往美丽神奇的异乡。

　　　　风中的芦苇，扬起又倒下。

　　　　　　　　　　《傍晚的忧郁》，pyrrhon 译

人间不幸整个下午都在鬼出鬼没。

枯褐荒芜的小花园里已看不见木棚。

焚烧过的弃物火苗跳动，

两个熟眠者摇摆离家，忧伤迷茫。

枯萎的草地上一个奔走的孩子

玩弄他漆黑圆圆的眼珠。

黄金自昏沉萧瑟的灌木下滴。

一个悲伤的老人随风打转。

《沉郁》，pyrrhon 译

令我震撼的还有他的《出自深处》：

有一片落着一阵黑雨的留茬的田地。

有一株孤零零竖着的棕色树。

有一阵围着空茅屋丝丝吹着的风。

这个黄昏多么凄凉。

村落那边，

还有瘦小的孤儿在拾些许的落穗。

她的眼睛圆圆的金灿灿地盯着暮色，

她的胸怀期待着漂亮的新郎。

在回家的路上
教人发现甜蜜的身体
腐烂在刺丛里。

……

绿原译

关于这些诗不需多言，我们都能感受到特拉克尔那颗忧郁之心背后是对生活怎样的热爱和迷恋，可是不祥与死神总是与他相伴，以至于他热爱的村庄、森林、小溪都不再宁静，而是"鬼出鬼没"，遍布腐烂的尸体。面对一个混乱和充满灾难的时代，特拉克尔的美好愿望显得无能为力。但尽管如此，他的忧郁之心也正好代表了那个时代人们的良心。

每隔一段时间我都要读一遍特拉克尔的诗，不为什么，只因为喜欢，只因为他的诗有一种特别的力量，也许正如他在诗中把自己写成"枯萎的草地上一个奔走的孩子 / 玩弄他漆黑圆圆的眼珠"，作为诗人，我对如此的处境深感为荣。每读到这一句时，都不免检讨自己，并受到莫大的启发和鼓励。

歌唱之心——里尔克

是什么构成了里尔克生命中的沉重与痛苦并不重要，重要的是面对沉重而痛苦的现实，里尔克始终让自己成为一位歌者。他在《杜伊诺哀歌》中大声质问："谁站在天使的行列，听我歌唱？"可以认为是他对生命发出的誓言。站在天使的行列歌唱，难道不是里尔克在诗歌上一生的追求吗？

我最初接触里尔克的诗是 1984 年 6 月，我从诗刊社编辑的《世界抒情诗选》中读到他的著名诗歌《预感》、《豹》、《秋日》和《爱的歌曲》，其中"我像一面旗被包围在辽阔的空间，我感到风从四面吹来，我必须忍耐……"曾令我激动不已，至今读到依然怦然心动，浑身充满力量和信心。里尔克不是一般的歌者，他是光明的引导者，他是力量的化身，他的歌总能驱云破雾，把你的眼睛引向灿烂的晴空。他从罗丹那里获得的告诫，"挺住意味着一切"不仅支撑了他自己坚定不移地前行，也支撑了 20 世纪 90 年代面临社会转型期的一大批中国诗人坚定不移地前行。甚至他的诗句："主啊！是时候了。夏日曾经很盛大。/ 把你的阴影落在日晷上 / 让秋风刮过田野。"这种带有祝祷式的抒情和节奏一度让一些诗人模仿，形成了一种里尔克现象。在 20 世纪 90 年代，里尔克对中国诗人的影响可能超过所有的欧美诗人，包括英国的艾略特、美国的斯蒂文斯、法国的瓦雷里。

也正是在那样一个时代，里尔克的作品较为全面地被译介给中国读者。令我尊敬的一位兄长张曙光译介了里尔克《致奥尔浦斯十四行》，曙光兄较好地在汉语中展示了里尔克在短诗上的控制能力，以及里尔克对语言精准的使用。之后在 1997 年的《世界文学》第 6 期上读到里尔克诗体小说《马尔特·劳里奇·布力格手记》，领略了作为歌者的里尔克在叙述上的能力。1999 年 6 月，好友宋迪非送给我一本里尔克著的《艺术家画像》（张黎译），让我大开眼界，也让我见识了里尔克深厚的艺术功底和独到睿智的鉴赏力。我渐渐地理解了里尔克的那句"挺住意味着一切"背后深藏着的基础和强大的支撑力，也理解了他花多年完成的《杜伊诺哀歌》如此连贯、完整，毫无断裂之感的内在原因。

的确，里尔克是一个用心歌唱的诗人，是一个用整个生命歌唱的诗人，他不像艾略特、瓦雷里身上总带有某种理念的影子以及自命先锋的痕迹，他的诗始终以其真挚的情感和美妙的语言令我们感动，某种程度上，里尔克教会了我们如何去爱这个世界、去歌唱这个世界，包括爱我们自己。让我们再一次重温他在《秋日》中的歌唱吧，并伴着他的歌唱，进一步唤起我们心中保有的纯粹的爱、矢志不移的追求和火热的激情：

> 让最后的果实长得丰满，
>
> 再给他们两天南方的气候
>
> 迫使他们成熟，
>
> 把最后的甘甜酿入浓酒。
>
> 谁这时没有房屋，就不必建筑，
>
> 谁这时孤独，就永远孤独，
>
> 就醒着，读着，写着长信，
>
> 在林荫道上来回
>
> 不安地游荡，当着落叶纷飞。
>
> 穆齐尔：《思想之心》

　　我对穆齐尔的了解始于 2004 年的春天，好友车前子从北京返苏时把他甚为推崇的罗伯特·穆齐尔著的长篇小说《没有个性的人》送给我。我尽管对读长篇小说缺乏耐心，但是，我还是认真地读完了这部厚达 1200 多页的巨著。

　　但说实话，读米兰·昆德拉对穆齐尔的评价远比花时间读完这部小说更容易了解穆齐尔的特点和价值。由于我缺少对欧洲生活的体验，特别是缺乏对奥地利贵族生活的了解，指望把这部小说当作浏览奥地利第一次大战后上流社会的风俗画来读，未免牵强。不过借助米兰·昆德拉的提醒，我了解了穆齐尔的写作方式。我想，他与卡夫卡、普鲁斯特、乔伊斯并列成为 20 世纪同等重要的作家，其理由也绝不仅仅是他勾勒了奥地利的一幅上流社会风俗画，而在于他创造了一种全新的小说表现手法。用米兰·昆德拉的话说就是"思考的恳求"。

"穆齐尔和布洛赫将卓越的、光芒四射的指挥赋予了小说，不是把小说转化为哲学，而是围绕故事调动所有的手段——理性的和非理性、叙述的和深思的，这些手段能够阐明人的存在，能够使小说成为绝妙的理性的总和。他的成就就是小说史的完成吗？或者说更是一个通向漫长旅程的邀请。"（米兰·昆德拉《小说的智慧》）

昆德拉的评价太准确了，穆齐尔的这部长篇小说既不以传统小说的故事情节为主线，也不以心理小说的意识流为主线，既没有作为事件发生发展的时间线索，也没有一个锁定视线的空间背景，构成他小说主线的竟然是思考，构成他小说结构的竟然是问题。我们看一看这部小说的章节就能了解一二，譬如："第一部、第一卷、第一章：显然没有任何结果"这种鲜明的论辩语言不仅引发出了一切思考的原因，也揭示了一切思考的结果，因为没有结果我们要思考它，因为思考它我们证实没有任何结果，这与其说是关于思考的悖论，不如说一语道破了生活的虚无。

循着这样的路线，我们就不难看到穆齐尔的智慧与用心，他的思考点竟然无所不包，比如人是物质的还是个性的？我从哪里来？父亲意味着什么？现实感和虚拟感是对立的吗？人为什么需要道德，不同的人的道德感是一样的吗？谁使我们精神崩溃？心灵和经济的联合，产生的会是一个什么样的怪兽？我们心甘情愿丧失自控，而成为快节奏传输带上的一个零件吗？一个伟大的思想本质和内容究竟是什么？产业和教育的合谋暗算了谁？理想和道德是如何堕落为一种填充自我灵魂空虚的手段的？爱情和一次谋杀是如何达成默契的？精神之买空卖空的投机富了谁，又毁掉什么？

　　我因读了一些西方的哲学、社会学文章，所以，我理解穆齐尔的思考和西方现代社会发展的关联程度，他显然有自己的认识和判断，他对结论胸有成竹，但他不像哲学家那样说出来，或者为人类提供正确的见地和真理，他让一个人陷入思考之中，活在思考之中，痛苦在思考之中，这个人就是他小说的主人公乌尔里希，其实就是他自己。他用自己一生的思考积累和切身体会成就了这部小说——思想的艺术，是的，他让我们轻松地阅读他的小说，却在放下书的时候回味不尽，因为他向我们呈现的不是一个简单的生活现实，而是一个思想的现实。他引导、启发我们在现实面前进一步追问和思考，他把一种阅读的愉悦延伸到个人深刻的思想和内省之中。他使艺术在追求美的同时，也追求认知和辨析。就仿佛一条船在进入激流前，他突然递给你一把桨，提示你有权利、有能力控制你的航向，防止船随波逐流。

诞生过哲学家维特根斯坦的土地，养育了思想小说家穆齐尔，这在我看来一点也不奇怪，因为，那里的水土一定赋予了穆齐尔一颗思想之心。

2008 年中秋于苏州

访谈对话

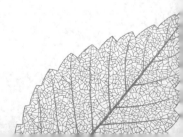

车前子、李德武诗歌交谈录

李德武：你过去的诗里有一种内在的紧张感。近期的作品中你试图努力克服这种紧张感。你把这种紧张归结为苏州方言对你的影响。方言在写作中带给你哪些影响？这种影响是词意上的，还是表述习惯上的，抑或是语气、语调上的？

车前子：我过去的诗里好像有一种紧张感，是不是内在的，并不清楚。内在已经成为大家的说法或者借口，我不稀罕内在不内在。如果谁说我的诗是外在的，我也不同意。反正我不考虑内在和外在。我已经超越了这个问题。说实话，这是一个很低级的问题。我近期的作品我闲下来看看，似乎从容了一点，大概是人到中年，性情上有所收敛，不像以前那么草率了。我以前的脾气很急躁，急躁又拘谨。苏州方言肯定对我有影响，我认为是好的影响。20 世纪三四十年代周瘦鹃他们的写作也受到苏州方言的影响，我就觉得不够理想——他们没有剔除苏州方言中的糟粕。这种糟粕更多是情感上的、性格上的、风俗上的、心态上的：苏州方言里有一种沾沾自喜、知足常乐、墨守成规和夜郎自大……我现在往往是从语调上去接近苏州方言。因为我一直认为能讲一口流利的普通话的诗人，他的作品必然像琉璃瓦一样光滑。我喜欢的诗的质地，是反光滑的，它要有一定的嶙峋感。这当然是我的个人爱好。而苏州方言恰恰具有嶙峋感，不是评弹演员说的苏州方言，那是被软化了的，也不是苏州女人说的苏州方言。苏州方言可能是中国方言中最具性别特征的，尤其在语调上，苏州男人说的苏州方言的语调很特别，我对这个深有研究，也就不多说了。与其说是受到苏州方言的影响，还不如说是与生俱来——我悲哀地觉得，我至今还是一个苏州人。一种成熟的地区性文化在这个地区杰出的人身上的结果只会是苦果，我早尝到了。

李德武：在游览西峡风光的时候，我们都感到现代诗歌在表现山水时，远不如古诗那样简洁、生动、有声势。你觉得是什么存在问题？是当代语言的无力，还是诗人缺乏发现的慧眼，以及我们在表现形式上过于平庸而贫乏？

车前子：在西峡，面对好山好水，我觉得我们的汉语更多的是活在古诗的境界中，汉语在古诗的境界中才有一种自我生长和自我完善的能力。而在现代诗歌里，汉语不是标本，就是杜撰。所以不仅仅是表现形式上的平庸和贫乏，因为标本必然会平庸，杜撰必然会贫乏。活到老，学到老，冒险到老。慢慢来吧。

李德武：谈谈你对不完美诗歌的理解吧，顺便说说什么是你认为的完美诗歌，诗为什么要写得不完美呢？

车前子：我回答不了这个问题。我以前只说过这么一句话，即我们现在的诗都写得太完全了，比我们的法律要完全得多。这句话也是即兴说的，有所针对，但没什么可讨论的。德武，我牛牵马帮地回答了你提出的三个问题，我也提三个问题让你回答，这叫礼尚往来。你不远万里从哈尔滨到苏州定居，地域的改变对你的生理产生影响吗？我认为生理是写作的第一影响力。

李德武：的确，从北到南，我经历了气候和环境的考验。苏州冬天的寒冷和夏天的闷热让我很难受。对我写作的直接影响就是在寒冷或闷热中我不能进入写作状态。另外，冬天连绵的阴雨也让人心烦。在雨天，我常常感到莫名的焦躁和郁闷。不像北方的雪，让人精神放松，心情爽朗。这也许是我这两年诗歌中隐含着某种不安情绪的原因。

不过影响最大的不是生理上的，而是观念上的。我千里迢迢从哈尔滨来到苏州定居，如果一定要追问目的，我就是想在切实的生活中感受南、北文化的差异。我过去并不理解苏州何以被称为人间天堂，来到苏州后才逐渐发现，天堂就是尽享其乐、应有尽有的地方。当然，发现是双重的，离开哈尔滨我才感到那是一座多么具有现代艺术魅力的城市。由于我过去一直偏向对外国文化的学习，对中国本土文化的理解是个欠缺。来到苏州是想面对这座两千五百多年的古城补上这一课。实际上，你也注意到了，来到苏州以后，我的审美观念发生了很大转化。我更倾向于运用中国传统的思想来解读美。当然，我不是保守的复古主义者，我是通过中、西文化的对比来发现中国传统思想在艺术上的恒久魅力。

车前子：去南阳的那天晚上，你一进我家门，就说："德里达死了。"我说："他才死呵。"我的意思是他对一个具体的写作者而言，应该早死了，不仅仅是德里达。我的问题是你既是诗人，又是评论家，你是怎么养鱼又是怎么钓鱼的？

李德武：从纯粹的写作者角度来说，德里达只能相对德里达而存在。他死与不死对纯粹的写作者都无关紧要。但是，我说德里达死了发出的是一个读者的声音。作为读者，我深深地敬佩德里达，他的杰出和不凡某种程度上说应该成为人类共有的骄傲。

有时我也想，诗歌写作和批评写作何以同时在我的身上存在？这是两种截然不同的写作，一种要求你正视心本，一种要求你正视文本；一种要求不断打破规则和定式，一种要求确定相对稳定的规则和观点。这不仅仅是一把双刃剑，同时还容易陷入眼高手低的尴尬境地。可是，我自己竟不知不觉地走进了这片泥淖。你把这比喻成养鱼和钓鱼，我想可能是有道理的。我不是处理类似关系的高手，但我让自己的写作分阶段进行。要么我专心致志写诗，要么我一心一意写评论。写诗是对自我的贴近，写评论是对他人的贴近。我经常提醒自己不要用自己诗歌写作的原则去衡量他人的作品。我写批评愿意从作者的角度出发，用作者的标准阐释作者的写作。按照你养鱼和钓鱼的说法，我在个人创作中的探索与尝试应该算作是养鱼，我对他人作品优点和不足的发现应该算作是钓鱼。不过坦白地说，我最初萌生写批评文章的念头是因为我看到好诗无人评，后来开始在理论上做些思考是基于不能容忍一些学者故弄玄虚，凭空说瞎话。实际上，真正困惑当前写作的不是复杂的理论问题，而是对简单问题的理解。我说的不是认同常识，而是戳穿常识。

车前子：你对许多诗人所津津乐道的灵魂与情感如何认识？

李德武：灵魂的问题虽然被很多人津津乐道，但我想并不是每个人都真正通晓它的秘密和存在，如果我们不是就通常意义理解它。我以为灵魂是一个包含了个人生命信息的秘密文本。它早已写就，在肉体诞生之前就已完成。我们所做的一切、所经历的一切无不是验证一个预言。因此，灵魂是生命中最富有悬念的假设。对此，具备两种抵达方式，一种是正论，一种是反论。无论是肯定它的存在，还是否定它的存在，事实上，都是在验证它的存在。由此不难看到，灵魂不是超人的力量，而是生命存在的必然趋势。说得形象些，灵魂即独木桥，在你别无选择的时候遭遇到它。

　　情感是普遍存在的东西，是语言的一种。既然是语言，就难免存在表述和理解的双重性。一方面，它是真实的；另一方面，它是虚构的（我说的不是虚伪）。我是从情感表述形态而言。当然，这也可以理解为自然情感和艺术情感。我不以为情感的真假是情感交流中的大问题。情感交流的大问题在于情感的交流方式和技巧。我们不能用绝对的善、绝对的真诚要求艺术情感，这样我们就不能很好地理解艺术，诸如理解神话、戏剧、魔术等。我们对艺术情感的要求取决于我们要达到的艺术效果。这意味着一种情感可以有很多种不同的表现方式。当一个诗人不想趋同于大众情感的时候，我们便可以看到情感的诗化表现。这是为什么抒情诗也有优劣之分的原因所在。

2004 年 11 月 10 日

嵌入我们额头的广场

——关于《傍晚穿过广场》的交谈

李德武 欧阳江河

李德武：在《诗林》创刊百期之际，我随手翻阅过去的刊物，竟发现有那么多重要的诗歌最初是由《诗林》推出来的。其中包括你刊于1994年《诗林》第一期的《傍晚穿过广场》。时隔十几年，当我再次打开《诗林》，阅读这首诗时，突然感到从未有过的激动和震撼。我想这就是好诗的特点，它在时过境迁后才开始发力。这是一首非同寻常的诗，今天，它也依然具有强烈的政治敏感性。我知道当时《诗林》在编发这首诗时也冒了很大的风险，甚至动用了一点小小的计谋——在目录上把你放在前面，而在具体编排时有意夹在中间，为了让这首诗不太醒目。你个人对这首诗当年公开发表有何感想？

欧阳江河：我还不知道这首诗在《诗林》上发表过，1993年我就去了美国，可能寄给我刊物，但我没收到。《诗林》曾经发过我的好几首诗，其中有我悼念骆一禾的《火焰》，有《1991年夏天：谈话记录》，都是篇幅较长的作品。

好像还发过其他一些作品。尽管《诗林》离我是那么远，但是《诗林》很可能是我在一个刊物上连续发表作品最多的诗刊。《傍晚穿过广场》创作于 1990 年，它有着特定的历史背景，《诗林》能够在当时将它公开发表，的确不容易。特别是你说发表时编辑有意在版面上作了处理，为了使其不那么显眼，这也可以成为诗坛上一个不大不小的佳话。我对《诗林》创刊百期表示祝贺，也对《诗林》多年来重视我的作品有颇多感慨。尽管我现在已经不再寄诗歌给任何一家刊物，但是，《诗林》却是我心中凝结着乡愁的，不能被忘怀的刊物。

李德武：80 年代和 90 年代初期，你创作了一批巅峰之作。包括你在电话里和我谈到的《玻璃工厂》和《手枪》。《玻璃工厂》是一首唯美主义的完美之作，它一出现就让当时敏锐的诗人惊叹。它是现代唯美诗歌的一个高度，我对此写了一首《玻璃粉末》与其对应。坦白地说，我并无消解之意，我是深深地感到那首诗在语言上达到的完美程度是难以企及的，它对每个诗人都构成挑战。我当时想必须另辟蹊径，所以，写出了《玻璃粉末》。不过，《玻璃工厂》纯美、机智，但仍不免有着内在的华丽和脆弱性，相对《傍晚穿过广场》来说，我更欣赏后者。因为，《傍晚穿过广场》不仅具备了语言的高度，也具备了技术上的复杂难度和蕴意的深厚。我很想知道你自己是如何评价这两首诗的？

欧阳江河：现在我们再回过头来看我们这一代的诗歌作品和写作之初是有差异的。恰好我最近在写一个诗歌笔记，就是类似于文本细读但比细读的视野更广泛、更开阔的东西。解读的文本是西川的《巨兽》。面对《巨兽》这首诗，我不是仅仅停留在对文本封闭式的或联想式的解读，而是把作者当时创作的年代和我们现在的年代背景对照起来理解这个作品。这种方式同样适用于我看待自己当年的作品。从我们现在所处的 2007 年与《玻璃工厂》创作的 1986 年和《傍晚穿过广场》创作的 1990 年来看，写作的年代与阅读的年代之间有了很大的不同，随之而来的必然是这两首诗在创作价值、意图、诗学构想和难度，包括语言学的意义等等各个层次上发生的弯曲和变化。那么，这种变化有两种可能，一种可能就是这个作品从诗学意义上讲要么变得毫无意义了，要么只有诗歌史上的意义，就是说一定要把作品放回原来创作的封闭语境，它才有意义。但是还有另一个可能，这些作品本身（当然这不光是评价我自己的作品，也是评价整个当代诗歌）当时也可能不是很重要，也可能当时就很重要，但是，需要我们把它拿到一个更为开放的环境下，才能把它开放性的、更为深远的、超越具体时空的意义内核捕捉到。说得再简单一点，就是有的作品在写作当时非常震撼，非常有意义，但是，十年、二十年以后，这样的作品就时过境迁了。还有一种作品根本不理睬历史的演变和时间的迁移，它的价值只会随时间的迁移越来越被发现，而且在不同的时代，都会有诗学上的意义。这在评价诗人、小说家、画家都是一样的，有的人只属于他的时代，有的人属于更多的时代。

如果把这两首诗放在当年的时代来看，《玻璃工厂》更多是关于诗歌本身，或诗学写作、诗学原理意义上的关系。也就是说《玻璃工厂》和时间的关系并不紧密。这个作品也可以再早20年写，也可以再晚20年写。我个人认为，《玻璃工厂》在任何情况下，都会是一个带有原创性的作品。这个作品我在处理一个什么东西呢？正好你也提到了《手枪》。应该说在整个80年代我最重要的作品中，《手枪》实际上是一个终结我《悬棺》式样的诗歌写作的开端之作。就写作意图而言，《悬棺》是我处理古文化的一种极端选择，你假如给我一个繁复的、庞杂的东西，我用一个更繁复、更庞杂、更蛮不讲理、更难的一种方式，来为自己解套。写了这个作品以后，我对中国古代文化的种种迷恋也好，偏爱也好，用一种更为偏激的办法把自己倾倒出来。实际上就是一种清算，用写作的方式来清算。就像一个人要清算自己吃甜食的爱好，他就使劲吃甜食，直到吃得发腻。《悬棺》实际上用的就是这样一种方法。清算以后的第一个正式作品就是《手枪》，到写《玻璃工厂》时达到极致。这期间有一个诗学上的考虑，因为我发现中国诗歌最欠缺的就是处理"物"的能力。中国古代有一个诗学品种叫"咏物诗"，但是在咏物诗里看到的不是物，而是物的消失、物的借代或转喻，比如咏花的时候，咏着咏着花不在了，出现了"美人儿"，诸如此类的东西。苏东坡在《水龙吟·次韵章质夫》中开篇即是"似花还似非花"，就是说杨花像花的同时又像"非花"。那么这个咏物诗传统就是咏到最后，被咏的对象消失，带出来的是关于对象的种种隐喻，或者咏物者自己个人内心的某些寄托。这种传统带来一些非常高级的诗意的东西，但是它也有一定的局限性。咏物诗表面看是一种诗学上的东西，实际上它是中国文明以及美学进程上一个极端的反映，就是到最后偏离物质，只剩下关于物质的暗示、映射、隐喻和联想，而物本身永远缺席。这是一个很奇怪的传统。这和西方现代文明不一样，西方现代文明是一切最后都要归结到物质上的文明。到了我们当代诗歌，中国咏物诗的这个物质性欠缺的传统一直存在。我就在创作《手枪》时想，能不能让咏物诗最终回到物本身。中国的构词法很奇怪，譬如"东"、"西"代表的是向度，但组成在一起"东西"就成了一个物体（thing）。我其实就是从"东西"开始写了一组诗，但真正留下来的就是《手枪》。在这首诗里我用了一个极端的办法，就是把工业文明的工具本身、工具理性放到一起来处理"物"。在处理物的过程中，不是像中国古代咏物诗的传统到最后物消失，而是到最后物的本身要确立起来，而且物质要获得词的性质。或者反过来说，让词有了被咏之物的性质，譬如《手枪》里面的词，就有了手枪零件拆解装配的感觉，甚至有手枪那种"咔咔咔"的节奏和硬金属质地。在《玻璃工厂》里，我使用了和《手枪》不一样的词性，按照玻璃的生产过程，我使用一种越来越透明的语言。从"劳动是其中最黑的部分"这个不透明的词组开始，因为玻璃来源于石头，而石头是不透明的。就像一首诗一样，在写玻璃的时候语言获得了玻璃本身才有的物质特性。而这个物的特性也是一种精神的特性，是词自身的特性，比如你前面提到的这首诗那种内在的脆弱性。我写《手枪》和《玻璃工厂》就是参照了中国整个诗歌美学的传统，基于建立一种原创的诗学原理，以此弥补中国诗学传统中物质性欠缺的不足。从这个角度说，我认为《玻璃工厂》早写十年，晚写十年都是成立的。不过现在看来，我当时的这个抱负显得过于超前，因为当时大家身边发生的事情太激动人心了，你只写身边的事情都会让人感觉诗歌的材料取之不尽，用之不竭，而且天天激动着你。所以在那种情况下，我来写这种用词来处理物质性的诗歌显得有那么一点点超前。我感觉我对诗学原创性的考虑，当时很多人是看不见的。我写《玻璃工厂》的时候，已经在身份上有了融合，就是我把诗人、思想者和批评家结合到一起，而且把文明的发展景观也考虑进来，形成了这首诗的内涵和高度。回到你提到的问题上来，我认为《玻璃工厂》是一个和写作的时代联系不那么紧密，有着一种超然关系的作品。

从这点出发，我们来看一下《傍晚穿过广场》。《傍晚穿过广场》和《玻璃工厂》有一个鲜明的不同，就是它是某个特定时代的产品。如果没有 20 世纪 80 年代末到 90 年代的过渡，以及大的历史语境，用西川的话讲叫"历史强行进入我们"，以及我个人生活上的经历，我肯定是不会写出那首诗的。《傍晚穿过广场》是特定时代的特定产品。从 1990 年到现在，已经过去 17 年了，时代肯定发生了很大的变化。但是，我认为今天的人们仍然可以通过这首诗进入历史，甚至被这首诗引导着思考、感受一种时代的流变。这也是好的诗歌应该具备的品质。现在是消费时代了，和 90 年代完全不一样了，现在的人们缺少悲剧意识，缺少蓬勃的政治激情和理想主义追求，或者就一个诗歌写作者来说，缺少自己和亡灵同在的那种感觉和状态。所以《傍晚穿过广场》这首诗，你在给我打过电话后，我又找出来看了一遍，还与其他几首和时代相关的诗歌放在一起考量。我写和时代相关的诗歌主要有两类，一种是处理时间的，一种是处理场景的。《傍晚穿过广场》是处理场景的。写作这首诗带有一定的自传性，1990 年我生日的那一天，我来到广场上，这之前好友骆一禾是在广场上突然离世的，我经过广场时真的感觉自己是和亡灵在一起。现在看来，随着时间的推移，这种内心感受的现实重量有所衰减，这没有关系，另外一种东西可能得到增强。就是一种纸上的力量、词语本身的力量，就是超越时空，作品首先能在诗学上立起来，然后再把读者带到一种历史的幻觉里面去的这样一种力量。历史作为真实的重量得到了衰减，所谓的事实减轻了，但词自身以及诗意的历史幻觉却获得了重量。关于《傍晚穿过广场》在诗学上、技术难度上、诗意的深厚程度上的刻意追求，你也都看到和谈到。我想德武兄是一个具有三重目光的读者，第一是诗人本身，第二是诗歌评论家，第三是一个普通人。我觉得普通人这一点最重要，这首诗我当初不想写得多么复杂，或者说，我想写成具有朴素的复杂性的一种诗歌。这首诗不是写给我自己看的，而是写给公众的。

李德武：接下来我们进入下一个问题，这个问题也就是我要和你作这次谈话的目的。《傍晚穿过广场》这首诗刚刚你已经谈过了，它有它创作的历史背景，事实上，一首诗被读者接受，尤其是超出时空被接受，更多的必须依从于文本本身，也就是说它的词语还能获得怎样的生命力。我觉得《傍晚穿过广场》十几年后再读真的感觉不一样。因为放下它创作的时代和背景，我依然觉得那些词对我来说还是有启示意义的。甚至还能找到一种对生命和存在置身其中的思考。这主要还是来自于词本身所蕴含的魅力。非常想和你仔细地聊聊《傍晚穿过广场》，就算是对这首诗的细读吧。我们就从"广场"这个词开始。我认为"广场"是一个有着鲜明时空和政治色彩的词，但同时它又具有更为广博的包容性，因为它是一个开放的、边界模糊的词，它通向各个街巷，连接着每家每户，除了在特定的情况下以外，它通常是不设禁的——它接纳了人们的聚散，接纳了日出日落，似乎在万变之中，它有着相对的不变性和永恒性。当你把《傍晚穿过广场》呈现出来的时候，每一个有过穿过广场经历的人，都会从中找到自己的影子。正是因为这一点，"傍晚"作为一个时间限制词，让广场局限于一个特殊的场景，又超越了那个"落日时分"。我的意思是说，今天再看这首诗，它不仅负载了那个特殊时刻太阳的"余晖"，还蕴藏了更为丰富的诗意黎明。

欧阳江河："广场"这个东西，你刚才已经谈到了，我同意你的看法，它具有公共性，也是一个带有某种历史象征性和政治意义的非常特殊的场合。我是这样认为，无论哪个时代的人，一生至少有一次应该把他的生命和思想中最深层的东西，黑暗也好、秘密也好、激情也好能够交给广场，或者和广场至少连在一起，那么这一代人才算没有白活。这里我要特别强调的一点就是 2007 年和 1990 年已经完全不一样了。你注意到没有，后"文革"时期的广场，作为一个概念和一种现实，其用途都还存在。也就是说还是广场时代，不像现在是消费时代。我认为广场在消费时代人们的内心深处，在人们真实生活的场景里面，是一个已经消失了的场合，一个被取消的、已然不存在的东西。取代它的是商场呵、超市呵、咖啡馆呵等等这些，我们已经进入一个后广场时代，广场的真实用途完全消失了。从历史来看，广场和人类之间的结合是公共的，和每一代人生命的联系都是通过一个事件来联系的，比如革命。如果没有革命，那么广场从来不存在。所以它是一个庆典式的东西，比如庆祝国家成立呀，国家独立日呀，它的某一极端是和一个或几个人连在一起，它的另一个极端一定是和无穷无尽的国家所有公民连在一起。它在数字上有这么大一个跨度，而在时间上，这首诗我使用的是"有的人"，你看这首诗的题目《傍晚穿过广场》，正好符合古典的三一律，时间、地点、人物。就这首诗而言，时间：傍晚，地点：广场，人物：人（生者和死者）是行进的，没有出现具体的人物，但是出现了人的动作：穿过。所以我们要问是谁在穿过，其实我在构思这首诗的时候是坐在广场上一动不动。看着人们来来往往，我感到自己是和亡灵生活在一起。这一点和西川很相似，西川很长时间感觉自己就是和亡灵生活在一起，后来他把亡灵归结为一种更大的东西，叫作《巨兽》，把亡灵作为他者。我在这首诗里用"有的人"。在时间上，则用了很大的对比，穿过广场有的人用一生，有的人用一小时。这里时间上的差别暗示出一个人的行程，暗示着有的人也许未能穿过就已经倒下。所以，在这首诗里又出现了另外对应的词组：站立和倒下。穿过本身有几种形式，比如汽车，带出来的是工业时代、机器的非人性东西的出现，这种联想和我的修辞法有关，比如汽车就带出了后视镜，镜子就出现了，由汽车轮子带出了转动，但转动没有出现在汽车上，我把它移到了"城市上空旋转的餐厅"，这是我惯用的一种很诡异的修辞法，这种修辞法在这首诗里有限度地出现。当我使用一个词的时候，它的功能一定是按照一连串很诡异的方式变动，同时它又和主题相关。所以我的诗常有一种复格的、多声部和弦并进的特点。在这首诗里，这个特点尽管被有意加以限制，但还是看出，你也发现了这首诗技术上的难度和语言上的特征。

李德武：你在这首诗里，几乎运用一种整齐的进行曲节奏，呈现出广场的不同层面——但显然，你不是在呈现一种情景，而是在呈现一个词的意义指向，你通过扩大对"广场"富有意志力的联想，而强行把"广场"嵌入我们的大脑。我看到词语的仪仗队，我看到词语的石雕，我看到词语的领袖和一呼百应的游行队伍，我看到词语的石板接受雨水的冲刷……这不同于"朱门酒肉臭，路有冻死骨"，也不同于"山随平野尽，江入大荒流"，面对时间和历史，词语在这首诗里显示出指向的多元性，而不是唯一性和确定性。这首诗就新诗而言，也许提出一个紧迫的问题：我们真正发现当代汉语的秘密了吗？

欧阳江河：其实在这首诗里，我是想使语言表现出不停地在往前走，偶尔停下来或倒下，但整个速度是不停往前推进的中速。但在这里会出现一些其他的现象，比如像石头一样突然走不动的速度，比如纸轻轻飘起的速度和重量，同时出现像汽车一闪而过的速度。通过对这些速度的处理，写作具备了多声部的、复调推进的特点。总的速度是一种人在漫漫往前走的速度，是一种舞台行进的速度。在这里面，我把广场舞台化了，而且把它纸化了，它是作为一种文本的场景，正如你在题目中指出的，它是一个嵌入额头的思想概念的产物。正是因为它是纸上的广场，所以才允许有这么多的速度同时行进，甚至在这期间，我还引出了一辆婴儿车。这个车也是一个很诡异的构词法的产物。把婴儿从婴儿车中拆开来，那么婴儿也和诗歌开头的"早晨是孩子，傍晚已是垂暮之人"中的孩子相连，仿佛把这个孩子往前又推进了一步，婴儿比孩子还要小。至于婴儿车里面有没有婴儿这不重要，我让它静静地停在那里，像石头雕像一样。这个静与人和汽车的流动形成对应。同时，与婴儿对应的是老人，比老人还老的是亡灵。从中可以看出我的构词法如果拆开它具有一种网状的、层层延伸的结构。但是这首诗由于一直贯穿了人在舞台上走路的速度，所以这首诗中我们刚刚看到停下来的东西都被裹进了朗诵的、举步前行的速度。这种速度类似于在舞台上一边行走一边念诵莎士比亚那句著名的台词："是生还是去死，这是一个问题。"是这样一种边念叨边走动的速度。实际上它体现了我一边在写作、一边在思想、一边在走路，其间身边有不停在行走的或走不动的，如婴儿车呵、石头雕像呵这一类的事物，也有你抬头去看一个旋转餐厅在高空中转啊转的，汽车的轮子也在转动，有的汽车"哗哗哗"
从身边经过，而我从后视镜看到了另外的人。面对这样的
情景，你可以想象有的人用一小时，甚至十分钟就穿过广
场，也有的人一辈子都穿不过。因为他走到一半倒下了。
倒下、站立这些事情不停在你身边发生，构成了生者与亡
灵同在的世界。类似的事情在这首诗里很多，比如"穿过"
这个词，在它的前边就有"离去"、"站立"、"倒下"
这些不同的词来固定它。时间上也有一个分化，比如有的
人用一小时，有的人用一生等等，然后呢，"谁在穿过"
也具有不定性，"早晨是孩子，傍晚就是垂暮之人"，究
竟是孩子在穿过，还是老人在穿过？还是亡灵在穿过？还
是汽车在穿过？诸如此类的不确定。这首诗我总的来讲用
了一种比较张弛的，比较凝重的，比较沉重的语气、语速
和重量感进行叙述和推进。但是，在这首诗里"轻"这个
词非常小心翼翼地出现了几次，我的印象中至少出现了两
次。一个是"石头的重量减轻了人们肩上的责任"，这个
减轻是因为有了那个"重量"，这让我想起埃利蒂斯当年
有一句诗叫作"高飞的鸟，减轻我们灵魂的负担"。因为
有石头的重量，我们把内心很沉重的东西交给石头来承担，
我们因此释放了身上的责任和压力，就是这样一种"减轻"。
另外有一处"黑暗寒冷在上升，广场周围的高层建筑穿上
瓷和玻璃的时装 / 一切变得矮小了，石头的世界在玻璃的
反射中轻轻浮起"，出现过两次。这种轻是一种重中之轻，

在我的内心对应着一种欠债的感觉。我在写这首诗的时候觉得自己欠历史的债，欠那些死去的朋友和不认识的人的债，欠亡灵的债。假如我不写这首诗，我就觉得自己的债没有还清。通过写作偿还是一个矛盾的过程，我会对自己不满意，在反复打草稿时表现出焦躁，这样的过程我用了一个动作，一个"揉纸团"的动作来代替。反复揉纸团的过程也是行走的过程。这个纸的轻又和石头的重有了一种互文的关系，同时，它也是我真实写作过程的缩影。这首诗不是一气呵成的，写到不对劲的地方我就撕掉，接着写，所以现在看，这首诗有一些粗糙感，个别地方有点拖沓和重复，我要的就是这个效果。因为这种拖沓重复其实就像我们走路一样，中间有很多重复的东西、没有意义的东西，实际上它是一个连续性里面不可缺少的组成部分。所以这首诗有点拖沓、不够简约也是这首诗语言风格上很重要的一部分，它也是这首诗构成一种有点逼人的连续性和广阔性的一部分。从内涵上来，它具有一种宽广的史诗气息和悲剧体验，但在修辞上，它是比较逼仄的、受限制的，和我以往诡异的修辞相比要简约得多的方式，这种词语的构成体现出了内在的紧张感和强烈的冲突。

李德武："广场"的魅力来自广场的戏剧性。正如这首诗体现出语言的冲突和变化，我感觉戏剧性是贯穿整首诗的灵魂。如"有的人用一小时穿过广场／有的人用一生——早晨是孩子，傍晚已是垂暮之人"（欧阳江河：

《傍晚穿过广场》）古代汉语的魅力在于字的独立性和画面性,那么现代汉语的魅力是不是在于它的戏剧性呢?《傍晚穿过广场》的语言结构是一种长句式,并且大量运用修辞而让语言变得复杂,但是整体却不感到拖沓、繁复,这得益于语言本身的戏剧性削弱了修辞的不舒服感,在一气呵成的气息贯通下,显得连贯而富有力度。

欧阳江河:其实在前面我已经谈到这个广场是一个文本的广场、头脑里的广场,一个舞台化了的广场。我觉得你真是比较敏感,而且是用超越诗歌写作文本的一个评论家的眼光和思想者的眼光,看出了这首诗戏剧性的贯穿作为整首诗的灵魂,而且你把这个特点和古代汉语加以比较,我觉得非常好。我在这首诗里不是想寻求个别修辞的分量和巧妙复杂性,而是想处理整体上的广阔性和复杂性,重叠以后造成的一种诗歌力量,你是发现这一点了。这种复发性和重叠性尽管不是全部,但很大程度上确实是你所看到的舞台般的,或者是准舞台的戏剧性。你也感觉到修辞上有一种不舒服的感觉,我自己也有类似的感觉,而且很可能是故意这样的。在原理设计上,我就引入了戏剧性,或者说"构词法"、"词汇表"。这种潜在的、内部所具有的词的美学性和伦理性追求,双向追求的合并,这样一种考虑,在这首诗的后面是非常坚定地和明显的存在。这种存在确实对修辞上的拖沓感、重复感和不够精练的东西有所削弱。不但是削弱,实际上是控制和压抑着这种不舒服和比较笨拙的一面。也就是说比较北方的一面。因为我们刚才谈到文本内部那种比较巧妙的、飘逸的、轻的东西，讲究美学性、复杂性的东西，实际上它更多是南方的。我欧阳江河作为一个南方诗人，这些南方的特性早就在我的诗里面形成了。那么你也注意到它了，比如你在谈到《玻璃工厂》时指出了它内部的脆弱性，说得非常好，因为这里面透明的代价已经不单纯是一种物的特点，这里南方的书写特征已经渗入到我的文本里了，这种脆弱性、复杂性和透明性。在我写作《傍晚穿过广场》的时候，我对应的主体其实是一个北方的产物。当时，我想在这首诗里引入一种北方的特性。所以显示出了一种比较笨拙的、密度很大，而且有点拖沓、重复的东西。但是我南方诗人所具有的脆弱性和敏感性照样存在。它藏到写作的暗部去了，变成了戏剧性的一部分。比如一开始我说"有的人用一小时穿过广场 / 有的人用一生 / 早晨是孩子，傍晚已是垂暮之人"。这是南方的东西。它一下就产生了那么大的跨越和对照，其间省略了成长过程，好像又符合推进逻辑，那种南方的逻辑。这种跨越之后，诗学的逻辑，南方诡异的逻辑，后面就消失在北方那种渐进的、一步一个脚印的节奏和步伐里面了。所以现在看，我个人也觉得这是一个非常有意思的过程，其实这个过程一开始就已经完成了，但是它却被拉大到上百行的诗歌文本之后好像才完成，像电影里的慢镜头，定格在一个又一个过程中，使得定格的部分变得突出出来，用布罗茨基的话讲就是"用部分说话"，用博尔赫斯的话讲就是"部分大于整体"。这首诗一开始就全部完了，但是最后用所有的篇幅来发展其中的一小部分。这里的戏剧性不单纯是个人的出场，而且是一代人的出场，婴儿车出场、汽车出场、旋转餐厅也出场，然后玻璃的世界和石头的世界对照也出场，石头人也出场、巨人也出场、离去的人出场、倒下的人出场，最后，我说"一个无人倒下的地方，不是广场，一个无人站立的地方也不是。我曾经是站立着的，还要站立多久 / 毕竟我和那些倒下的人一样，从来不是永恒的"。我自己也出场。就是这种不停出场的东西，它又有人，又有物，又有时间，又有背景本身，它所构成的戏剧性是一种非常诡异的、诗歌意义上的戏剧性，而不是戏剧意义上的戏剧性。

李德武：如果愿意，我们今天仍能从这首诗里嗅到强烈的政治气息。每个诗人都是他所在时代的代表者和负载者，只是负载的方式不同而已。就此而言，《傍晚穿过广场》体现了 20 世纪 90 年代诗人们对时代的承负形态，那是一种置身其中的、带有强烈的责任感和理想主义的承负，是一种"舍我其谁"的承负。但是在这首诗里，已经少了洛尔迦式的浪漫，少了瓦雷里式的雕琢，而更多地渗透进一种陀思妥耶夫斯基式的对命运和现实的洞穿和启示。我不认为政治是这首诗的背景，我更愿意把政治看作是这首诗的呼吸——它没有被过分突出和放大，而是像空气一样

访谈对话

被我们吸纳，成为我们生命的养分。

欧阳江河：这是一个非常重要的问题。你这一点我觉得说得非常非常有意思，政治在这首诗里，其实就是时代吧，时代在这首诗里它不是被突出和放大，而是变成像呼吸一样的东西，你这样说太准确了。因为散步和行走一定伴随着一样东西，就是呼吸。而散步是我们能看到和感到的外在形态，而呼吸是内在的节奏和形态，它存在却不被看见。就像我在《玻璃工厂》里曾经写到"在到处是玻璃的地方，玻璃已经不是它自己／就像到处是空气，空气反而不存在"。这首诗里有很重要的一点，就是如果没有这种呼吸感，那么广场最多就只能变成你头脑里的产物，或者一个文本的产物，但是由于有了这种行走过程中，跟行走的节律相关的、相对应的呼吸的节奏（我努力捕捉这种东西，我自己感觉到捕捉到一部分），就有了气场。在这首诗里，我很追求的一点就是它的气场。

李德武：我觉得能够把一个政治性的东西处理成呼吸，意味着我们不是为了一个政治的目的去写作，而是通过对一种政治的思考来体现诗人对生命、对存在的感觉和反应。这是诗人的分量。

欧阳江河：对对！思考和反应，我觉得作为一个诗人，我对自己所处的时代作出了一个诗人的反应。也可能我并没有真正出现在现场，在任何时代，比如法国革命时代，或者是战争年代，我觉得作为一个诗人不会像士兵或革命党人那样直接参与到前沿，但是作为诗人，我出现在了"呼吸"的广场和内心深处的广场，出现在我的文本和诗歌的广场上，我觉得这是我作为一个诗人必须做出的反应。对革命也好，对理想主义的东西也好，做出的真实反应。我认为任何一个人（在开始我就提到了）一生中至少有一次要把他的生命和呼吸交给广场，从行走脚步的节奏来讲，至少和广场有一次深刻的联系。在这首诗里，我作出了一个符合自己美学追求的、符合我的气质、符合我的伦理学的反应。从这个意义上讲，尽管我是欠历史的债，但是我尽可能偿还了，我是这样想的。但是很可能最新一代的诗人觉得是历史欠他，而他谁也不欠。如果是这样想的话，那么他觉得历史欠他，比如金钱欠他，它就会赚更多的钱，爱情欠他，他就会谈更多的恋爱，权力欠他，他就会追求更多的权利，荣誉和名望欠他，他就会追求更多的荣誉，这样的人我觉得他生活在一种负担里面，总是怀着索取的心，实际上是我们欠别人的更多，我们欠历史的、我们欠上帝的、我们欠虚无的，哈哈。

李德武：这个问题我们就谈到此，现在我想就另一个问题和你聊聊。我觉得你这首诗在抒情方面处理得非常好。90年代有些诗人一度提出反抒情。浪漫主义的贡献在于将抒情发挥到极致。抒情的价值在于呈现出诗人的生命形态。《傍晚穿过广场》把词语贯穿成珠玑的仍是抒情。抒情是个坏东西大凡是对那些不懂抒情的人而言的。在这首诗里，抒情是一种心跳，是血液流动，它不直接显现，而是推动想象力和感受力驰骋。抒情的能力几乎和一个人的想象力一样是一种天分。如果说语言指向的多元性构成了这首诗结构上的交错和并置，那么，情感的起伏则构成了这首诗节奏上的跌宕和跃进。这符合那个时代的诗人面对社会变迁表现出来的心灵事实。所以，我以为《傍晚穿过广场》可以成为我们这个时代不可多得的史诗。

欧阳江河：我是几乎不写抒情诗的人。我说的抒情诗指的是个人意义上的抒情诗。抒情诗它有一些特定的特征，比如触景生情，当然《傍晚穿过广场》是一种更大意义上的触景生情，但是它不是一个具体场景。或者说它是一个具体场景，但又超越具体场景，成为环绕我们一生的梦魇。"广场"我要强调它作为一个物（不仅玻璃是物、手枪是物），实际上我是把它作为物来处理的。它有物质的一面，这一面是什么呢，就是超人性的，反抒情的一面。但是，从这个角度出发，它引发出的抒情性反而是无边无际的。它反而本身就具有一种能量、一种魔力——招魂术、乡愁一样的魔力。它会让你感慨，心潮澎湃，跟极其广阔的抱负、伦理相连，跟深处的黑暗相连，那样一种抒情的呼唤力。也就是说，面对这种东西的时候，哪怕是对抒情的克制和回避、嘲讽和批判，都会变成它的大抒情的一部分。我其实认为，如果有这样一种包含了反抒情力量的力量，是一种真正诗学意义上的抒情。而这种东西是任何史诗都具有的一种东西。当代史诗（尽管当代不大可能有史诗）作为一代人的抱负，一代人诗学的抱负、历史抱负，这样一种写作，它的功能还是没有被耗尽，从深层次来说，史诗还是有存在价值和理由的。

如果抒情不是包含在史诗这样一个抱负和情操里面，那么它会显得很苍白。现代诗人强调反抒情的诗意为了证明"我自己"的心智已经成熟了，我的"自我"已经成熟了，所以会认为抒情是人类童话时代和幼稚年代的产物，是不成熟的一个标记。但是在史诗的语境里面，抒情不但有存在的理由，而且抒情是用来对付过于自以为是的成熟，或假成熟所带来的恶果，就是虚无感的产生，以及自我戏剧化和无厘头的那种东西。抒情恰好是这种东西的解毒剂。虚无感的产生伴随的常常是怀疑一切。虚无感的产生有很多途径，如记忆过于成熟，过于粉饰，技术发展得过于完美，过于具有对称的特点，这种对称和完美好像具有一种自动出现的、程序化的东西，这些东西都有助诗学意义上的虚无感的产生。诗歌发展到这样一种阶段，比如我们当代诗歌，诗歌写得都过于容易，而且大家无论长诗短诗，都有点过于雷同，就是因为这种技术上的、技巧上的东西发展到一定高度。比如中国的七律到一定的时候为什么不能再写了呢？就是因为它的技术已经发展到在人的身上过于自动的出现，并且掩饰你的真正的原创性本质。有些人在当下追求反抒情，其实这容易在写作上形成一种积弊。

在这种情况下，我刚才说的史诗中的抒情是对这种东西很好的解毒剂。从这个角度来讲，《傍晚穿过广场》这首诗，尽管它的时代已经过去了，但它不仅具有历史感上、史学伦理上可借鉴的乡愁的气质，就是在诗歌写作上，也值得当下的诗人好好地去揣摩一下。因为这里面的抒情，恰好可以对抗那种虚无感，对抗技术过于成熟、过于自动化的写作。不要把抒情看作是一个很狭窄的、天然不成熟的表现。如果我们这样看待抒情诗，那么抒情诗一定有它诗学上不可取代的地位和价值。我觉得这一点是毋庸置疑的。而且我认为这一点对当代诗人是有借鉴作用的。至于你所说的《傍晚穿过广场》是一部当代的史诗，这样要看我们怎么定义史诗，我觉得《傍晚穿过广场》是一首不大不小的微型史诗。如果我们不是像看待荷马从古典意义上去定义史诗，而是从诗歌的史学意义上、气质上、抒情性和伦理上去综合地加以定义的话。

李德武：请原谅，我没有突出你的作者身份，而向你打探这首诗的创作秘密。我以为这对读者来说不重要。人们终究不是为了要知道一首诗是如何写出来的才读诗，但人们需要知道他读到的是不是一首好诗。现在，你自己也许和我一样，发自内心地感觉《傍晚穿过广场》是一首能够经得住时间检验的好诗，甚至是一部杰作。

欧阳江河：广场对于现在的年轻人来说，几乎是一个不存在的东西。广场实际上已经从我们的现实生活中隐形了、消失了。（李德武：它已经成了一个欢乐的场所）对，取而代之的是更功能化的、实用的广场。但是，正如你在开头讲到的嵌进额头的广场，或者舞台意义和文本意义上的广场，我想再一次强调"广场"不仅是一个物，至少在我这首诗中它同时也是一个词的产物、写作的产物、思想和诗意的产物。对于这样的广场，我改写一下这首诗作开头的句子："有的人用一分钟读完它，有的人可能用一小时读完它，有的人用一辈子也读不完，也可能干脆就不去读它。"词汇表变了，我们生活在其中的那个时代的心灵对应物移位了。比如对应我们更新一代人的特定关照物不是广场了，而是其他的，如时装店呀、美发店呀、三陪场所呀，或者是国外的什么场所。所以广场这个东西假如它要过时，就让它过时。至于这首诗能不能继续存在下去，也许要再过 30 年，才能看出它是不是在诗歌史上注定会被抹掉的。不过就目前来看，你也是这样认为，我觉得它仍然有它的价值。

定稿于 2007 年 8 月 26 日

（本文根据电话录音整理而成，谈话内容已经过

欧阳江河确认）

诗的，海德格尔的
——陈春文、李德武对话录

李德武：如果要问中国新诗受西方谁的思想影响最深？我想答案当属海德格尔。20世纪八九十年代，诗人们从并不多（有些也许是不准确的）的文献中读到海德格尔，在半生不熟的理解中，有的诗人沿着他勾勒的荷尔德林式的路线图，遁入"林中小径"；有的诗人根据他对语言本体论的阐述以及诗思同源的反形而上学理念，提出了"诗到语言为止"的写作观点；更多的人可能分不清"存在"与"存在性"之间的关系，盲目地为"贫乏时代，诗人何为？"这一句追问所感伤，不是从内心里呼唤出缺席的神性，而是给自己的平庸和堕落找了一个可靠的理由，所以，肉体写作一度盛行就不足为怪了。尽管如此，人们对海德格尔的热情是真实的，我记得那时诗人们在一起言必海德格尔。由于海德格尔把诗纳入到哲学的领域来思考，并且把"诗意地栖居"作为人的一种终极的存在来观照和追求，诗人们倍受鼓舞，并借此信念在社会的急速转型中以独立的姿态和对诗性的热爱与忠诚守住了内心的火焰。所以，就当代诗歌而言，海德格尔与中国诗人之间拥有一种纠缠不清的关系，他的身影若隐若现，却时刻与诗人们的写作成长相伴随。

无论从道义上，还是从美学上，我们都需要对过去二十多年中国新诗与海德格尔的关系作一个梳理。就我熟悉的当代诗歌批评家而言，没有人能胜任这项工作。我不是怀疑他们对中国新诗发展状况的了解能力，而是怀疑他们对海德格尔的熟悉程度。正如我自己此刻对自己发出的质问："你对海德格尔究竟了解多少？"不过，自从我与陈先生在兰州的一家茶馆里交谈之后，我觉得解决这个问题已经没有障碍。陈先生是海德格尔研究专家，同时，您又是一位诗人，您身上兼具哲学家思的敏锐与深邃，又具备一个诗人独立的个性和纯粹的性情。我很想知道您是如何看待 20 世纪八九十年代海德格尔对中国新诗影响的？哪些诗人或者哪些写作实践更接近海德格尔的思想理念？我们的诗歌写作接近"诗意地栖居"的境界了吗？

陈春文：海德格尔的不同凡响就是在哲学当中把哲学推向它的限度之外，他还将哲学终结了。他有一篇报告就叫"哲学的终结与思的任务"。哲学终结了，物理与后物理，抽取物理功能、物理属性的哲学运动，20 世纪的前半期结束了，这个东西再也搞不下去了。为什么搞不下去了呢？因为整个世界处于技术统治当中。我们把自然世界转化为人造世界过程中，科学是非常强势的，哲学是非常强势的，真理是占统治地位的。真相意义上的诗人、艺术家处于劣势，是被统治者。但是到了 20 世纪海德格尔所生活的年代，加上西方经历的两次世界大战，哲学终结了。也就是说，人从一个自然世界向可控的人造世界转移的过程，比如工厂化、生产工业化设计、工业化消费，所谓消费社会所要描述的那些东西，这些东西用传统哲学的眼光来看已经无法描述了，你跟不上了。所以，他提出了思的任务。思的任务就是沉思技术座架，技术摆置。我情愿把它翻译成技术摆置，就是人被自己的创造物所统治了。人给各种生物制造保护区，人给各种社会制造安逸指数，一个国家一个城市一个地区的政府的标准、各种福利指标，最后所有的指标都意味着自然节奏的中断。自然长周期的节奏被人类自主控制的短周期的节奏所打乱，所干扰。造成了气温的波动，气温变化江南可能体会不深，一到西北不深都不行。比如青藏高原，内蒙古高原，一年有多少降水，有多少蒸发量，可以维持多少草皮生长所需要的阳光和水分，这是有常数的，是不可以人为改变的。多少降雨量、多少蒸发量产生多少草，多少草能养活多少只牛羊，这是有比例的，多少只牛羊能养活一个牧民，这是有比例的，不能随便去干扰。你一干扰就会造成一种反震荡，自然节奏中断破坏。一旦中断了自然节奏之后，后来所有的人为补偿，千千万万年的补偿都是补偿不回来的，一去不可复返的。什么叫一去不可复返？这是时间性的东西。我们的

李德武诗文集（下）

认知是一种空间性东西。所以，海德格尔说，哲学终结之后，思要接应单纯的物理提炼、物理属性、物理功能所建造的西方这座思想大厦。我们中国的悲哀就在于基于西方这种提取的哲学化运动，所产生的这种物质文明的力量，把中国传统的什么道家、释家的思想全给压制住了。最简单的例子就是义和团练气功的人和枪炮作战，那不成比例，无法作战。再神奇的气功也把你打垮，把血肉之躯打成肉酱，归于无迹。这不成比例，它的优势就在这里。但是，你要从境界，人类生命体的担当感，西方这种提取物质功能的粗鄙主义带来的灾难，和这种灾难的不可逆性来看，这是值得世人担忧的。不仅是诗人，所有对人类精神状况具有考察能力的人普遍担忧的。所以，海德格尔说这是一个技术摆置，也就是人被自己的创造物所异化，所绑架。马克思曾经讲过异化是一种社会关系的异化，海德格尔所讲的异化是更深层次的异化。人从自然世界转向人造世界是人类文明的成功，但这种成功恰恰把自然世界的链条中断了。然后，人迁入人造的世界里，比如冬天怕冷，加空调；夏天怕热，加空调；一年四季都吃大棚里的新鲜蔬菜，所有都是人造世界不断集约的过程。到我们这个年龄的人都有这样的阅历，一个生命体的成长所经受的四季变化是不可缺少的，该冷就要冷，该热就要热，该春天就要春天，该冬天就要冬天，该花开就要花开，该凋谢就要凋谢。花该凋谢不凋谢，人的寿命大幅度延长，出现老龄社会，干扰了新老生命的自然更替。从社会福利来讲，老年人把社会福利吞吃殆尽，年轻人赡养老人压力过大，造成了一些社会问题。转基因产品、人工克隆，生殖性克隆，所有这些东西都是由自然世界向人造世界转移的一部分。所以海德格尔讲"技术摆置是一种行星流浪的运动"。在行星流浪运动的概念下，传统的物理和后物理的哲学已经不理解更大尺度的思想运动了，哲学已经跟不上了，剩下的是思的任务，所以海德格尔的思想为什么重要，我就解释德武兄"为什么海德格尔对诗歌界影响这么大"这个问题，一个是他语词的力量，一个是他思想的多层次感，一个是他对哲学前、哲学中、哲学后多层次辨析的丈量，这是其他哲学家所没有的。我说海德格尔和诗人同源，或诗人和海德格尔亲近，在于西方哲学在缘起上，也就是在希腊性上，对任何东西都采取分析的态度。比如说，我们讲的西医，我们一说西医就是手术刀。这一块出了病症就把它割掉，癌症做一手术，胃切除、肝切除，这个切除、那个切除。这是一个分析的态度。对生命是一个分析的态度，哪个地方是多余的，哪个地方是缺少的，缺少的就补一点，其实不止于此，西方思想不光是对人的躯体进行结构性、功能性分析，对语言也进行结构性、功能性分析——语言学。我们现代汉语就是从西方舶来的。我老说我们的汉语是韵汉语，有韵不用标点符号，自然懂它的意思，感觉性地懂，悟性地懂。但你的懂不意味他的懂，这样就无法交流，无法通约。西方对语言的分析态度就是把语言功能化，提炼语素、提炼句法功能，然后规定句子成分，这是主语、那是谓语……提炼功能以后进行功能性组合。我们现在的中小学教育非常糟糕，就是利用这样的方式把汉语剥离得不成样子。但是，作为学习西方语言的一部分，我们要运用现代汉语把西方哲学这种语言分析系统接应过来，而韵汉语接应不过来。那就逼着你对你的韵汉语进行句法性转换，然后进行语素功能提炼，然后再与西方语言对应，然后沿着这样的密码再去理解科学怎么形成、哲学怎么形成的、技术怎么形成的。理解后才可以移植，以及开展一系列可比较的活动。所以，西方的思想严格来讲都是把语言语言学化，再把语言学进一步语言哲学化，进行深层提炼。这些语言的语言学化和语言学的语言哲学化在海德格尔看来恰是西方思想在源头上，也就是在出发前的第一步就已经奠定了虚无主义本质了，就是物已经不是物了，而是某一个特定的存在物了。特定的存在物之所以是特定的在于他和人生存的索取有关，和人的生存目的有关——我要从你这获取一个什么东西？从这个意义上讲，语言学本身就是基于语言言说的一种堕落，所以海德格尔讲，语言是耗罄的诗，然而语言哲学又把语言学的堕落神圣化，达到一个我们常说的形而上学的高度，一旦什么事情到了形而上学的高度以后就变成神圣不可侵犯的东西了，就变成了西方人的命运，这个命运就是西方人实践的一个屏障、瓶颈、封顶了，他的世界就这么大。

海德格尔的不同凡响之处就是看出这些把语言言说转化成语言学的言说，再把语言学言说转化成语言哲学的言说，逐波次的虚无主义递进过程，导致西方人走向虚无主义的不归路，并通过它的物质文明优势把这种虚无主义转嫁成全球人的命运。中国作为后发型的国家正在追赶这些东西。这些年物质性的冒进的东西正是追赶的一部分。

李德武： 海德格尔提出诗意的栖居，您说的是诗性的栖居（这二者的差别，请给我们解释一下），是否就是针对这种社会发展现状提出来的？

陈春文： 不仅是针对社会发展现状提出来的，它是对整个西方思想发展路径深层次的一种解读，就是面对社会、人，既可以对人进行社会性解读，也可以对人进行自然性解读，也可以对人进行神性地解读，在这所有三种解读中，社会性解读是最浅显的解读。卡尔·马克思提出一个命题叫"人是社会关系的总和"。因为马克思是犹太人，他没有希腊的传统。犹太人在欧洲社会内部就是反抗者、校正者，他总是基于犹太人给定性的社会关系与希腊人这种构造性社会关系相冲突，所以，整个犹太人逾千年总是难以融入西方社会的主流。

抛开马克思不讲，我们在一般语言环境下，比方说，我们讲所有社会分工的人，毛泽东也好、周恩来也好，巴金也好，什么人也好，你首先要还原到你是一个人，再说其他。你要想还原到人，你要有更大还原的余量，就是说，你要把自己还原到人，首先要把自己还原到动物，你首先得承认自己是个动物，需要吃喝拉撒这些东西，作为物质的开放系统，你需要摄入和排出，有进有出。咱东北有草爬子，不知道你那里有没有？

李德武： 有、有。草爬子吸血。

陈春文： 草爬子只进不出呵，只进不出就憋死嘛。

李德武： 吃得越多，死得越快。

陈春文： 这就违背热力学的热平衡了嘛。人需要排泄功能来维持平衡，这是一个物理性的东西。但是，在哲学上讲这个事情呢，语言、语言学、语言哲学，海德格尔他的思想、能量的最大释放，不是说他用语言学来解放语言哲学，用语言哲学的末梢来释放一些后现代，他不是这个概念，他是要回到希腊的源头，也就是希腊一开始，西方人之所以成为西方人的源头，就走向一个存在转向存在物的初始逻辑了，这个逻辑一旦奠基，整个西方所有思想演化过程全是虚无主义的，不可改变。

所以，西方的诗人、东方诗人，尤其中国语境，韵汉语的诗人对海德格尔气息上就相投，感到很亲切，虽然不理解他是什么意思，但是感到味道对头，说不清里面的道理。

李德武： 诗的，海德格尔的。这不是一种类比性的思考，而是两个相互独立、并行的思考。不作类比，不相互说明可能更符合海德格尔的本意。从诗的方向接近更加真实的海德格尔，这对今天的诗歌写作来说也许十分必要。海德格尔从批判形而上学的角度建立了他独有的哲学地位。诗人要想建立自己的独有价值是否也要给自己找一个批判或反叛的对象？

陈春文：这个问题要从不同方面来看，简单的诗人，单纯的诗人，他一定是社会教化的反叛者。无论是家庭、小学、中学还是大学，他一路反叛。这也不排除他在反叛当中与某种东西达成一种平衡和妥协，他安逸于这种妥协，这种可能性是有的。但如果说他仅仅是一个反叛者，就意味着你的反叛本身就始终被反叛所击败、绑架、约束。你和你的对象化敌人在同一层次上活动，只不过是同一层次上存在差异，相伴相生而已。真正的诗人作为消解者和最简单元素的返还者，他应该形成一个基于真相所形成的一个真理版图，就是所有的真理我都理解，我都知道其所处的位置，但是，我把真理的所有存在都纳入到真相范围内来考察，并且，我作为诗人，有能力把它转化为语词。也就是说，我在消化了所有真理的刚性残酷之后，我能将其化解为语词性的东西，使其成为令人信服的减法。这就是诗人的大气象。我的位置、我的版图里有你，反过来，你的位置、你的版图里理解不了我。

李德武：您这番话给我的感觉是要达到这种境界的诗人，他的视野以及他的智慧必须是非同一般的。

陈春文：这是必须的。

李德武：如果他等同一般，混同在人群中，他是看不到真相的。他自己就淹没在自己的影子里，或者群体的影子里。这样的诗人，无论是反叛还是自信，都是自恋式的。实际上，一个诗人要抵达更高的视点，或者智慧，在这个过程中，他对社会的接触、研究、洞悉是必不可少的。

陈春文：真相之所以是真相，它是守真的，瞬间的，我头一秒钟讲这个话，下一秒钟还讲这个话，但此一句话已经非彼一句话了。

李德武：您这句话让我想到佛法说的没有过去、没有未来，只有当下，是不是这个概念？

陈春文：对对！因为过去、当下、未来是西方预设的线性时间方式，为了省略、抽取、描述的方便。其实，任何当下它都是整体。我们考虑一下我们自己的生命状态，我们每一瞬间都是调动了我们生命能量的全部。

李德武：那我理解你对真相的真实把握不在于你贯穿了过去、现在、未来，或者贯穿了某一个领域的研究、归纳、提炼等过程，而在于你是否觉知到你当下的存在状态。

陈春文：一个是你觉知到当下的存在状态，另一个你对你当下所觉知到的存在状态它是守真的，基于什么你判断它是守真的，基于什么判断它是失真的，这你是清楚的。作者的转化是清晰的，所以你是不看重某一个特定参照系所认为的决定性的东西，所有决定性的东西在你这里都是相对性表述。

李德武：上一次，我们谈到语词，你把诗人的存在等同于语词，从您刚刚的描述中，我理解一个语词就是对瞬间的呈现。

陈春文：不仅是瞬间，而且是你的瞬间，你的瞬间不是我的瞬间，而且还要守真的，守你这一时间、这一状态的真。所以，为什么海德格尔不仅是中国的诗人，刚才小朱（苏野）和我讲策兰和海德格尔的关系，我在译伽德默尔的时候，他引了策兰的诗，他说："兰花与兰花……"比如，我说她俩，女人与女人，这是不对的，这是类概念，这个女人和那个女人是不一样的。别看她们俩把彼此的关系描述得那样紧密，我们作为有洞察力的男人，我们懂的，她们欺骗不了我们。她就是她，她就是她，这个人就是这个人，绝了！为什么说绝了？她是时间的灿烂之花，她开放她的，她毁灭她的。你不能替她开放，她也不能替你毁灭。这是时间。

李德武：从存在到存在物，从人到语词，这个过程是通过什么完成的？

陈春文：存在，比如太阳（sonn），太阳作为太阳的自在物自在自为，和人的生存状态无关。相对太阳，人是在后的东西，基于在后的东西考虑在前的东西有什么用，于是，人对太阳进行了界定。从生存的角度来讲，从时间的角度来讲，太阳是在先的，没有太阳和太阳系，就没有地球这个生存空间，也不存在地球上这支生命和生命最高序列——人这一支。但是人取得了人类中心主义支配地位后，从知识论来讲，他要为所有的东西作一个因果论的安排，在这个因果论的安排中，人知道太阳是一个源头。所以，他说太阳是能取暖的、照明的、昼夜转换的等等……

李德武：这种转换，您刚才讲不要把语言变成语言学，把语言学变成语言哲学，实际上，存在和存在物在呈现的层面都离不开对语言的某种依托。

陈春文：我们说的存在物就是特定的存在者，我们说的存在就是自在自为的东西，她就在那里，她就是皖君，她就是这么一个人，你可以不考虑她的父母是谁，她和谁结婚，她的朋友是谁，她就这么一个人，这就是自在自为。但是，你要把一个自在之物单纯地转化为自为之物，他想干什么，他想达到什么目标，他想做一个什么样的人，他想获得一个什么样的分工、什么样的责任、什么样的担当……这就是存在物。

李德武：这个过程什么在起作用呢？是欲望驱使他，还是……

陈春文：欲望是一个人文的提炼，欲望是一个自在物所驱使你的东西，你不由自主的东西。比如小女生谈恋爱之前说要这个条件、那个条件，一旦遇上如意郎君，瞬间融化，什么指标都没有了，就是他了！这是见证，也就是说你碰到的对象是和你有同等尺度燃烧的东西，是有遭遇感的东西。在遭遇范围内的东西，任何辨析的空间都是有限的，没有意义的。这就是生命状态的东西，也是时间性的东西。但是你要说，你把爱情婚姻转变成一个特定的价值符号，我要嫁一个如意郎君，我要达到什么目的，财产、生命状态、性生活，这个那个，你可以列 N 个指标，我们把自己拆成一万个指标，拆成 N＋1 个指标是非常容易的。但是，你把所有 N＋1 指标加在一起就是我这个人吗？就是我的血肉之躯吗？就是我在这一刻的生命意识吗？这是全然不同的两码事。

李德武：那么诗意的栖居是否等同于自在的栖居？

陈春文：还不完全。海德格尔在引用荷尔德林的诗原文是"Voll Verdienst/ doch dichterisch wohnet/ Der Mensch auf dieser Erde"，我倾向于将其翻译成："人独自栖居在此一星球上，我想把大地改成星球。"从诗的角度来讲，天地人神，大地是聚居者，我们把大地作为传统的天地人神的聚居地，这是很具有诗意的、很美妙的。但是荷尔德林他要强调的是地球只有一个，所以他用的词是定冠词（dieser）。在荷尔德林时代，天文学伽利略转换已经完成了。

我们过去传统赋诗的大地已经变成赤裸裸的太阳系中某一个行星了，正因为这种行星感，才把原本诗人意志上的无限光荣的人类、无限崇高的人类、无限能源的人类转化成一个有限星体存在物的一个有限部分，这是很悲哀的。人原来不过是一个流浪星体的流浪人群流浪的思想，我们何以安顿？所以，荷尔德林反过来讲（Voll Verdienst/ doch dichterisch wohnet/ Der Mensch auf dieser Erde）充满劳绩，就是说人太伟大了，怎么可以把自然世界转化为这么辉煌的人造世界呢？一个人造世界比自然世界所创造的安逸感、可控感、自主驾驭的规划能力，居然想超出上帝的意思，怎么可能？不可思议，但做到了，当然，这个做到是有限的，就看你选什么作为坐标系了。

所以在那个时代，黑格尔、荷尔德林、谢林三个人大学里同住一个宿舍。这本身就是一个天文现象，很不可思议的东西。所以，荷尔德林才讲"Voll Verdienst/ doch dichterisch wohnet/ Der Mensch auf dieser Erde"，人确实太伟大了。但是你也可以说人惹的祸也太大了，无以复加了、不可返还了、不可逆了。

终归，人作为天地人神的聚居产物，终归要回到此一星球上，这是摆脱不了的宿命。

荷尔德林的核心密码就是这几句（Voll Verdienst/doch dichterisch wohnet/Der Mensch auf dieser Erde）充满劳绩，劳动、成绩。我们现在老是 GDP，这个绩效、那个绩效，荷尔德林说的"劳绩"要比我们现在所提的这些要高好几个层次，所以中文翻译成"劳绩"是准确的。基于劳动，人越来越把自己转化成人造世界的人，并基于这种人造世界的可控性，人越来越强调自己的主体性，人类中心主义这些东西——而恰恰是这一切的路径，这是诗人的一个反世界的东西，也就是说它越成功，诗人对它的抵制应该越强烈才对。但是你抵制它，就要和它的思想达到同层次，你不能作情绪式的反对。也就是他所有这些践行的过程，兑现出来这个世界，你作为一个诗人你要全程领略，但是你还要知道他的限度——我知道你的初始条件错了、起点错了，你会一错再错，会把人类带入一个不归径，甚至会导致人类否定人类生命状态本身——现在出来了，例如克隆啊——比如从我们两个干细胞里取出东西，拷贝出我们的生命特征，很简单，但是他重复不了我的记忆，那个克隆的我不是我呀！我的生命天地人神的综合聚集他没有，他只是重复了我的简单的生物学症状，我的喜怒哀乐，他重复不了的。

李德武：可不可以这样讲，或者，可不可以这么想，诗人在今天的写作中面临很多困惑，为什么海德格尔能够备受一些中国诗人喜爱，就像您所说，他确实让诗人找到了和他内心、生命最深处追求相吻合的某种方向。这个方向就是回到那种自然的人的本原状态。今天，您刚刚谈的海德格尔思想的演化，以及他对荷尔德林诗意栖居的赞赏，我反过来在想，从诗人的角度想，我们应该给自己建立一个怎么样的写作，或生存的方向，让自己接近，以及抵达您所描述的这种应该被诗歌所追求、崇尚的一种诗人的存在和写作的存在？

陈春文：我刚才所讲的那些其实已经清晰地衬托了一

个轮廓，作为一个诗人，作为一个诗性的创造者，诗性图像的给予者，在西方意义上行诗，你首先就要突破语言学的堡垒，如语法句法关系，语速、语词，全把它打碎（我们就是冲锋手）。

李德武： 您谈到这点，就谈到了诗人最关注的核心问题上去了。我不知道我们对语言的理解，和您对语言的理解是否一致？如果回到刚刚您谈论的这个问题，那我觉得一个诗人，如果他使用一种工具，或者他手中把握一种神器的话，那这个神器绝不会是语言，我倒更愿意称它为您刚刚讲到的那个词，即语词。

陈春文： 没问题！语词就是——我们老说眼睛是心灵的窗户，他的眼睛里面流露出来的那个眼神和宗法关系，和他的父母是谁没有直接关系。

李德武： 如果我们把它定义为语词的话，那么，诗人在写作中还要不要追寻某种表述上的逻辑性？

陈春文： 追寻，但这是个超越性的追寻，我自觉地克服这种东西，我自觉地把语言化成语词。我们说起来简单，把语言化成语词，要迈越的坎非常多，你要消化所有句法学的关系，语法学的关系，语言学所有的训练……甚至你黏附在上面的价值的所有的黏附体系，这个自我忽略的过程是非常艰难的，所以说诗人是单纯的，纯粹的，他的力量就表现在这个地方。

李德武： 这个过程当中，存在一个非常复杂的环节，这个环节比如说当一个人他的存在跟他内心、写作是一致的，我们叫通透，他的语词可以说就是他生命的一个真实的体现，或叫瞬间的体现。事实上在现在写作当中，写作已经成了写作者一项工作，或者说写作成了写作者的存在者，而不是存在，他在构筑这个存在者的时候，不是把语言看作是自己生命内部固有的，而是看作是一个符号所固有的，就像罗兰·巴特所说的符号学的概念，所以，可能很多人对语言的把控是建立在符号学的层面上。我也遇到过一些诗人，取消词语的固有意义，通过赋义来构筑某种陌生的语境。对这样的写作现象您怎么看？

陈春文： 那是玻璃游戏，折射透射，金属游戏，刚性的声音。这种浅层次的尝试是有意义的，但并不重要，真正重要的，你说的这些东西，都是形式语言，诗人通过变换形式，形式的花哨，甚至形式的复合曲，做很多试验性的东西，我不否认这些东西。他可能是一个不自觉的突破，但是，他潜在的生命潜流的东西和生命潜流背后的时间支配他没有意识到。他没有达到海德格尔所说的人的言说，人的自主的言说、人的主体性言说，人类中心主义的言说和语言的言说，语言的言说就比较复杂了，在海德格尔这里，意味着行也言说、梦也言说，石头也言说，阿波罗神也言说，什么都叫言说。我们就掐取言说的这瞬间的片段，和瞬间片段的辉煌，诗人把这辉煌赋予颜色、赋予语词的声色饱满，这就是诗人的天命。我跟着我的命运走，不是跟着某个几何构图走，我觉得这是很好的事呀！

你做深做浅做长做短，没关系呀！你只要意识到这个问题，你有能力突破真理体系的种种屏障，所谓有能力突破就是你把它充分消化了。你带着充分的真理履历、阅历来回归真相，你清楚，简单地陈述真相和陈述真相的直觉是两码事。

什么叫好的诗人，就是他带着充分的阅历，消化了真理刚性体系，刚性桎梏的所有过程，回过头来和真相的辉煌进行拥抱所产生的语词分娩，和你简单地基于语词就是语词来比，其实你不知道语词是什么！你没有克服所有语言学的东西，语言哲学的东西，你谈什么语词呀？

李德武：在这个呈现的过程当中，在你看来，中国现有的诗人里，谁具有这样的气象？或谁达到了这种境界？

陈春文：总体来讲，作为天文现象的东西，我还是看重原来《星星诗刊》那拨诗人。

李德武：我理解，您比较喜欢张枣。

陈春文：作为改革开放初期，《星星诗刊》的那批诗人，这批诗人才气、差异上，各有各的特点，这些差别我们要予以尊重。但总体来看，后来《星星诗刊》的那些所有流浪到欧洲、北美的诗人，他们自我复活的过程，作为一个诗人、诗性的铸造过程是可信赖的，在汉语言里面，是自我拯救式的——比如你提到的张枣。我刚到德国去的时候，因为我的哲学质地，我和张枣是个互补关系，也就是诗与思的同源关系。在交往中，我见证了很多张枣从一个单纯的诗人，从情绪性向思想性靠拢的这个过程中所经历的艰辛、苦涩的偏离，他可能需要一万个细节才能完成的东西，在一种思的强光照耀下，他的转变可能简化成三十步、二十步。张枣这个诗人的命运我是见证了的。但是，反过来，我作为一个汉语的言说者，我在哲学这个类本质的建构范围内，我所受的训练和折磨，通过诗人的汉语言质地给我的直接验证，也大大简化了我的思向辉煌靠拢的过程。

但是，我回来以后，又重读了北岛、翟永明、欧阳江河等诗人的作品，我总体感觉，在诗的靠拢这个问题上还可以更严格，我说的这个靠拢是指向诗性靠拢，诗性的靠拢就意味着对真理性的反抗，对真理性的反抗就意味着你消化了真理性刚性体系，意味着他懂的你都懂，我懂得你的东西，以及你在我更广阔坐标系内的位置，你不可能挟持我，我能为你安排准确的位置，但你的坐标系里没有我，对我是排斥的，但我不排斥你，我知道你的位置。甚至我能欣赏你为什么划出一个充足的位置，你的界限在哪里我是知道的。在这点上，张枣要高于很多人。张枣作为诗人的诗性在天分上不如翟永明、不如欧阳江河，欧阳江河是非常灵性的人。所以当时的诗歌界为什么分化很严重，而到北欧、北美的人，他的诗通过另外一种语言的语词转换，推开了他贯通中西的言说之窗——因为原来我们读西方的东西都要靠翻译，翻译就是隔嘛。

严格来说诗是不可译的，除了语言言说，到语言学，再到语言哲学造成的这种宿命主义、虚无主义，这里面有很多递进环节，很多诗人是不了解这些环节的。即使你了解了，也不一定能做到。因为很多诗人心中是没有这些版图的，他只是一个生命当量中一种本能的挥发。这种诗人他的汉语言的声色饱满度没有问题，对汉语言的直觉没有问题。但是他对汉语的直觉再饱满、认知再充分，只要推不开这扇外语的窗户，就形不成中西对比的参照系。所有中国人能够感知到的东西你能够感知到，其他人感知不到你也感知不到，那我就不能认为你是一个好的诗人，诗性意义上的诗人。

没有这扇窗户的参照系，这股南风、西风、东风……的牵扯，通过不同风向的切磋，转化成你内心的波动，波动再沉淀下来，然后凝结成了那么几个珍贵的语词，没有完成这个过程，我就不认为你是一个诗人。情绪性的发泄、青春写作、中年写作这些东西，对于我来讲都是某种特定语言体系里边的一种挥发方式，但是它不具有人类的整体的刻度，诗人一定要表达某种人类的整体刻度，哪怕孤绝也好、哪怕悲剧也好、哪怕毁灭也好、哪怕决绝也好，都行，但是你要给几个语词，中国的绝大部分诗人是没有这个能力的。而诗人恰恰是人类精神里边最可宝贵的那一部分。我开始讲的那句玩笑话，诗人都是在人性的源头感知的人，寻觅语词的人，阴冷的怀疑主义者，刚性桎梏的敌人。我不是玩笑话，这是我的真实判断。从这个坐标来讲，我觉得中国诗艺界，尚需努力的路还非常之长。尤其我们在思想缺失这部分，尤其是我们不能直接推开外国语言这扇窗户，接受某一个特定的译者，他的限度、他的曲解、他的人性弱点都糅杂其中，你要接受这种东西就难免真伪难辨。如果你能直接推开这扇窗户，译者的这些东西你就能过滤掉了。

李德武：您这么说我理解了，原来在兰州跟您交谈的时候您也谈到这些问题，那时候我思考的是中国诗歌的传统应该基于什么样的语言环境来建立，是基于西方的语境来建立？还是我们传统的汉语语境来建立？您这么一讲我就知道了——

陈春文：我可以给你一句话，汉语言诗人的写作，恰恰是海德格尔所说，是他没有意识到的语言言说的言说，汉语言的诗人恰恰就在汉语言中言说，但他没有意识到他只在汉语言中言说，他没有意识到这一点，这是一个值得悲哀的东西。但是汉语的复杂性在里边至少可以作三个提炼，一个是释家的、一个是道家的、一个是儒家的。

李德武：你是要通过打开西方语言这扇窗户，同时在汉语言这样三个参照系之内纳入更多可参照的东西？

陈春文：对！我们回忆一下我们从小学、中学、大学，每个人成长的人性、读书不一样，这不能强求。他喜欢读的书恰恰是能帮助他打开他人性的书，所以他才喜欢，而它作为我的代言人说出了我没有说出的话，我想说它已经预先说出来了，或我想说它比我说得更好，不管什么理由，它说出你想说出的话，它在兑现你的生命状态，所以你才喜欢读它的书。

李德武：在打开这扇窗户的过程中，您觉得诗人要选择个别诗人作为参照系，还是要着眼普遍性的语境，包括哲学、语言学、诗歌等层面，进行一个全面的透视和总揽？

陈春文：这个……

李德武：我这样说是有前提的——实际上，现代的汉语诗歌是在西方诗歌影响之下的产物……

陈春文：我意识到了你提出的这种现象。

李德武：每个诗人的心里可能都有一个潜在的西方老师。可以讲我们这代人成长的过程中，都可以找到自己的老师——你是师从谁的，他是师从谁的。今天我们怎么能脱离开已有楷模对我们的深度影响，以便让我们的视野更宽广些？并把西方的这些东西看得更加通透？

陈春文：不管你的这个参照物是什么，你的老师支撑了你什么，并因为他支撑了你最后成了你的妨碍，这个不重要，重要的是他是你真实的一部分。你为什么没有物色张三作老师、李四作老师，而唯独选择他作老师，这是你人性阐发推动下的选择。这个不能抱怨，进入他、超越他，你援引的所有参照物都是你兑现自己生命潜能本有的路径一部分。

李德武：可能不是抱怨，而是诗人要反思，当过去我们对西方这些东西了解不多的时候，我们认为他就是我们最好的参照物，但今天你的视野开阔了，诗人可能警觉了，我仅仅参照他还不够，这是他内在升起的一种对更大视野的渴望。我的意思就是说在这样一个扩大自己视野的过程当中，今天的诗人要做的思想深度的反思和反省，应该基于一个怎样的向度？

陈春文：总体来讲，我们今天的白话文本身就是在西方文明的高压下做的一种裂变式反应，我们这些人，一代一代的人都是白话文的生成品，在白话文的语法语言引入生成裂变过程当中，我们各有各的所得，各有各的牺牲，但最后聚集成一种国民性，真正可怕的是这种国民性，而不是每个人个体产生的基于个体的裂变，真正基于个体的裂变这倒容易，它成就了你，最后又成为你的瓶颈，然后你就超出这个瓶颈……

李德武：诗人要不要替代国民，来让自己担当或实现对于这种劣等国民性的超越？

陈春文：诗人的存在本身就已经是一种超越了，只不过你想把你的超越达到极大值，或你在原本超越的基础上还想再超越所没有超越所产生的遗憾，这属于个体行为，这是你自己的问题，你不能把你自己的问题转化成民族性、国家性的，各种集体化的问题。这个转移是危险的，也是不可靠的东西。

如果单讲诗人的社会担当，诗人的存在本身就已经担当了，剩下的就是你担当多少，你个人尽到命数没有。比如，我本人，或你李德武能生成八个语词，由于种种偏差，最后生成四个、五个语词，有三个或四个语词的偏差或遗憾。那个遗憾是属于你个人的，不属于汉语的，不属于国家、民族的。

李德武：我刚刚讲的担当不是指形而上的担当，或者道德担当，而是说诗人要突破自我，提升自我，总要有一种内在动力，这种源动力源自什么？诗人有时既看不到自己的有限性，也看不到自己的无限性，常常会因对自我认识的缺乏，妨碍了他前进的脚步，怎么能够让诗人在存在和写作的过程当中时刻觉知到我还可以往上走、还可以往上走？

陈春文：我倒觉得在语词的意义上，不是往上走，是往下走，是沉思，不是反思，不是反射性思维。

沉思就是太阳升起，开放了一个世界，太阳下山的时候，它又没收了他所开放的那个完整的世界。

真正的诗人，他的进路是退路，在太阳西下的时候，在黑暗中回收的那些东西，又有回归单纯的能力了。这个回归单纯的能力，是和整个太阳的回收同步，这就回到了天地人神聚居的水平，这样就超越了整个社会文化、艺术……等等分类的乱七八糟的东西，全部超越了。

但是，在这个升起与沉落之间，对于一个诗人来讲，是不是一个终极的东西，也大可疑虑。所以亚里士多德和海德格尔最后都讲了单纯者的辉煌。什么叫单纯者的辉煌，回到你本人，回到你生命这一支，回到你自己的时间支流，我只接受我自己时间这一支，我来到这个世界上，这世界谁也替代不了我。别看咱们是哥们、老乡，这个那个，所有集体话语跟我只是间接性反射的东西，和我这个人直接的发射没有直接的关系。所以说，这就是单纯者的辉煌。正因为单纯他才能辉煌。如果不单纯，你是辉煌不了的，你处于一个复杂的折射过程当中，那就是赫尔曼·黑塞讲的玻璃球游戏了，你反射我，我反射你，然后成众生相。但是诗人从海德格尔的意义上讲，语词、语言学、语言哲学，最终回到语言言说，最后回到更大节奏的没收性关系。把我们建树的这些东西最后回收回来了。回收回来到了单纯以后，我们发现，你真到你的真，我真到我的真，他真到他的真，各自真到各自的真。再做真理真相的辨析，我认为这样的诗人就算是找到位置了，不然的话，我很难认为诗人找到了自己的位置。（笑）

李德武：请您再帮我澄清一个概念，您刚刚谈到了单纯，叫"辉煌者的单纯"。

陈春文：因为单纯而辉煌！

李德武：并且是可回归的，这就说明单纯对诗人来说是本在的和固有的。

李德武诗文集（下）

陈春文：单纯的辉煌从光谱的角度来说，是说你是发射者。生命本身就是发射者，不需要折射别人的光、社会层面的光，其他什么光。你就是你。但是，这个你如果光从社会层面来理解——作为社会层面的一个单元、一个原子，那就很微弱，毫无意义了。你是天文现象中的东西，所有诗人都是天文意义上的东西，不要在人为意义上作各种曲折的辨析。

李德武：针对这样一个单纯的辉煌，或叫辉煌的单纯者，请您帮助我们澄清一个概念，就是单纯与纯粹之间的差别。

陈春文：纯粹是一个关系中提炼的一个极致的点，就是你再提纯就提纯不下去了，到此为止了。辉煌是一个单一性的东西，是不可替代的、不可复制的。（笑）

李德武：提纯总是可疑的，提纯始终是在……

陈春文：还可以再纯、还可以再纯。

李德武：这种过程是无限的。

陈春文：对！但是，辉煌是唯一的。

李德武：我想起张枣有首诗："像大家一样，/一个赴死者的梦，/一个人外人的梦，/是不纯的，像纯诗一样"（张枣《死囚与道路》）单纯是诗人最基本的品质。凡是刻意的都是可疑的，所以，张枣一语道破其伪装。张枣的理想是："不会留个影子。这是诗艺。"我不想再深问了，实际上，今天，很多诗歌写作都打着纯粹的旗号，来……

陈春文：掩饰他的不纯粹。

李德武：对对。号称以自己纯粹的语言、纯粹的写作来净化什么、净化什么，我觉得这是非常可疑的问题。

陈春文：即便是真正的净化，也是消化单一的某种对象，而这个对象在整个人类坐标里边是什么位置，他不一定清楚。

李德武：他们依赖的一个参照系就是……

陈春文：甚至他们有没有参照系这个概念，都大可疑虑。

李德武：马拉美曾说过，诗人的语言是对一个民族语言的净化。我觉得这是很可疑的。净化这个词，也许是翻译上的错误。意味着诗歌语言就像漂白剂一样，它能够把所有民族语言里的杂质或者其他什么混合物统统杀掉了。

陈春文：其实，作为诗人你本身，不管翻译出来什么，你都有力量排除干扰。你只需向你的母语作最深层次的回归，回归到无以回归的地方，尽到你生命的能力，只要你思想到位了，你完全可以进行自己语言的变奏，没任何问题。如果思想不到位，你就会想这翻译什么意思，你就会犯疑惑了，即使你有能力也不敢再深一步了。

李德武：我觉得从诗人个体角度来说，您说的对母语深处的回归没有错。但从传播的角度来看，诗人语言上的这种能力，或所呈现出来的独特言说，可以看作是对一个民族语言（母语）的丰富。

陈春文：我倒觉得一个诗人最浅层次的底线，没有祖国概念、没有民族概念、没有国家概念……没有任何以集体话语为前提的概念，母语就是我的祖国。母语就是沸腾的时间汤，我在这汤里面就是她的一个泡沫，一个气泡，我的诗性就是把自己的气泡开放了、破裂了……

李德武：完成了。

陈春文：完成了，就够了。各种集体话语是与诗性无关的。但是母语是你的命运，那是你的限制、那是你的生成、是你所有的一切，这是你的世界呀！

李德武：您给当前诗人提出了一个新的问题，如果让诗歌写得更好一些的话，应该向思寻求源头。

陈春文：对！这个我同意。为啥呢？因为思本身就是对哲学的克服。这意味着啥呐……

李德武：请您再解释一下，思不同于思想。

陈春文：对对！思不仅不同于思想，也不同于思维。因为在西方语言里面，思维也好、思想也好，都是同一个词。这就取决于我们自己在思想上的造化。如果说，你意识到这里面的层次区分，比如在翻译海德格尔的时候，你觉得这里面有一些细腻而重大的问题，就会这里把"Denken"翻译成思维，那里把"Denken"翻译成思想，另外一个"Denken"又翻译成思。这个语境的转换本身就说明思想者他在语言中所经受的磨练、考验，甚至把你推向极限之外进行虚无主义的那些拷打所结成的语言程式的翻译程度，这个语境转换是非常难的。你要是在哲学意义上，比如前面我讲海德格尔是在哲学前、哲学中、哲学后，如果你在哲学中，你没有选择，只能翻译成思维。所谓思维就是你在特定的维度中思想，没有选择，你逃不出去。这个维度把你框死了，你只能翻译成思维。所谓思维就是物理和物理特定样式的思想。作为西方人，只能在特定的样式下思想，不可能创造新的样式。创造这种新的样式是不可假设的，不是你能力大小的问题，逃逸不出来。思想是什么意思呢？就是你的思想是拍脑门的、想当然的、感觉论的，没有受任何规定和规定严密的思维训练的，你达不到这个程度，无规定的思想才翻译成思想。翻译成思意味什么呢？既在思的维度当中，又克服了各种各样维度的"Beschränkung"思想对你的限制，你又重新基于自由，又回到自由，然后你看到了西方基于思想而来的虚无主义宿命，你要脱轨道了，不跟他玩了，走到轨道之外去了。而且你知道这个轨道带来的向度是什么，一切都了然于胸。这个时候，你才会很自觉地把它翻译成思。你觉得这个思想家是思向自身返还的思想家，不是一般的无规定的思想家，也不是遵守某一个特定维度的思想家，海德格尔就是这个量度上的思想家。为什么改革开放初期到现在，诗人对海德格尔都感到亲切的原因就在这里。不管是否理解他，理解到位不到位不重要，至少他对海德格尔感到亲切，它是我的向度的，这个感召力是值得信赖的，只是你在受着这个感召力的范围之内，你才有区分思、思想、思维价值的意义。如果他对这个层面根本没有意识到，所有的区分对他来讲是麻木的，无意义的。这个世界和他无关。

李德武： "海德格尔的思想起于负重归于自由。负重的范围决定了自由的范围，在什么尺度上负重就在什么尺度上赢得自由。"这是您在《论海德格尔的思想坐标》一文中对海德格尔的评价。我想这样的评价超出了对一个哲学家的肯定，更像是对一位艺术家、诗人的赞美。我赞同您不要把海德格尔归入哲学家之类的观点，他是诗的语词。同时，我也不认为您是一位哲学家，您也是诗的语词。

不说了，喝酒！

载于《诗书画》第 12 期

（此对话是 2013 年 11 月在吴江一饭店酒桌上进行的，根据录音整理。）

语言需要"养"

——《广西文学》李德武访谈录

1. 在您的诗歌写作历程中，遇到过哪些诗歌语言上的问题、障碍，或者有意的探索？

李德武： 诗人对语言的自觉是其艺术走向个性化的必然选择，虽然诗歌作品的风格并不仅仅以语言的特色为标志，但是就作品而言，没有什么（抒情、叙事、阐释）能够脱离语言而独立存在。这并不是说语言成了创作终极的存在（到语言为止），而是不可或缺的存在（互为依存）。在我个人的诗歌创作历程中，语言曾经无时无刻不是一个问题，或面临突破的障碍，如果把创作看作是一次次历险的话，那么，语言上的问题或障碍其实就是等待你去征服的一个个巅峰。我曾给自己立了一条规矩，就是不重复自己。这其中可以参照的路标某种程度上就是语言。在 20 世纪 80 年代，诗歌的真正复兴，我认为是从诗人对语言的普遍自觉开始的。诗人对语言的自觉不仅仅是对当时普遍苍白、贫乏的政治话语的反驳，最主要的是对一个民族想象力的激发，对人多元审美需求的回归。那个时候，诗歌创作主要面临的语言问题是直白和贫乏问题，所以，努力把诗写得让人"看不懂"一时成为诗人们突破和追求的目标。我个人那一时期的诗歌主要是用意象、象征、隐喻等手法处理日常事物，努力探索和实践的是语言的深度呈现和表达。大约在1988~1989年，有的诗人开始探索语言的叙述性写作，有的诗人开始突出"语调"，有的诗人则开始探索语言的"反讽和消解"，我所面临的问题则是如何让语言呈现人类的生存困境。实际上，我开始尝试语言由表意性向负载现实过渡。除了依旧在意象、象征、隐喻上下功夫外，思想、判断与批判渐渐地融入我的语言之中，理性就语言的灵动性而言，也许并没有帮上什么忙，但它渐渐地形成了我自己的说话方式。大约在1993年，我自己几乎被这种尖锐、激烈的批判语言所窒息，于是，从塞万提斯和米兰·昆德拉的小说中获得启示，开始在语言中纳入一种诙谐、轻松的成分，我一口气创作了组诗《在音乐消失的地方》，正是这组诗让我体会到了语言的强大魅力和无限空间。坦率地说，是语言拯救了我，给我插上了翅膀，让步履艰难的我开始飞翔。正是因为这一点，我看到了艺术无限的可能性，也更加迷恋对不同语言形态的探索。我当时想，为什么语言一定要被锁定在"能指"和"所指"的牢笼之中呢？语言能不能把梦、回忆、现实和无意义的随想有机地结合在一起呢？于是，我创作了《在霁虹桥的斜坡上》，这首诗的语言是没有方向性的，斜坡暗示着一种自动滑行的惯性，而实际上，语言随着视点、想象、回忆的变化不断转向、游离，彼此不相关却又互相追逐，而最后却回到起点，整首诗构成首尾相接的循环。这首诗的创作让我获得了运用语言处理某种复杂关系的经验和能力。我写了很多作品，具有代表性的如：《午后的就餐者》、《从空白处下手》、《清洗笔囊》等。有人认为《午后的就餐者》处理的是经验问题，其实不是，是意识，是心的活动（生命的本原）。这里交叉着几种语言形式，有描述，有对白，有自言自语，有旁白，这些语言形式构成了人心的躁动、迷惑与不安。《从空白处下手》探索的是语言的非及物性问题，而《清洗笔囊》处理的才真正是经验问题。我把清洗笔囊和一个男人手淫巧妙地融合在一起，把一种书写的需要和性的需要重叠在一起，这很好玩。我不像某些诗人运用性来消解政治或严肃的主题，对我来说，"手淫"和"书写"是一体的，它们一直存在于我的身上，而我竟不曾发现。但是，这种给语言不断做加法的探索很快被另外一首诗画上了句号，这首诗就是《风在流动》：

风在流动
它不在这，也不在那
它在每一个地方
悄悄地上路

它贴着地面行走

脚步声却在钟楼的

尖顶上回响

隔着沙漠和古老的城池

它掀动我的窗帘

掀动我桌子上的书页

流动于呼吸中的风

同时正流动于海上或山谷间

风！

当我叫着它名字的时候

我看到石榴树开始摇晃

石榴开始变红

　　这首诗主要是要去除语言中多余的成分，包括修饰、埋伏和强制的赋意，解开扭结在语言中的羁绊，寻求语言和心性（心境）的自然对应，在简明中强化语言的戏剧性和出其不意。这考验的不仅仅是想象力和好奇心，更主要的是一种胸怀、视野。这时语言已经不单纯是写作层面的存在，而悄悄地演变成我的生活方式。我写过一首诗，题目叫《淘金》，说的就是对语言的修炼。

这些行动最终归结为过滤和发现

语言开始简化，表达渐渐地趋于沉默

太多的时间流入泥沙，耐性是何等的珍贵

最后剩下的并不全然闪光

……

2000 年 1 月 11 日

这时我所追求的语言"金子"就是"有力的心跳"，对语言关注的视点重又从外移向内心。尽管"金子"这个词仍然给人沉重的感觉（我看重的是金子的光泽），但是此刻，我已经开始给语言减负、减压，把寄托语言承载的，自己先在内心承载掉、化解掉。一些诗人的自杀，包括我自己生存面临的困境让我思索："我究竟是到语言中寻求逃避，还是修炼自己的心来滋养语言？"是陶渊明给了我答案。我认识到诗人和语言之间不是肉体和服饰的关系，而是血与肉的关系，没有一颗从容淡定的心，断不会有从容淡定的语言。孟子说，吾善养吾浩然之正气。所以，陶渊明不仅懂得养"气"，还懂得养性、养语言。至今，考验我的主要不再是语言技术层面的问题，而是心力和境界问题，也就是"养语言"的问题。我个人的目标是"轻轻超越每一天，携带轻盈的身体和清净的心，在光中留下些许的足迹"。

2. 文学是语言的艺术，诗歌更是这艺术中的艺术。就您的写作和阅读体验，您认为诗歌与小说、戏剧、散文等相比，在语言上有什么本质的区别和特点？

李德武： 诗歌语言要比小说、戏剧、散文语言更为简明、灵动和精辟，因为诗的语言能够飞翔。小说、戏剧和散文若不是用诗的语言写出，无论如何，语言都不会飞翔。反过来说，若是用诗的语言写作，不仅仅是小说、戏剧、散文，就算是评论，都可以让语言飞翔。这期间的区别凭借概括和总结是说不清楚的，只有亲身经历写作其中的人，才能体会到彼此的不同和难度。我记得福克纳曾在访谈中坦言自己最初想写诗，结果诗写不好改写短篇小说，短篇也写不好，改写长篇了。

3. 注重语言问题，不仅是诗人，也是包括小说、散文……等一切文类写作者的分内之事。但具体在诗歌中，又有所不同：谈起诗歌语言，很容易让人想到注重语感，进而想到"语感写作"。典型的例子是美国诗人威廉斯的《便条》，以及大陆 90 年代口语写作中对语感的注重。您如何看待诗歌中的语感写作？以及如何看待"注重诗歌语言"和"语感"之间的关系？

李德武： "语感"也好，"语感写作"也好，都是语言中技术层面的问题。技术层面的问题都是可复制的。过去，我们的艺术语言比较单调，表现力比较贫乏，诗人们从技术层面入手，丰富语言的表现力，这是必要的过程。一旦诗人洞悉语言技术的关卡，他就必然超越它，而听从心灵的感召。语感、语态、语调、语境、语速这些与诗歌休戚相关的部分不是脱离诗人的心性被突出或放大，而是诗人的心跳和呼吸。W.C. 威廉斯的诗关注的多是日常生活中被忽略的部分，他唤起了我们对琐碎的、细微生活的注意。他的诗歌语言远不像他同时代诗人艾略特那样艰深、玄秘，而是极其的朴实、简明，像地面上弹跳的雨滴那样闪烁光华。例如他的《巨大的数字》："在密雨中 / 在灯光里 / 我看到一个金色的 / 数字 5 / 写在一辆红色的 / 救火车上 / 无人注意 / 疾驰 / 驶向锣声紧敲 / 警报尖鸣之处 / 轮子隆隆 / 穿过黑暗的城市。"这首诗的独到之处在于威廉斯在其他诗人倾心展现重大主题的时候，他却把目光投向了平凡生活中那些被忽略、遗忘的细节。《便条》是一首很有代表性的诗歌。其实这首诗展现的是极其细腻和细微的情感：父亲给女儿留个便条，告诉她自己把她当作早点的水果吃掉了，那味道很美。威廉斯通过吃水果这一件小事，传达出了他对女儿慈祥的父爱。这种对细微事物的呈现能力还体现在他的《寡妇春怨》、《裴特森》等诗歌之中，他甚至在《裴特森》中借助诗表达了自己的诗歌主张："以具体细节 / 为出发点 / 把它们变为一般，用有缺陷的 / 方法，滚卷而成——"威廉斯是运用美国本土口语写作诗人中的先行者，也是成功的典范。我不赞同把他的探索归结到"语感"的层面，除此他还有更大的贡献，比如，威廉斯使美国诗歌摆脱了艾略特代表的重大和神秘主题对写作的局限，而在现实生活中呼吸到更为亲切和清新的气息。同时，他也使美国诗歌摆脱了庞德建立的意象主义对语言的逼仄，而使日常口语焕发出神奇的魅力。

20 世纪 90 年代，我国一些诗人对口语写作的尝试根本上来说不是出于对语感的重视，而是出于诗歌民间化倾向。他对应的倒不是官方语言，而是学院派写作（后来演变成知识分子写作）。从语言的角度来说，知识分子写作受西方诗歌、语言学、美学影响，更重视解决语言的技术层面问题，他们提出了"难度写作"、"经典写作"等，而民间写作更强调语言的触及层面，在表现上去修辞，去高蹈，主张形而下。这两种写作后来发展到"对立"和"争端"，使得对语言的探索增加了些许"权力争夺"的味道。其实，这期间很多问题因为功利心的作怪，未能得到客观的评价。比如，最早探索口语写作的正是一批"知识分子"诗人，这些诗人较早地意识到翻译语言对写作的影响，而努力通过口语写作实现诗歌本土化。就写作身份而言，这些人绝大多数今天仍然在官方诗人之外，他们是纯粹的民间诗人，却成了"民间写作"的对立面。今天，我觉得这些都不再是问题，至于民间写作和知识分子写作的贡献有待于时间来印证，也有待于学者们来做文章。

4.“诗歌就是对语言表述情感的极限的探测。”在语言和诗由以产生的情感之间总会有紧张和对立，因此，在写诗的过程中就难免会遭遇语言表述情感的不足和挫败。请您回忆一次自己写作过程中遇到的语言与情感之间的角力，以及如何在二者的角力中完成一首诗的写作的经历？

李德武： 这样的事情太多，岂止一两次。当年，我写诗作废的稿纸可以用麻袋装。但归结起来，就算是比较成功的作品，也仍然存在着两方面的问题，一是言过其实，二是言不达意。但写诗不是写论文，没有一个必然的结果。就算是对情感的表达，常常会存在这样的现象，我最后写出来的和我最初想写的截然不同，甚至毫不关联。我不是一个抒情诗人，所以推动我写作的动力通常不是情感、情绪，就算是情感上来了，我也很少让自己在激动不已中进入写作，而是努力放下、克制，因为我知道自己除了抒情，一定还有更多的东西要说。比如我的好朋友麦可突然去世，对我打击很大。当时，我可以为他写一篇评论，却不能为他写一首诗。直到一年以后，我感觉自己可以动笔了，便在很短的时间内，一气呵成写完了《给麦可的信》。同样的，我母亲因为我而一病不起，半年后辞世。我当时内心充满悲痛和悔恨，却不敢动笔为母亲写半个字，也是等到一年以后，我在一个晚上找到了和母亲交流的方式，便写成了《为母亲最后的日子守护》。我没有追述母亲一生的功劳、美德，而是对她弥留之际的过程作了日记般的描述，以一种冷静的语调突出人在死亡面前的无力与无奈。我甚至守着病床上的母亲，心中盘算着葬仪的过程。这是一种大悲的情感，我却把悲情压抑到了极致。以上两首诗我都是含着泪水写出的，却没有让泪水在诗歌中留下痕迹。

5. 西方近代诗歌史历程中，有从浪漫主义到反浪漫主义的轨迹，中国大陆新诗从朦胧诗到当下的三十多年历程也可以看出从最初的抒情语言到后来的叙事语言和去情感化写作的轨迹。您如何看待这种写作倾向的变化？在看似与西方相似的转变中，我们的写作有什么需要与之加以区别和反思之处？

李德武： 就写作来说，这个问题主要关乎两点，一个是写作的方向定位，一个是传统的形成。艺术崇尚个性和差异，这是艺术价值得以存在的基本条件。大师就是那些把个人的特征发挥到极致的人。但艺术判断（主要是审美）的标准是相对的，而不是绝对的。往往大师或经典作品构成了艺术价值判断的参照系。他们可能因为杰出，成为后人继续向上攀登的阶梯，也可能因为无法超越，成为引导后人另辟蹊径的路标。这一点，我们可以从中国古典诗歌的发展脉络中获得印证。不难发现，每个时代的诗歌风格和特点是靠几个主要诗人来标志的。但是，前后诗人之间不管相隔几个朝代，总能找到千丝万缕的联系。我想，诗人之间能够超越时空互为滋养，这其中必存在一条神秘的

"脐带"，这个"脐带"也许就是语言。

　　这样的模式对考察西方近代诗歌也适用。波德莱尔决定换一种语言方式写作（象征），主要是看到当时代表法国诗歌最高成就的雨果已经把浪漫主义带到顶点了，所以，"他要写点别的"。也正是波德莱尔语言的这次转向，把西方现代诗歌艺术带入了一个全新的天地。不管象征主义是不是一开始就有明确的审美理念和语言取向，促使波德莱尔"我要写点别的"都有浪漫主义的一份功劳。但这二者是不是简单的"背反"关系，值得我们深思。我认为"反"这个字暴露出审美思维的简单和视野的狭隘，因为世界不是二维的，艺术的创新也不是一个简单的非此即彼。至少在19世纪末期，浪漫主义并没有被迅速崛起的象征主义所取代，而在欧洲（包括俄罗斯）的诗歌中始终发挥着重要的作用。有一个现象非常有趣，雨果因为长寿，使得他有足够的时间从早亡的波德莱尔身上吸取精华和启示，从而校正他直白、抽象的语言方式。同时，我们也能从象征主义的代表诗人兰波的诗中感受到浪漫主义情绪的奔放。这一阶段是法国诗歌的"朝阳时期"，后来，虽然法国诗歌在世界的影响是以波德莱尔、兰波为代表的，实际上，在波德莱尔、兰波的诗中闪耀着那个时代法国诗歌的共同光辉。

　　这是我们需要清楚的事实，前一代诗人在给后一代诗人提供"写点别的"的动力同时，两代或多代诗人实际上

李德武诗文集（下）

也正在以自己的探索书写共同的传统。回顾中国新诗三十年的历程，我们有过浮躁或急功近利的纷争，也有过踏踏实实的探索和积淀。如果就30年来的中国文学来考察，我认为诗歌的成就是具有含金量的，是能够经得住时间考验的。20世纪八九十年代，都有一批杰出的诗人和作品，值得我们进一步发现和肯定。我不赞同诗人之间用"PASS"的方式来互相区分、界定，有的诗人当年甚至喊出："把艾青活着送进火葬场！"这种靠埋葬前辈来突出自己写作的方式是一种可怕的语言暴力。我曾写过一篇短文，叫《谁抬着我们的棺材？》指出这种诗人代际之间的"仇视"和粗暴否定无益于当代新诗的健康成长，无益于新诗写作传统的建立。现在看来，诗人们都已经认识到这种做法的浅薄。也正是因为看清了这点，所以，那些纯粹的诗人纷纷把力量用到探索和发现更为独特，更为具有表现力的语言上面。不管是出于技术层面的探索，还是出于语言的心灵修炼，我都认为这是诗人真正应该担负的责任，是正道。

6. 国内的部分诗歌写作者强调诗歌写作的技艺和难度，但是技艺和难度的标准在哪里，能找到具体的参数对照吗？写作的难度落实在语言上就是修辞和表述的难度，您如何理解这所谓的难度？

李德武： 首先，语言的难度是存在的，这是事实。张若虚的《春江花月夜》让后来所有写月的诗人都不免自叹弗如，而李白的"相看两不厌，唯有敬亭山"诗句，也让后来所有写敬亭山的诗人望而却步。诗歌技艺是诗人写作必不可少的基础训练，这意味着诗歌在创作上有可复制的一面，这些技艺并非诗歌所固有，而是来自诗人创造实践和经验积累。就生成角度来说，写一首诗并非难事，我曾在大学里专门教诗歌写作，但是写好却不容易。这里的好与坏一般说取决于技巧的使用是否恰如其分，取决于语言是否有新意，形式是否新奇。有新意就是有难度。但反过来说，有难度未必有新意。比如律诗写作，按照古代的格律要求，写出地道的律诗，现代绝大多数诗人做不到，有些诗人甚至根本不懂格律。我就曾尝试过写律诗，结果发现写出的律诗虽然语言工整，却不耐读。没有新意诗歌就没有生命力，所以，要问诗歌语言难度的标准是什么，我想是否有新意应该算作是标准之一。新意通常表现为传统基础或已有作品上的诗歌语言的增值、延展和丰富。新意建立在同题材的比较上，诗人写出了前人没有写出的东西，这个我们可以通过阅读来比较。第二就是独特。独特则是诗人写出了别人无法写出的东西（前无古人，后无来者），这往往是由才华决定的，而非语言技艺。第三就是美。美其实就是符合某种规则。一首优秀的诗歌既是一个自由和独立的精神王国，又是一个有着某种秩序的词语的王国，美就是这二者的相得益彰。当然，不同的审美主张就会导致不同的诗歌创作，这里所说的美仅是泛指。

修辞与表述如果被诗人刻意追求，那将是很糟糕的，是写作的大忌。这意味着，如果这些技艺被运用得恰如其分，依然会成就诗歌的华彩。诗歌的难度不应该简单地与修辞和表述画等号，而必须和诗人的综合能力相关联。这一切不可能有什么指标，像统计学那样用概率或百分比来标志，这个尺度掌握在诗人与读者的心里。我个人对难度的理解随着创作而变化，过去觉得把诗写得富有蕴意、深刻，且词语具有多维指向性是一种难度。这类诗歌多数都离不开对意象、象征、比喻等修辞手段的依赖。后来觉得用自然的口语说出生活中的细微感觉是一种难度，因为处理不好，就容易使语言变得唠叨、乏味。后来又觉得把一首诗的语言写得澄澈、干净、灵动是一种难度，因为不修饰的精粹比修饰的精粹更难。

7. 现代汉诗写作不仅在大陆，而且也在港、澳、台与海外。相比大陆，台湾诗歌在语言表述的音乐性和意象的运用上相当成熟，当然这不是说他们的写作不现代，相反他们的写作实际上也更现代。很难否认，这在台湾已经形成了一个相对成熟的传统。总结我们几十年的写作，现代汉诗在大陆有传统吗？是什么？两相比较，带给我们的思考是什么？

李德武：台湾诗歌从古典到现代经历的是一个比较自然的过渡，新诗不是建立在对传统的否定和破坏之上的，特别是在语言方面，他们使用的汉字没有经过简化，这使得古汉语中文字的结构和发音都没受到损坏。而大陆不同，文字简化破坏了汉字的结构，而汉语拼音又使得古汉语中的某些声韵丢失，这使得现代汉语在与传统的承继上出现了裂痕，甚至断裂。我们说现代新诗写作的最大障碍是语言问题，为什么？因为我们使用的现代汉语太粗糙、太幼稚。古代汉语是经过千年的锤炼积累才达成熟的。仅就诗歌而言，从四言到五言、七言，从风雅颂到汉乐府、古诗十九首、楚辞，到魏晋永明体、玄言、田园山水，到唐朝的鼎盛，诗歌语言经历了长达一千四百多年的过程。唐朝诗歌的辉煌应该看作是古汉语高度发达和高度成熟的标志（当然，唐诗的辉煌还包括形式的成熟，技艺、审美理念和诗人心性的成熟）。古代汉语的高度成熟和高度发达体现在具有强大的表现力、承载力和传播力，诗歌语言无论是在传神达意、穷情写物，还是借景抒情、寄情于景、情景交融等方面，都形成了经典，达到了登峰造极的地步。对比来看，就不难发觉我们现代诗歌写作面临的语言挑战是多么的迫切和严峻。台湾诗人应该不会为新诗的音乐性问题发愁，因为，他们将从古代诗歌和汉语中直接继承那部分"遗产"。大陆诗人则不同，"文化大革命"对传统文化的破坏至少在三代人心中埋下了"仇古、反古"的种子，两千多年来形成的诗歌脉络突然中断了。"五四"新文化运动时期的一批诗人虽然打着"西化"的旗号，但这些人绝大多数都是精通传统诗歌的，比如胡适、戴望舒、闻一多等，但是 20 世纪 70 年代末期以后，新一代诗人几乎是在一片语言的蛮荒中艰难跋涉。在此之前，充斥我们耳目的是口号、标语、社论和动员令，不用说诗歌写作，就是人们彼此交流、碰面问候，甚至情人谈情说爱语言都是干巴巴的，生硬、教条。人们的想象力和机智几乎都用在了"凭空怀疑一个好人"上去了。所以，当代诗歌的"解冻"首先是从语言的"解冻"开始。食指、北岛、顾城、舒婷、杨炼、多多等一批拓荒者打开了现代诗歌语言的新天地。我是读着这些前辈诗人的作品开始自己诗歌的创作征程的。经过几代人的努力和尝试，我们看到诗歌创作始终走在现代汉语探索的最前沿。诗人先后解决了语言表现的丰富性问题、表达的意指性问题，对事件、时间的承载力问题、精神性问题等等。从语言的结构上来说，诗人们已经找到突破逻辑语言限制而携带词语飞翔的路径，典型的如诗人车前子的诗，让我们看到古老的文字在现代诗歌中的灵动身影。从 1976 到 2009 年，当代新诗走过了三十多年的路程，这三十年的路程对诗歌的成长来说，时间的确太短太短。我们只能从中梳理出某些前行的轨迹，但谈到传统，我觉得为时过早。传统是一种成熟形态（或叫稳定形态）的积累和延展，这三十年来的诗歌哪些能够在历史浩瀚的长河中经受得住大浪淘沙，现在断言还不是时候。诗人创作的目标是不断寻求创新和突破，如果他想被纳入传统就必须写出杰作。显然，传统是靠经典作品建立的，而不是靠诗歌史学家建立的。这一点，我们急不得。

8. 废名曾说，新诗与旧诗的区别在于，旧诗是诗的形式散文的内容，而新诗是散文的形式诗的内容。这个判断现在看来虽然有些简单笼统，但也的确道出了新旧诗之间的一些区别。从诗歌语言的角度看，您认为新诗与旧诗本质上的不同是什么？哈佛大学的田晓菲认为不在于形式与内容之分别，而在于表达方式和美学原则的根本不同。如果是这样，您觉得这样的表达方式与美学原则会是什么？

李德武：废名的话说得实在拗口。形式是新诗和旧诗的区别之一，但内容不是。除了形式之外，我认为最主要的区别在于语言的不同。古代汉语是一种以字和词作为独立表达单位的非逻辑语言，现代汉语是逻辑语言，构成一个完整表达单位的是句子。古人可以写"枯藤老树昏鸦，古道西风瘦马"，今天的诗人要想表现同样的场景和情调就必须把它展开而写成"黄昏，枯藤缠绕着老树／上面落着乌鸦／西风吹拂着古道／独自行进的是一匹瘦马"。虽然勉强与原意呼应，但远没有古诗鲜明的节奏感和空间的跳跃性，也不够简明。当然，古诗也有用白话和口语入诗的，但依从的句法不是现代的语法。我不赞同哈佛大学田晓菲的看法，上面我说过，内容可以不重要，古人能写的今天的诗人都能写，但形式至关重要。为什么律诗没有人再写？就是它的形式太严格、太规范，不再适应现代诗人的表现和表达需要。而表达方式说的就是语言问题。美学原则在我看来不是主要的，古今之间没有什么根本的不同。我的意思是古代诗人的审美原则和当代诗人的审美原则并非具有不可相容性。在具体作品的创作上，也不可否认存在相互影响。我就曾深受陶渊明朴素简明、淡泊从容的审美原则所影响。在回答第 5 个问题的时候我曾说过："诗人之间能够超越时空互为滋养，这其中必存在一条神秘的'脐带'，这个'脐带'也许就是语言。"是的，我们正是通过语言这根"脐带"，直接吸取前辈诗人身上良好的审美修养、气节和品格。

9. 旧诗对新诗而言，既是巨大的障碍，也是巨大的资源。旧诗的格律我们已经抛弃了，但格律要素——比如用韵、节奏等等——总还不同程度地出现在新诗中。所谓内在的节奏总还有外在的语言形式来体现，或者说，形式在某种意义上就是内容，我们的新诗写作，怎样才能更有意识地、更有效地挖掘现代汉语的潜力，将格律要素结合进来？

李德武：我认为旧体诗对新诗不是什么障碍，它永远都只是我们的榜样和资源。格律的规则在新诗写作中不如古诗那样严格了，但是，用韵、节奏都是新诗创作中不可忽视的环节。内部节奏是由诗歌内在情感、情绪、张力的释放与铺展来决定的。根据情感的强烈程度，语言张力的舒缓程度，表达内容的重要程度来构成节奏上的快慢起伏，有时，为了从形式上突出这种节奏，在句式长短、分行断句等细节上会有一些设计。外在节奏主要体现在韵律的错落上，根据文字的发音，造成一种朗朗上口、抑扬顿挫的发音效果。这两种节奏只有在朗诵或吟唱诗歌时才会发挥出艺术作用，一般，默默阅读诗歌时，这些节奏的艺术效果通常都被忽略了。古人说，三分诗，七分朗诵。乐府诗、格律诗、词都是配合演唱、吟诵而形成的创作形式。今天的诗歌只能看，不能唱，少有一些诗歌可以朗诵。这与我们忽视诗歌的音乐性和韵律使用有直接的关系。这个时代歌词为什么比诗歌更容易普及和传唱？因为歌词被纳入了歌唱。诗歌朗诵或谱曲歌唱都是诗歌传播层面的问题，关系到诗歌的传播效果和影响力。在这方面，我们能够做的事情很多，但目前做得却远远不够。

2008 年 12 月

【开始吧众筹】第 22 个故事

寻找诗的知音

支持者名单（按支持档排序）

童莲敏　车前子　孙加山　周雪耕　陈亚娟　曹利生

陈　霖　郑玉彬　孙成健　葛玉丽　苏金华　谷继业

张苏华　王国伟　祁　国　江小玲　周　茵　陈　鉴

魏　宾　苏　秋　蒋佳男　小小奎　刘增凯　洪和平

切切耳语　安心慈冉　邱红芳　杨　曦　殷天山　孙思静

王燕京　李　华　慧　莲　悟　空　黄加禾　若荷影子

樊亦文　徐　苏　申　儿　徐云芳　顾　步　中　国

桑海玲　林　红　夏　回　刘玲宏　我心依旧　苏　眉

王少辉　本草人生　潘　敏　罗一然　陆　炜　林万里

唐媛英　华　彪　王　丽　刘　越　刘　平　朱　浩

吴　宏　WANG　张笑蛮　陈　哲　何　胤　张　薇

李伟林　卿王波　蓝印花布　曹传赟　张大朋　王金花

袁美华　朱　燕　飞天袖间　王　潮　潘莉莉　彭芊羽

汤逸洲　陈亚红　张　彬　陆　杰　惠　人　李莉莉

朱神光　江海菱　杨晓中　大　门　叶朦朦　康　钰

阿　笑　青　锋　彭秀峰　刘　洋　牛传英　张　雁
迪　尼　@望　浦君芝　罗少爷　曲小青　鸣　钟
藏　北　吴雨虹　清　霜　张洁琼　阿　焦　吴　松
胡权权　姚　月　曹鸿蔚　吴梦云　蒋林英　璞之言
王云峰　周宗光　曾一果　桑海玲　贺文斌

无条件支持者

王绪斌　梵　冉　明　基　行云子元真
阿　晴　小　猪　不二诗兄

友情支持

小　海（诗人）　　　　　苏　野（诗人）
陶文瑜（作家）　　　　　曾飞鸣（诗人、篆刻家）
郑文斌（资深媒体人）　　包　兰（苏州园林档案馆馆长）
华　迅（资深媒体人）　　卢小平（摄影师）
龚征然（摄影师）　　　　张　雁（"诗之音"篆刻）
曾晓辉（香港《中华时报》社长）
许雪根（古吴轩出版社总编）

微信公众号及媒体推广支持

苏州名仕 Club   诗情画意

《扬子晚报》艺术苏州   今天文学——今天诗选

心灵的艺术——being poem   诗画周刊

读首诗再睡觉   诗客

《中国保险报》   中国新闻网

苏州电视台   香港《中华时报》

众筹运营平台

开始吧：www.kaistart.com

图书在版编目（CIP）数据

李德武诗文集：全2册／李德武著．—上海：文汇出版社，
2015.11
ISBN 978-7-5496-1646-6

Ⅰ．①李… Ⅱ．①李… Ⅲ．①诗集—中国—当代②文艺
评论—中国—当代—文集 Ⅳ．① I227② I206.7-53

中国版本图书馆 CIP 数据核字（2015）第 252044 号

李德武诗文集（全二册）

著作权人／ 李德武
责任编辑／ 熊　勇
特约编辑／ 张　琦
装帧设计／ 刘　啸

出版发行／ 文匯出版社
　　　　　上海市威海路755号
　　　　　（邮政编码200041）
印刷装订／ 苏州市越洋印刷有限公司
版　　次／ 2015年11月第1版
印　　次／ 2015年11月第1次印刷
开　　本／ 880×1230　1/32
字　　数／ 300千
印　　张／ 21.75

ISBN 978-7-5496-1646-6
定　　价／ 89.00元